中國女性文學獎得主

曹明霞 著

日落呼蘭

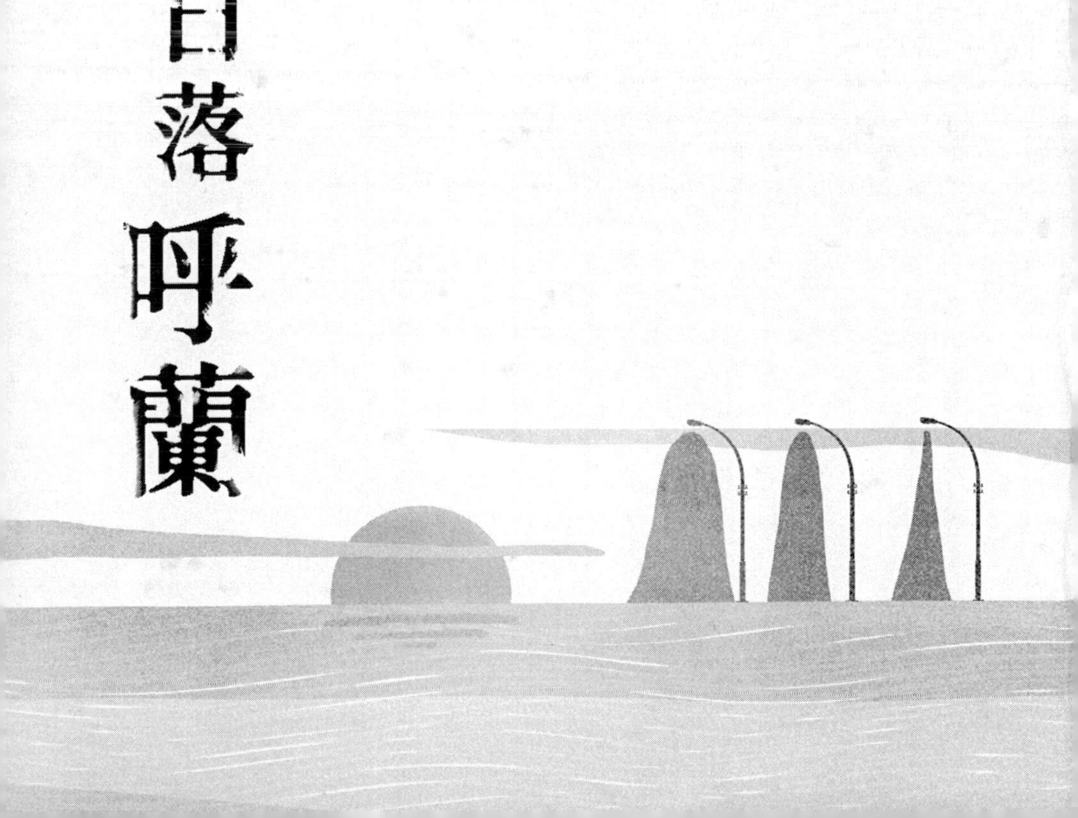

「貓空—中國當代文學典藏叢書」出版緣起

當代中國從不欠缺動盪的驚奇故事，卻少有靈魂拷問的創作自由。從禁錮之地到開放花園，透過自由書寫，中國作家直視自我，探索環境的遽變，以金石文字碰撞出琅琅聲響，讓讀者得以深度閱讀中國當代文學的歸向。

秀威資訊自創立以來，一直鼓勵大家「寫自己的故事，唱自己的歌，出版自己的書」，主張「不論任何人、在任何地方、於任何時間」都可以享有沒有恐懼的創作自由，這正是我們要揭櫫的現代生活根本，也是自由寫作的具體實踐。

期待藉此叢書，開拓當代中國文學的視野版圖，吸引更多中國作家投入寫作，讓自由世界以華文書寫的創作，中國作家的精采故事不再缺席。

「貓空—典藏叢書」編輯部
二〇二二年九月

臺灣版自序／

這個世界會好嗎？

曹明霞

很小的時候，鄰居華家男人鷹鼻深目，嗜酒。酒後不是掂菜刀就是拎斧頭，要劈女人。記憶中他家男孩光著腳衝進我家，有時是早晨有時是半夜，冰天雪地，嗓音沙啞劈裂：「我爸要殺我媽了！」——那份驚恐，也一次次嚇裂了我的心臟。長大後極怕驚嚇，極度膽小，應是那時養成的。

有一天，大家還沒吃晚飯，街上傳來呼叫——他媽媽在前面跑，他爸拎著劈柴的大斧後面追。一街人都跑出來看，拉架，勸說，那男人見女人加速了，竟輪圓胳膊投標槍一樣把斧頭擲了出去，好在沒剁著人。再後來的有一天，中午放學時光，他母親服劇毒倒在自家院落，回家的大女兒當場就疼瘋了。

還有一夏姓鄰舍，那男人也奇特，他家上有老母，下面兒女成群，男人只是一普通工人，可他們家一年四季有雞有魚，肉食飄香。幾個女兒花枝招展，老爹老娘冬天皮襖夏天絲綢，他自己也吃成了那個年代少有的胖子。他家是哪來的錢呢？人們納悶兒。

後來知道全憑一張嘴，和腦絡。他會幫A求B，告訴C自己朝裡有人，北京的什麼親戚在做大官。在他的斡旋下，有的人當了兵，有的人轉了正，還有人在北京瞧病住上了院。都是一些難辦的事兒。他的老爹老娘死後還成功埋進那個著名的八寶山。

也有辦不成，露餡兒時。他就東躲西藏，扎花頭巾扮女人逃掉，躲不及時直接跳進豬圈……那時人們管這種行為叫騙子，很痛恨。沒幾年，此方法盛行，且到高層，人們開始豔羨、承認這是一種能耐了。

我曾慶幸沒有生在華家，渴望夏家。

投胎這事兒不由己，沒有人不想過好的生活。可有人一出生就是「羅馬」，而有的人卻終生要當騾馬。回首前塵，半生惴惴，惶恐多憂是常態，而快樂像日子裡的鹽。是文學，她搭救性命般，拯救了我。遼闊的閱讀和寫作，讓我沉重的身心有了片刻的輕逸，舒展，自由。也有了一片扎實的大地。

年輕時嚮往樂土，中原一居三十年，見識了北方男人殺伐用斧頭，這裡的人屠宰不用刀。土壤和收成的關係，讓我持久陷入憂傷，那是一種身在泥淖，有力使不上的絕望。

寫此篇自序時，窗外，正秋陽燦爛，馬路上卻闃無一人——生活跌進了魔幻大片樣的戲劇，這麼好的陽光，只有幾個「大白」和「紅箍」可享，其他人不許下樓。「特殊時期」，手機被迫加入了許多群，群裡見識了許多平時沒有機會打交道的人。一個短視頻，一年輕男子正崩潰般的自摑耳光，左手狠抽左臉，右手猛打右邊。下面是一片呲牙的笑臉，還有人說講究，打掉了口罩還不忘戴上——同胞遭難動物尚且兔死狐悲，這些，還是人類嗎？

有人在罵染冠者是「走地雞」，怪她到處走。這些人對每天免費的捅測幾乎是興高采烈，按著大喇叭的吆喝排長龍，一個一個，毫無挂礙、也毫無心理障礙地張大了嘴，伸上去——魯迅筆下那些麻木的人，他們冷血的子子孫孫，一直活到今天。

還看到一則消息，海那邊那個女作家，她的書不許看不許賣了。而此時，這套書還在編印中，允許賣允許有人閱讀。有一點點慶幸，也有一絲絲羞恥。

這個世界會好嗎？

業餘寫作幾十年，創作過很多種文體，其中最愛的，還是小說。為之嘔心瀝血。那些書中的人物，曾陪我度過許多歲月。文學之於我，是生命的撐持和苟延，她幾乎宗教般，撫慰著我的精神和情感。二〇一五年冬，有幸受秀威之邀，去海那邊走了走，看一看。曾與一出版界令人尊敬的老先生會面，他本身也是很優秀的作家，出版了很多自己和同行的好書。當時，他把一本書平攤開來，放在桌面，中間的書頁柔軟而有韌性，絲綢一樣順滑。老先生慨嘆多媒體對紙介的衝擊，那份敬惜，珍愛，至今讓我難忘。他說文學也是他的宗教。

汽車終止了馬車，是人類的進步。但汽車是要有剎車的，沒有剎車的狂奔是可怕的。拙作文叢，自知是巨浪中的一滴水，一塵沙，讀者有限，稿酬也不可觀。但我心中，還是懷有一份夢想，一份羞澀的，可能會被人嘲笑的希望夢想：未來有一天，某書店翩翩走進一個人，或兩個，他們是關錦鵬李安以及那些熱愛藝術的行家，這套蘊藉著我生命的悲喜之書恰巧與他們相遇，一閱還很會心，嘿，這部小說我要改編她！

——多麼美好！

最近新開頭了一個小說，開篇用了東亞諺語：「河水高漲時，魚吃腐蟲；河水乾涸，腐蟲吃魚」。一個人一生的幸與不幸，與時代的漲落有關，也與自身角色相涉。生在華家好還是夏家妙？端看自身所處的網格。華家那個持斧頭的爹，他掌管著全家人的命運，生殺大權，對他來說，全是好日子。而夏家呢，那些兒女們，老爹們，則顯得幸運。

金魚是需要一泓清水的，蛆蟲熱愛腐灘。當滿天下都是一口大爛泥塘時，那泥鰍這個品種，它一定活得最歡。

網上又在流傳一張圖片，「這個世界會好嗎？」——有人把原來的答案「會的」劃掉，改成了「等通知」。

抬頭看窗外，整整封閉一星期了。群裡大家都在問：什麼時候可以解封呢？什麼時候可以下樓？明天允許大家出門去自己買菜嗎？孩子能不能上學？

還有問俄烏炮火的，問怎麼才能出門治病？去奔喪行不行？

管事的一律回答：不知道，等通知！

所有人的生活，在等通知。

身心疲憊。我關掉電腦再次來到窗前，窗外，秋陽已涼，寒意許許。如果此時可以去戶外走一走，該多好啊！可是不能，暫時不被允許。明天，明天可以嗎？我問蒼天，蒼穹巨石般沉默。

里爾克說：「我們必須全力以赴，同時，又不抱持任何希望。」

只能如此。

感謝敏如，感謝人玉，感謝秀威，也謝謝和這套書相遇的讀者。

——明霞於二〇二二年九月，河北

序／山外是天

顏敏如

這不是本女人寫的書，更好說，女人寫不出這樣的一本書。

什麼樣的書必須由女人寫？什麼，必須由男人寫？應該是個不存在，也不一定值得花心思的議題。然而《日落呼蘭》中，那般的硬與殘，是出自女性作家手筆的事實，確實令人驚訝！是書中情節必須有的霸道、斷殘、粗鄙，讓曹明霞得以練就「男人一身厚實肌肉而擁有爆發力」，並在履踏、揮手的同時，讓大地搖擺、雲層湧動？還是明霞的原本天性在這故事裡得以延伸發展，如同那升了空的紙鳶在山外的高天遨遊，不能回轉？

那些事也不過發生在半個多世紀之前，歷史學家或許以「近代」在時間軸上標示定位；就地理空間來看，事出地點也只是地球上的一隅，那個高遠寒冷、玉米雜糧拚命生長的地方。然而，那些事件發生之前、期間以及後續的作用與影響，讓人不得輕易小覷，因它參與了第二次世界大戰，那個多少人生死與共的悲傷年歲。如同教堂壁上需要精心維護的馬賽克鑲嵌細工，缺了《日落呼蘭》所述及的，既魔幻又真實的那一塊，人類史就只能拼湊得遺憾了。

中國東北抗日戰爭十四年。那是歐洲德國納粹形成，亞洲日本企圖實現東亞共榮大夢的時期；也是勤快老實的洪慶山從十四歲少年直到二十八歲，成了兩個孩子父親的時期；更是在小鋪裡藏賣鴉片煙的金吉花、掉入自滿陷阱的崔百歲、懷抱羅盤身分不明的洪福隆、滿頭蝨子有好脾氣的玉敏堂妹、時不時以煙袋鍋打人的小腳三嬸、和嫂子的嫂子有曖昧關係的崔良田，以及寒冬時以鮮牛糞溫暖赤腳的慶林、慶路，在小興安林麓經驗流離翻轉生死的顛沛時期。

明霞的鐵驪鎮及其周遭的山脈野嶺與呼蘭流域是個巨大而滾燙的火鍋，她的火箸聚焦在殘忍與不公，撈起入口的，是可以吃得明白的碎石、枯枝與餿肉。這是個令人神傷的麻辣鍋。從「民國快叫滿洲」到「熱烈歡迎日本皇軍」，以至「歡迎共黨隊伍」，一系列的翻天覆地在那一大片黑土黃地上，撕心掏肺，痛苦不堪地完成。在那兒，炕上的被褥就要是破爛棉絮；在那兒，鍋台上有成群的蟑螂走過；在那兒，女人頭上的蝨子得要拿煤油嗆，「才會暈頭暈腦從頭髮裡向外爬」；在那兒，「小孩拉屎大人不管，狗會舔」；在那兒，「院裡的雞屎鴨糞被豬牛蹚個滿地」。

西渡而來的殖民主，見雞挑雞，見鴨踩鴨，姦污女人，還罵「支那女人，豬」。這些和「畜牲」交媾了的什麼東西，「一生氣就把三嬸的煙袋桿了撅折了……還踢了慶路一個跟頭」。

從東洋來了一批批開拓團的成員，他們要在望不到邊際的大地上定居繁衍，世世代代。讓「支那百姓流著大和民族的血」，讓中國孩子和日本孩子在學校裡同聲高歌「天地內，有了新滿洲……近之則與世界同化，遠之則與天地同流」。

而強佔民屋的法子則是中國人自己為他們的殖民土所設想，讓「南緶的二流子、看瓜地的高傻子，還有一些無業遊民，他們都來到了三孀的當院兒。有直接對著門撒尿的，有坐在院裡摳腳丫的。高傻子……，脫掉了褲子，旁若無人抓起了蝨子。……三孀盛了一盆冷水，對著那些人潑了過去。一個二流子說，冷水把他激病了，他得上炕養傷。……真的上了三孀的炕……蓋起了被子。高傻子也學著那個人的樣，光著腚（屁股），向炕上爬」。

即便是酷刑也不例外，那孫翻譯不就提供了日本軍官，滿洲山林裡，搶匪對付叛徒，叫「望天」的樹刑？夏天，當河邊柳樹枝幹既堅硬也柔軟，將削尖了的主幹插入受刑者的下體，在樹幹彈向穹蒼的剎那，受刑者也隨之仰臉望天！

山高嶺峻，一個再適合不過了的，塑養半人半獸的魔境。赤匪、土匪、山賊、義勇軍、救國會，一旦上了曠野，入了山徑，不論是快速殺人還是絕處求生，個個幹得乾淨又麻利。抗日者的能耐是，「只要入了山，就像樹葉兒掉進了林子，找不出來」。而日本皇軍「進山剿過多少次，整不淨，滅不絕」，最好是「餓死他們，困死他們。讓他們沒吃沒喝，沒穿沒蓋，最後像那些冬天的樹，活活風乾在林子裡」。

抗日聯軍在林子深處，鑽進荒草偽裝的地窨窩棚休憩，以環山急行迷亂追兵，在馬尾綁樹枝，邊走邊掃除行路痕跡；在雪地上築起擋風雪牆，砍樹枝鋪地睡上。「夜晚不滅的火堆把前面的身子烤得焦燙，後背卻是冰涼徹骨」。他們啃嚙樹皮，生米就著雪吞。米沒了，「腳上的馬皮扔火炭兒裡，燒軟了，放在嘴裡嚼」。在如許艱困情境下，人性退位，獸性發揚，所有行為均以生存與活命為唯一指標。

這種「好人進了警察署，不死也要變白骨」的世道，這種絕大多數的平民百姓因愚昧、迷信，在粗鄙髒亂的環境裡，以抽大煙為休閒，以嫖妓為娛樂，缺乏教育，有志難伸，受迫遭辱，諂媚當道，搖尾橫行之時，一種悄靜的巨大勢力正不動聲色地趨近人體，滲透肌膚，侵入心髓。「種糧的挨餓，伐木的沒屋，出力流汗的沒有好日子過」的民間控訴，正是這股無形無嗅力量堅實的脊背支柱，是共產黨得勢的開始。

曹明霞對事件的安排一件接一件，目不暇給，是一齣沒有冷場的好戲。有些段落更如同偵探小說的佈置，迂迴、神祕、出其不意。她的文字樸實，不打結、不矯情，更含有攝影機效果，正如「三嬸那隻眇眼，左右一晃，慶山就能把她看過的地方收拾得乾乾淨淨」所顯示。那些不論在什麼語言都難以找到正確表達的擬聲字，明霞卻是隨手一捻，傳神而中聽。

在一個冬天的「太陽像白蘿蔔」、「樹葉如魚鱗」，以及「小姑娘對誰都辣辣」的地方，曹明霞式的家道中落是搭建後的拆毀：是慶山的父親把「房屋的四周由最初的柳條圍欄，換成了整齊高大的木柵板，無論從遠、從近看，都是個正經人家了」，後來三叔「把木柵板又慢慢變回了柳條枝兒，柳條枝兒在冬季裡又變成了燒柴。從前引為家園邊界的木柵板，用逶逶迤迤的小草棵來代替了。」

明霞只在故事最後含蓄地提起國共就要爭天下。其實《日落呼蘭》大可以是一系列東北人民在中國近代生活遭遇的起始。在特有語言、特殊風情的基礎上，以這書的調性與寫法繼續發揮，應該可迴避政治上刻意加予而牽引出來的無謂糾紛。這一期待中的系列故事，只要耐著性子，寫得深、寫得細、寫得招蜂引蝶、寫得蕩氣迴腸，也就接近了諾貝爾文學獎評審們青睞的文學體系之一。

至於貫穿全書的慶山怎麼告訴他那兩個失去日本母親的孩子，山外究竟是不是天？山外的天，可不可以是尋常百姓安身立命的地方？這事，或許留待他的孩子告訴他會清楚些。

顏敏如

喜歡寫字的人。著有《我們，一個女人》（第五十屆吳濁流文學獎小說正獎）、《焦慮的開羅：一個瑞士臺灣人眼中的埃及革命》（第39次文化部「中小學生優良課外讀物」推介）、《英雄不在家》（獲選106年「年度推薦改編劇本書遴選」）、《拜訪壞人——一個文學人的時事傳說》、《此時此刻我不在》等作品。

主要人物介紹

洪家　三叔三嬸，夫妻，育有慶林、慶路、玉敏。

洪慶山　三叔的侄子，在叔叔家排行老大。

大爺　三叔的大哥，神漢，看風水四海為家。後為抗聯犧牲。

賈永堂、金吉花　夫妻。兒子賈中朝、賈中滿。女兒小滿桌，大名賈中日。

崔老大、崔老二　哥倆，崔老大接替被沉河的賈永堂當甲長，後被崔老二頂。崔老大有子女百歲兒、豔波（換小子）、豔萍（換弟兒），妻子賈玉珍，賈永堂的堂姐，和金吉花兩人一直不睦。

周長花　崔老二的老婆，花癡。長年去呼蘭河邊看高大健壯的看瓜漢高傻子。

周德東　周長花的弟弟，商人，後給抗聯戰士送給養。

金東烈　和姐姐金吉花都是朝鮮族。抗聯山林隊隊長，死時胃裡只有樹皮屑。

于德林、張立本　三叔家大車店裡趕車的。于德林刺殺剛剛進駐鐵驪的日本兵被「望天」，張立本作為僅存的革命力量，一直暗暗活動。

朱康　抗聯戰士，平東洋山林隊隊長。後跟玉敏結婚。

王東山　滿洲警察，後升警尉。跟滿桌兒成親當晚，犯羊癲，滿桌兒嚇跑上山。

多襄井、千惠　滿洲未建時的日本商人，女兒多襄純子。

武下　關東軍駐鐵驪鎮守備隊大隊長。

坂本　小隊支隊長。

井然　日本兵。

竹內　日本宮城開拓團團長，後暗中幫助中國百姓。

菊地　日本軍醫，共產黨人。用一車炸藥開進河裡的自殺行為，反抗自己的國家。

花田　菊地妻子。兩個兒子死了，後隨慶山進深山種地，二人結為夫妻，育一兒一女。

目次

第一章

1

慶山早晨起來，發現南炕的三嬸子已經戳在那兒抽煙了，長煙袋，桿兒比胳膊還長，架在她的食指和中指之間，疊著粽子樣的小腳，當支架，吧嗒吧嗒——煙袋鍋兒在她的吧嗒聲中，一明一滅。

慶山恭順地叫了聲「三嬸」，三嬸用嗓子裡的一呼嚕做了回答。慶山從小沒爹娘，在三叔家長大，對爹娘的疼愛基本沒有概念，倒是三嬸子的銅頭兒煙袋鍋，讓他記憶深刻，每刨一下子，夠他彎著背喘上半天。慶山就是在銅頭兒煙袋鍋兒的威力下成長為一名好勞力的。

這是民國二十年，慶山十四歲。

慶山把兩隻沒有襪子的腳落進笸籃般的大靰鞡裡（東北的一種草鞋），更生布的棉衣，在慶山的汗水中濕了乾，乾了濕，已經有鐵皮的硬度。慶山每天都是天不亮就起來幹活，一家老少擠在南北兩鋪大火炕上。南北炕，是滿族人的習俗，漢人用了，也覺得冬天又省柴又取暖。堂妹玉敏也不小了，就睡在南炕，慶山早起，既是為幹活，也是他這個當堂哥的懂事。

三嬸咳嗽了一聲，慶山知道三嬸子有吩咐了。慶山在三嬸面前非常有眼力勁兒，三嬸那隻眇目，左右一晃，慶山就能把她看過的地方收拾得乾乾淨淨；三嬸子一咳嗽，慶山就知道三嬸是叫他，有話說。三嬸子呼嚕出一口痰，吐到地上，炕前是泥土，痰漬入內即沒。慶山又恭順地叫了聲「三嬸」，三嬸才慢悠悠地說：「山子啊，煙葉子快沒了，回來給嬸子捎一捆，有那煙膏子，也別忘了給我整點兒。」

「煙膏子」即是福壽膏，老百姓叫它大煙膏子。在東北，鐵山包南粳河這片兒人家，有錢的、沒錢的，窮人、富人，家裡都斷不了「煙膏子」。病了吃它，止疼；沒病吃它，好受。富人長年用煙槍，抽大煙泡兒。三嬸子平時只抽黃煙，煙袋鍋兒裡加一點膏子，只有小米粒兒那麼一點，就給勁兒。可就是這一點小米粒兒，也架不住天長日久，小米粒兒的流量，讓三嬸子家四壁空空。

慶山兩手交錯，剛拿到手上的那根扁擔，在他的合握交錯中，來回滾。家裡一吊錢都沒有了，拿什麼去整煙葉子和煙膏子啊？

「先賒著，年底一起算。」三嬸子在黑暗中給了他主意。

三叔家的院落很大，這還是慶山的父親留下的。慶山的爺爺、太爺那輩兒，當年來東北開荒，那時的黑土地無人煙，隨便圈，想開多大開多大，怕的是你不肯出力流汗。到了慶山父親這輩兒，已建得正房三大間，廂房各兩邊，操場樣無邊的院落，可種菜，可放養。慶山的父親是個能幹的小夥子，他把園子種上了糧食，院內養了雞鴨，房屋的四周由最初的柳條圍欄，慢慢換成了整齊高大的木柵板，無論從遠、從近看，都是個殷實正經的人家了。

等三叔接手後，開始，他也算勤快，有了老婆、孩子，但漸漸地，酒癮讓他懶惰，一年四季地喝。

男人喝，女人抽，慶山再能幹，家裡也始終窮得叮噹二響，沒有兩吊半。慢慢地，他們的家園，木板柵又變回了柳條枝兒，柳條枝兒在冬天裡當柴燒了，家園邊界只能以逶逶迤迤的小草棵來代替了。場地還是那片場地，院落還是那塊院落，兩邊的廂房朽為土丘，雞鴨冬天蹲在上面曬太陽，正房也越來越歪，是慶山的一把好力氣，又把它們修正了。慶山像極了他的父親，從早到晚不停歇，把那些小草棵邊界，用泥拉禾加曬好的土坯，壘成圍牆。這個大院，又有個大院的樣子了，三叔招起了大車店，騾馬驢牛、拉山人的狗扒犁，只要不嫌棄，他都招。騾馬由慶山天天餵，車老板子們的飯食，也由慶山一併解決。

車老板子（趕大車的把式在東北叫老板子）于德林他們，平時就住在馬架子（用木頭撮起的一種大棚窩）裡，冬天冷，夏天熱，沒有窗戶，人平時在裡面基本是坐著或躺著，直不起腰。但老板子們皮實，他們說牲口不受屈兒就行，人扛造。慶山給他們餵牲口的盡心，讓他們都看在眼裡，特別信任慶山這家人。周圍又陸續開了幾家，他們都不去，說就住三叔這兒了，人家實在。

三叔對於老板子也高看，說他「說人話還不往柴禾堆裡拉屎」，這是三叔對人的最高評價了。三叔家的茅房在院子的東北角，很遠，這些人半夜起來，又黑又冷，很多老板子就近在柴禾垛後面方便了；冬天還好，什麼都是硬的，夏天，抱柴燒火的人看不見就很慘。三叔覺得這些人天南地北，什麼鳥兒都有，要求不能太高。于老板子和張立本，是讓三叔省心的人，店錢不賒不欠，到時候就給。有時說的那話，聽著叫人佩服，也舒服。他們經常來到三叔的南炕上，幾個老哥們兒，和三叔對著喝上兩盅兒。人家也不白喝，總是揣包牛肉、燒雞啥的。窮得叮噹響的三叔，只有他們來了才解解嘴饞。據于德林自己說，他是山東人，和母親逃荒跑過來的。他跟張立本是老鄉。

三叔聽口音覺得張立本像河北人，河北和山東，算的哪門子老鄉呢？

慶山鍘草，餵牲口，他把細料常常先餵給那匹騾子，于德林的騾子比馬還漂亮，毛兒好，個頭也大，嗚打得帶著精氣神兒，空氣都震得發顫。慶山也不虐待瘦驢老馬們，還有那條大黑狗。大黑狗的主人就是張立本，張立本性格根本不像「山東棒子」，既不倔，也不直，他有什麼話都試探著說，哪人跟哪人鬧不和了，他能婉轉地開導。他的大黑狗跟他一樣，都不討人煩，乖巧，懂事，有眼色，慶山每次餵牠，牠都充滿感激地猛搖尾巴，還用頭臉來慶山的褲角蹭，用身子擁。慶山從多襄家幹活回來，如果有剩菜剩飯、啃過的骨頭，他都餵給這條大黑狗。大黑狗不白餵，白天跟張立本上山拉扒犁，晚上幫慶山家看家護院。

看慶山起來幹活，大黑狗就衝出窩棚前前後後地跟著，用嘴碰碰慶山筐籃一般的大棉靰鞡，又用尾巴打兩下慶山鐵皮一樣的更生布棉襖，意思是：有我呢，你一個人幹活不孤單。慶山拿手到牠頭上捋兩捋，大黑狗就滿足了，一個高兒躥很遠，去大門口了。一個人抄著袖口走進來，狗皮帽子和黑棉襖上全是白霜，大黑狗吠兩聲，那人說：「老黑，老子都不認識了？」看于德林又比自己起得早，慶山納悶兒，他叫了聲「于叔」，就低頭繼續幹活了。于大叔總是起早貪晚，誰家拉腳也用不著總是半夜呀。于叔擼了一下慶山的後腦勺，說：「你小子勤快，天天起這麼早。」慶山捂著這份昵愛，心想：「你比我更勤快，勤快得都不像個車老板子了。」

院裡的活兒幹完，天已大亮了，慶山抱著一捆柴禾進屋點火做飯。三叔蹲在灶口，二錢的小酒盅兒捏在他手裡像一枚棋子兒，沒有就酒的菜，左手捏著一粒兒鹽，右手酒盅兒，喝一口，嘬一下。無論是喝還是嘬，都發出「滋兒」的一聲。

慶山不敢怠慢三嬸，在三叔面前，倒是可以撒撒憨。看見三叔也不叫，裡裡外外生火添水。三叔礅礅酒瓶子，說：「山子，該給叔裝酒了。」

慶山「嗯」了一聲，一直到他出來進去把鍋裡的飯食一應弄妥了，才蹲過來，抓起酒瓶晃了晃，裡面的酒不夠一口。慶山說：「三叔，三嬸讓我整膏子，你讓我裝酒，咱家連一吊錢都沒有了，你讓我拿手指頭去整啊？」說著搶過三叔的鹽粒兒，扔到鍋裡，「連菜都多少天沒鹹淡兒了。」

「你個小王八犢子。」三叔的巴掌舉起來，慶山不躲，三叔的巴掌從來沒有落下過，這個慶山有數兒。有一次他跟弟弟慶林、慶路搶什麼東西，碗都打碎了，三叔心疼那隻碗，可巴掌最後落到了自己的大腿上。倒是三嬸的煙袋鍋子刨得挺及時，給他和慶林各賞一下，慶路是她老兒子，捨不得下手，慶林那一下，也純是表演不偏心，實際上，慶林那一下比慶山輕得多，因為慶林比他先喘過氣兒來，跑了。慶山則彎在那裡，好半天才呼吸勻了，能喘氣兒了。三叔狠狠剜了三嬸子一眼，說：「都是半大孩子，妳想刨死他們嗎?!」

三叔的脾氣也是大的，只是他不忍心打這個沒爹娘的孩子。如果落到慶林、慶路身上，他的巴掌如鐵餅，打哪兒算哪兒，慶林的鼻子流血，慶路眼冒金星，那都是常有的事。

慶山說：「三叔，你再忍幾天，忍幾天。月底，我就能發勞金了，發了勞金我馬上給你裝酒，裝兩瓶子，讓你可夠兒喝。」

三叔翻翻眼，算：「月底？月底還得小十天呢，你小子想饞死我呀！」

慶山白天給日本人多襄井家幫傭，主要是挑水。多襄井家開酒坊，賣的是日本的清酒，用的是中國的原料。慶山打小練就的幹活功夫深得多襄歡心，多襄多次對他伸大拇指，說：「支那人，你的，這個！那些人，不行。」

「那些人」主要是指三叔、三嬸。多襄有一次突然來慶山家找慶山，當他看到冰冷的屋內南北大炕上，一個在抽大煙袋，一個喝小酒，他退回來，連連晃頭，說：「山，你的，可惜了。他們，是吸血鬼，你的，養不起他們的。」

三叔又說：「要不，山子，你去日本子那兒給我賒一桶？」

慶山站起來後退了幾步。「這可有點異想天開。」慶山想。多襄跟中國人不一樣，他不擔一點賒欠的風險。慶山第一次跟他說賒，他瞪大了眼睛，看了半天，說：「你們支那人，不好，給不起錢，還要喝，真不知害臊。」他伸了小拇指。

當時慶山熱到了耳根。他也跟多襄比劃，說在他們鐵驪鎮，南緶這邊兒，家裡沒錢是常事兒，互相賒著，都跑不了，年底一結就清了。

多襄搖頭，不同意。「你們支那人，就知道喝酒、抽膏子，支那人完了。」說完，沒有賒給他，而是送給了他一瓶，告訴他：「就這一次，以後，別開這個口了。」白給他三叔一瓶，完全是看慶山誠實能幹，是賞給他家的。說完，讓人提來酒，那個提酒的聽懂了多襄的話，眼裡全是鄙夷，像打發要飯的。慶山沒有接酒，他滿含屈辱，退出去幹活了。下決心再也不丟這個臉了。

這倒激起了多襄的施捨欲，他比劃著說：「你們支那人，若都像你這樣，肯幹，就好了。」午飯時，他請慶山留下來，跟他一起喝酒，他說：「你已經是小夥子了，可以喝酒了，冬天暖身，夏天添力氣。你三叔，告訴他不要喝了，光喝酒不幹活，這樣的人，活著沒什麼意思。」多襄又伸出了小拇指。慶山不願意多襄這樣比劃他的三叔，那天他活也不幹了，更沒喝酒，一聲不吭地，跑回了家。回到自己家，悶坐下來，也是一聲不吭。

後來是多襄的女人千惠，提了酒、肉，還有日本壽司，來慶山家串門，看望三叔、三嬸，慶山才回去繼續幫傭。多襄知道，十里八鄉，都找不到慶山這麼能幹的小夥子了。就是他兩個弟弟，跟他比都是天上地下。

三叔說：「他奶奶的，小日本子的腦袋讓門擠了、驢踢了，跟中國人就是不一樣，格路。能送給咱們酒，不賒酒，真他奶奶的怪，跟咱中國人倆脾氣。」說著，捍摸了半天，從兜裡捏出一吊錢來，說：「山子，錢，三叔有，但這錢是叔攢著給你說媳婦的。我哥沒了，叔不能對不住你，要給你成家立業、過日子呢。」

「成家立業？你趁個啥呀?!」三嬸子拎著煙袋鍋兒走出來。三嬸子最怕花錢了，要是給山子成家立業，那得多少錢？三嬸說：「老洪啊，洪福海，你這輩子最大的能耐就是吹牛，老母豬拱地，嘴兒好，全憑嘴兒。跟你大哥一個樣。」

三叔的大哥是風水先生，長年抱個羅盤，給人看祖墳，吃的是嘴上飯。

慶山抓了個板凳讓三嬸坐下，三嬸小腳，站不牢。三嬸子滿意地「嗯」了一聲，說：「行，山子不白養，比我那倆白眼兒狼強。」這時候，還在被窩兒裡的慶林、慶路衝了出來，他們一定是被窩裡憋不住尿了。天冷，起來也是冷，就懶在被窩兒裡熬時光。提著褲腰，光腳向外跑，那是打算回來繼續被窩兒裡取暖。

玉敏也起來了，她兩隻小手抱著腦袋，「咔吃咔吃」地撓。人窮，蝨子卻瘋長。慶林回來時路過鍋臺想伸手去拿灶上的餅子，三嬸一鍋子刨過去，止住了慶林的手。三嬸說：「看這一個一個的，就知吃，都是白吃飽兒，隨你們老洪家的根兒！」

三叔不願意聽，一口痰吐進了灶坑。

早飯，清湯寡水，三和麵的餅子難以下咽，三嬸抱怨說：「嫁了你們家，我是瞎了眼了。你大哥每次在這兒白吃白喝半年，走時都說看風水掙了錢，拿回來。可他山南海北走了一遛十三遭兒，有了錢只顧自己抹油嘴，從沒見他拿回半吊錢來！」

「妳可不眼瞎嘛，不瞎能嫁給我？」三叔嘴裡塞著餅子，說。

三嬸當姑娘時就眇一目，個子倒苗苗條條的；三叔又瘦又矮，還一臉麻子，還帶著個沒爹娘的侄兒，三嬸嫁他，算兩不嫌，兩將就。

三嬸說：「天天裝神弄鬼，咋沒見你哥把你們老洪家的風水給看旺起來？」

三叔生氣了，三叔一生氣，臉上的麻子都生氣，一粒粒立起來，帶著煞氣。他的生活中有兩樣不能容忍，一是說他侄兒，二是說他大哥。提到這兩人，是碰三叔的肋骨呢。三叔的麻子一立，三嬸就知道該閉嘴了，不然，三叔的碗或筷子，那可不是吃素的。有一次把一支筷子擲向她，鏢一樣插進了三嬸的後腦勺，好在那時她年輕，後面梳著大大的盤髻。

2

方方的大井臺，四面全是冰，慶山的一對大木桶，冰溜兒像掛溢著的白蠟。桶自重，就有幾十公斤，慶山挑起它們毫不費力。井臺口，被冰溜兒凍得越來越小了，四面呈放射狀凍成了一面坡。冬天裡，打水非常危險。慶山有技巧，他踢活了兩塊小木板，把它們翻個個兒，踩著另一面，就不滑了。然後他前腿弓，後腿繃，閃著身子去搖轆轤，這樣閃著，是防人扎進井裡。

賈永堂家的小滿桌兒，也來打水了。她才十歲，只能用胳膊挎動一小桶水。她遠遠地叫了一聲「慶山哥」，慶山接過她的桶，先給她搖了一斗兒，一斗兒水到她的小木桶裡就灌滿了。滿桌兒不急著走，慶山打第二桶的時候，她還幫著往前推。慶山說：「滿桌兒快回去吧，妳媽等妳時間長了該罵妳了。」滿桌兒用一擰身子來表明她不怕，她堅持等慶山打滿兩大桶，挑起來，她才跟在後面一起走。

路上滴水成冰，十四歲的少年洪慶山在兩大桶水的壓力下身體像柳條枝兒，搖來擺去。滿桌兒喜歡看慶山哥挑水的樣子，那還不算寬闊的後背，她怎麼都看不夠。她還喜歡踩著他滴滴答答木桶蕩漾出的水線上行走，漾出的水瞬間就結成了冰碴兒，踩在上面，像踩碎玻璃，有聲響。滿桌兒天天都掐著慶山來打水的時間，慶山幾時打水，她就幾時到。滿桌兒認為她跟慶山哥同命，慶山被十里八村的人說「命硬」，妨爹媽。滿桌兒自打記事兒起，也被人說「命硬」，長大了找不到婆家，滿桌兒覺得慶山哥會要她。

慶山說：「滿桌兒，過會兒我去妳家賒點煙。」

「啥煙？煙膏子還是煙葉子？」

「能賒出啥就拿啥。」

滿桌兒的媽媽金吉花是開小賣鋪的，黃煙、辣白菜、臭豆腐、冥紙，還有棉手套和棉膠鞋、油鹽醬醋，什麼都賣。只有大煙膏子是暗藏著的，不明賣。有時誰家的小孩子肚子疼了，滿地打滾兒，救人命，她也白給。那煙膏子也怪，挖上那麼一手指頭，給孩子吃下去，頓時就不疼了，治病。

滿桌兒小跑上來兩步，說：「慶山哥，不用賒，等我趁我媽不注意，給你拿一捆。是三嬸子要吧？」

慶山咧了下嘴，苦笑。滿桌兒的媽媽管三嬸就叫三嬸子，她應該叫三奶奶，可是她小小的年紀偏偏有自己的主意，以為這樣叫了，她未來就是慶山的人了，三嬸子會當她的婆婆。慶山說：「別，那可不行，妳媽知道了，還不打死妳。」

「打死我我也不怕。」滿桌兒說。

滿桌兒是陰曆七月十五生的，還趕在了半夜，正是鬼托生的時辰。當地人把七月十五當鬼節，鬼托生人的日子。每年放河燈，就是讓那些死去的鬼魂，藉著河燈，早點轉回人間。滿桌兒的出生，讓她母親狐疑：「這丫頭，是哪個冤死鬼借魂還到我家了呢？」滿桌兒長大了，母親金吉花不喜歡她，總是說：「妳這個鬼丫頭，不定是哪家的討債鬼，長大了也不一定有人家兒敢要。」

慶山哥是要帳鬼，鄰居都說他是要帳鬼轉世，一出生就要了他娘的命。母親說自己是討債的鬼，要帳和討債，就是一對兒。長大了能跟慶山哥過日子，成一家人，滿桌兒一想就覺得心裡歡喜、踏實。

為什麼這樣想呢，滿桌兒覺得這世上，慶山哥對她最好，比爹娘對她都好。滿桌兒第一次來打水，小小的個子站在井臺兒，轆轤把在她手裡還合不過來，慶山看見，驚恐地衝上來，說：「滿桌兒妳這麼小，還沒有井把兒沉，把妳自己搖下去咋辦？」說著搶過來就幫她搖，還告訴她：「以後我來幫妳打。」

慶山沒有問她為什麼她兩個哥哥都不來搖水，讓這麼小的妹妹來搖。金吉花拿兩個兒子當眼珠，卻拿滿桌兒當丫頭使，左鄰右舍都知道。金吉花是朝鮮人，重男輕女比中國人還甚。她給大兒子起名中朝，二兒子起名中蘇，後來不久又改叫中滿，到了滿桌兒這，才第三個，她就不想生了，叫了滿桌兒。她還說生那麼多孩子沒意思，亂世道，有兩個兒子能當頂樑，就行了。丫頭沒用，早晚是人家的，養了也是白養。

水的重量使滿桌兒仄著身子，她說：「慶山哥，你不敢要哇？我娘看不見，我拿了沒事的。」

慶山說：「不行，妳娘心裡有數兒著呢。」慶山平時常聽三嬸說，金吉花是這一帶最會算計的女人，如果能把腦袋拔下來，她都能數出自己的頭髮是多少根兒，誰也別想白占她們家的便宜。

滿桌兒仰著臉望，小鼻子上都浸出了汗。慶山知道她的心思，說：「確實不行，滿桌兒，妳娘吵起來了，不是咱們倆的事，我三叔、三嬸，也跟著上火，到那時，就不好收拾了。還是我幹完活去妳家賒吧，妳媽能賒給我就行。」

滿桌兒腦袋低下來，她覺得母親吉花不會賒給他，因為昨天她還聽母親說，以後誰也別想再欠帳了，這亂世道，有今天沒明天的，欠來賒去，不定給誰倒了寬綽。年頭兒不行了。

「過一會兒我去你家找玉敏玩『綽嘎拉哈』行嗎？」滿桌兒為自己幫不上忙而歉意，又想出了新主意。她說著一隻手去掏她的兜兒，裡面有一對磨好了的新鮮羊嘎拉哈（「嘎拉哈」是動物蹄關節的一對軸，滿族人的叫法）。羊嘎拉哈小而精緻，只有拇指蓋兒般大小，已被打磨得光滑可愛。綽嘎拉哈遊戲也是滿族姑娘發明的，冬天裡，凍得出不去屋，一幫大姑娘、小媳婦，圍在火炕上，她們都有撇腿坐臥的蛤蟆功，幾個人圍一圈，手中握有沙包，向上一拋，在沙包下落的過程中，迅速抓摸到所有圖案相同的嘎拉哈。嘎拉哈有豬的，有羊的，還有牛的，大小不等，要在接住沙包前，不碰其餘，把這些全部捧到懷裡。短短幾十秒，眼睛不看，全憑著抓摸，是很要功夫的。

最後，誰抓得多，誰就算贏。

「綽嘎拉哈」是一種富裕人家的遊戲，殺豬宰羊，窮人家幾年都湊不齊一副，滿桌兒的父親賈永堂是甲長。滿桌兒有這玩藝兒，去誰家都受歡迎，尤其崔老大、崔老二家，豔波是崔老大的姑娘，大胖是崔老二的兒子，十幾歲的姑娘小子，大冬天裡沒別的遊戲，綽嘎拉哈，樂趣比得上過年。可是滿桌兒很有架兒，她輕易不答應她們，尤其豔波——她看出豔波也常常趁慶山打水時，來打水。「那點小心思，誰不知道哇。」滿桌兒心裡哼。她覺得慶山哥只屬於她一人。對心上人無以為表，滿桌兒捏著兩枚美好的小羊嘎拉哈，說：「慶山哥我喜歡跟玉敏玩。」

慶山為她這份討好，胸中湧過一流暖意。一個才十歲的小姑娘，這個抬著臉跟他說話的小妹妹，每天瞪著晶亮的眼睛，向他示好，跟他友善，就是因為他幫過她打水，照顧了她。自己的堂妹玉敏，每天臉都洗不淨，滿頭的蝨子，崔老大家的換小子豔波、換弟兒豔萍，都不跟她玩兒，即使玉敏湊上去，她們也嫌惡地走開。現在滿桌兒一再說喜歡找玉敏玩，還帶著她的寶貝嘎拉哈，慶山知道這是滿桌兒有情義，在回報他。

3

太陽升起來了，沒什麼溫度，像一片兒白蘿蔔。鐵山包的冬天就是這麼冷。慶林光著腳，冰天雪地，他光著腳奔跑的速度如離弦之箭，他在追逐著牛糞，剛剛屙出的牛糞，還熱乎，慶林跑上去，就把兩隻腳插在牛糞裡，暖和暖和。有一泡牛屎太稀了，這使跑著跑著剎不住車的慶林出溜一下子，滑出了老遠，撅著屁股躬著腰剎車，才穩當地停好。衝後面的同樣沒鞋的弟弟慶路，招手：「過來呀，快過來，這個熱乎，還大，咱倆一起暖。」

兩個兒子都沒鞋，三叔認為這兩個光吃飯不幹活的半大小子，沒鞋也罷，有了鞋，不定淘上天呢。這沒有鞋，大冬天的還不老實兒地在炕上待著呢，有了鞋，還不躥天入地、上房揭瓦？

慶林、慶路倒不揭瓦，他們上房、上樹、鑽山、掏鳥窩、抓草蛇，或逮隻野雞，弄什麼，都是為了點把火燒熟了填肚子，也算嚐嚐葷了。一般的時候，出外打野食兒，慶林負責偵察、奔跑，慶路射殺。慶路手裡有一柄自製的彈弓，樹杈當柄，膠胎為簧，彈性十足，百發百中。夏天的時候慶林曾指著一片樹葉，讓慶路：「老弟，打那兒。」

慶路弓起葉落。那枚掉落的葉子在陽光的縫隙中亮如一片魚鱗。

慶林佩服得直嘶氣，說：「老弟你快能當神炮了。」

「神炮」在當地是指土匪，土匪幫裡的神槍手，槍法好。

慶路說：「我要當了神炮，咱爹還不吊起來打我。」

慶林說：「我看張老板子像神炮，上回他用獵槍打一隻鳥兒，正飛著，鳥兒毛都打飛了。咱爹也猜他在鬍子裡當過神炮。」

「哥，咱爹不是說不讓咱們在外邊瞎說嗎，世道亂，說不好了野（惹）禍」。

「這哪有外銀（人）？這我還不知道。」慶林說。

今天，他倆跑出來，早飯一碗稀粥，一泡尿肚子裡就空了，天冷，肚裡再沒食兒，趴在炕上更受煎熬。慶林說出來打隻野雞最好了，一落雪，穀子全沒了，野雞會跑到山邊來找吃的，準好打。

慶林希望慶路跟他克服沒鞋的困難，解決肚子裡的問題。

「哥，今天太冷了。」慶路說。慶林已經暖過腳的牛糞，慶路再插進去，就沒什麼溫度了。他用兩手分別捂著兩隻耳朵，沒有帽子，冬天裡的耳朵凍了好，好了凍，最不禁凍的就是耳朵了，一層一層的紫痕皮。他從嘴裡哈一哈熱氣，再捂到耳朵上，反覆如是。

慶林也知道冷，冷也要堅持，吃上東西，就不冷了。他見前面有一堆新鮮的，自己沒有再衝上去，而是讓弟弟：「慶路，你去那，那個夜（熱）乎。」慶林說著，用手抿緊了自己棉襖的雙襟兒，他說：「咱娘也是，人家百歲他媽，給他做的那大棉襖，又厚又喧，手都蓋上了。咱娘呢，天天就知道抽抽抽。」

他們的棉襖，都短得露胳膊了，兩隻黑黑的小手像抓雞的。再加上經年沒有拆洗，棉花硬如氈。慶林抱怨娘，慶路就聲討爹，他說：「咱爹也不如百歲他爸呀，人家他爸也喝大酒，可是人家喝大酒不耽誤給孩子掙嚼咕，是吧？你看百歲天天吃得，嘴巴上天天光光亮，哪像咱們，三根腸子閒著兩根半。」

慶林想不能光站在這冰天雪地裡批判爹娘了，整吃的要緊。他說：「弟你先待著，我去偵察，等我吹哨。」

光著腳奔跑在雪地上真的刺骨鑽心，好在慶山速度快，他繞著林邊跑了一圈，野雞們並沒有如他想的那樣，自投羅網。找不到山雞，不如近處打打什麼吃的，反正不能白跑一趟，白挨這個凍。

這樣想著，慶林急奔崔老大家。崔老大家剛剛下了一窩兒狗崽兒，一窩兒狗崽兒擠在母狗懷裡眼睛還沒睜。慶林把兩個手指放到嘴裡，打出了呼哨。慶路跑上來，跟他並肩擠在大門口從門縫兒往裡看，狗窩兒就在大門旁，平時大狗跟他們熟，只發出嗚嗚聲。慶路說：「哥，你要整他們的狗哇，那百歲知道了，還不跟咱們急眼？還能跟咱們玩嗎？」

慶林不吱聲，在猶豫。

「再說了，牠們還沒睜眼睛呢。」

慶路一般的時候是打射瞄準對象的眼睛。

慶林抿抿嘴，說：「走，去純子家，打她家雞，整日本子的。」

慶路上他們沒有再用牛糞取暖，一鼓作氣跑到了多襄家後院，整齊的木板柵子，一塊挨一塊。慶路說：「他家那條大狼狗，可是厲害，咱得小心點。」

天太冷了，連麻雀都不出來。多襄家的幾十隻雞，在撒給牠們的包穀穗上悠然地散步，看來牠們是吃飽了，包穀穗在牠們的爪子下就是暖融融的地毯，比慶林、慶路還享福呢。慶路小聲說：「哥，他家雞吃得比人都好。」慶林說：「這日本子，不但雞吃得比人好，大狼狗比人吃得更好。人都吃不上肉，他家狼狗經常有肉吃。」慶路已經瞄準了靠近柵欄的一隻，慶林說：「兩隻。」慶路邊發射邊責怪：「哥，咋那麼貪呢，打一隻能拿走就算撿便宜了，還兩隻。」怪是怪，彈弓已發射了，沒什麼聲音，兩隻大公雞，剛才還昂首挺胸，挨了石子，吃了藥一般一頭就栽倒在地。

慶林攀上柵板進去取獵物，他叮囑慶路幫他看著大狼狗。慶路點頭。慶林剛撿起一隻，準備伸手去拿另一隻時，慶路急喊：「哥，狗！」他喊得急迫又悄聲，慶林也聽見了，不聽見慶路，大狼狗奔跑來的風速，也讓他驚覺了。他嗖地就攀上了木柵板，人上去了，腿腳在下面，那大狼狗快如閃電，伸嘴就撕住了他的褲角，腦袋一晃，一扯，整個人，連同他手裡的兩隻雞，都掉了下來。慶林「媽呀！」叫出了聲，大狼狗並不因為他鬆掉了手裡的竊物而放口，棉褲角氈子般的硬度讓牠不趕勁，換了一下地方，「咔吃」一口，咬住了慶林的腳脖子，再使使勁，上下四個對眼兒快穿透籠過了——慶路急搭弓，搭救哥哥，他的石子彈藥從來都是現成的，「叭」——慶路好槍法，射中了大狼狗的眼睛，左側。大狼狗疼得嗷嗚一聲，撒開了嘴，只一愣神，慶林爬起來再次上了木柵子。大狼狗再上來撲咬，慶路又是一粒石彈，想打右眼卻偏了，射中了鼻樑。大狼狗疼得鼻子發酸，牠在地上打起了滾兒。慶林的血滴、滴、滴在雪地上，格外紅。慶路上去接應他，兩人同時摔下來，好在，掉到柵子外。攙扶著，剛站起，多襄井的槍瞄住了他們。

慶山擔完最後一挑水，他拐到了賈永堂家。賈永堂的母親跟慶山的三嬸論姐妹，三叔娶三嬸那會兒，還是賈永堂他媽當的媒。賈家幾代都吃官飯，最大的當過鎮守。到了賈永堂這兒，是個甲長。三嬸對賈永堂一直當侄子看，可是娶了金吉花，這個朝鮮女人，三嬸覺得賈永堂一個好好的男兒，讓女人給敗壞了。吉花太精明，跟她的大姑子，雖然是堂伯的吧，賈玉珍，都稱斤論兩，分毫不讓。近幾年，因為跟崔老二的不清不楚，賈玉珍跟金吉花在大馬路上都對罵好幾回了，賈玉珍罵她養漢老婆，她罵賈玉珍三閒姑。金吉花不是個東西，沒入賈家時，她乖順得像個小，成功跟賈永堂結婚後，她就是老大了，連婆婆，都幾年就氣死了。現在的家，完全由她當。

慶山乖乖地叫了聲「賈嬸」，按輩兒論，該叫嫂子的，可是就像滿桌兒管三嬸不叫三奶一樣，慶山怕叫了嫂子，吉花不高興，不賒給他煙葉和膏子。他邊叫邊走近屋，今天她家的人很多，崔老大、崔老二都在，還有于德林叔、張立本叔，他們都在跟賈永堂嘮磕兒，好像說民國快不叫民國了，要叫滿洲。

慶山不懂國號的意義，這個他也沒興趣懂。不管什麼國，能吃飽飯、幹了活按時拿勞金，就好。眼下，他需要的是金吉花能賒給他一捆煙、一包煙膏子，回去好跟三嬸交代。

金吉花說：「什麼，還賒？年底還？眼下這個世道到得了年底到不了年底，還兩說著呢。你沒聽他們議論，要變天兒嘛。要我說你三嬸子也是的，抽煙又不當飯，她天天抽那麼多幹什麼？拿豆包不當乾糧啊，淨難為她侄子。你小子就是再掙，也禁不住她們兩個窟窿，一個抽，一個喝的，你這孩子真是掉進苦井了。」

滿桌兒從裡屋跑出來，她一定是在等慶山，本來說了去找玉敏玩嘎拉哈，她也沒走，是在候著慶山呢。滿桌兒的出現讓慶山更加尷尬，平時金吉花對他不錯，一直誇慶山能幹，說她「若是有這樣個兒子，那可是八輩子積了大德了。三嬸子命好，白白撿了個這麼好的長工」。今天，她的態度讓慶山發愣，從前，賒煙葉子、賒膏子的事常有，今天怎麼這麼決然？翻臉不認人？

「真是要變世道了，山子，不是嬸子摳，不賒你。」金吉花用撣子撣著木櫃上的灰土，慶山向後退了一步，臉紅了，脖子也紅了，他幹活的一雙大手，手背黢黑，不然，他的手也應該是紅的。慶山臊著臉正想退出，多襄純子大聲喊著跑了進來，她跑得上氣不接下氣，扯住慶山的胳膊拉著就跑，邊跑邊說：「山，山，快，你弟弟，他們，他們，我爸，槍。」

多襄家後院，千惠正兩手抱著多襄井的手，多襄井手裡持著那把槍。慶林和慶路站在柵子外的雪地裡，他們赤著腳，打著哆嗦，地上是斑斑血跡。死雞、狼狗、雞毛，慶山一看就知道發生了什麼。他對著多襄井猛地三個大鞠躬，速度之快、折腰之狠，把多襄井嚇一愣。然後，慶山跑過去，背起慶林，撒開腿就是一通猛跑，慶路跟在後面跑，說：「哥，哥，剪點他家的狗毛。」

當地人被狗咬了，治療的辦法是剪下該狗狗毛，弄一撮，在煤油燈下燒成灰，和著煤油，糊到傷口上。

據說這個辦法沿用了幾千年。

慶山沒有理睬他，繼續跑。

多襄舉著的槍，一直瞄著他們的背影，沒有響。

4

慶山今天給多襄家幹的活是平時的兩倍。把弟弟放回家，他一聲不吭地返回多襄井院，將所有的儲藏窖蓄滿水，他又去鍘了草，掃了院，已經成山的柴禾垛被他又加高了一層。純子在屋裡讀私塾，平時，他幹完活兒，可以坐一邊聽會兒。慶山識的一點字，就是這樣積下的。純子眼睛不停向外張望，他卻始終低著頭，活幹完，就徑直回家了。

北炕上，三嬸點著煤油燈，在給慶林治療狗咬的傷。

那撮狗毛，是純子偷偷剪下的，千惠不同意，千惠在日本學過醫，她建議純子把治療外傷的消炎藥拿給他們，三嬸說：「不行，治病這事兒就是一物降一物。」千惠多次看到過支那人對付疾病的辦法，高燒了，他們不吃藥，而是拿起做針線活的大鋼針，到油燈上燒一燒，然後，哪疼擠哪兒，用雙手的拇指甲，把那兒擠成紅腫，一針扎上去，刺破放血，這病就算治完了。按千惠的理解，這樣治療疾病應該是雪上加霜，死一千次也有了，可是奇怪，那些人還真的慢慢好起來了，燒退了，病沒了，頂多是在額頭上，留下幾塊暗黑的傷疤。

還有拉肚子。小孩子拉了肚子，幾天不好，連續地拉，人人就判定他們起了「羊毛疔」，解決的辦法，要麼吃大煙膏子，要麼用針來扎。小孩子撅起屁股，那根火上燒過的鋼針，到小孩兒的肛門四周，有火泡的地方，逐一挑破，直到出了血為止。

眼下這治療狗咬傷，也夠讓人歎為觀止的了，竟是用狗毛，燒成灰拌著煤油。千惠覺得支那人的生命力真是太頑強了，很多辦法看著就是殺人，可是用過之後，人竟活下來了。千惠又不能見死不救，純子說三嬸家要一撮狗毛，如果不及時，慶山的弟弟很可能會變瘋。狗咬過的人，狗毛燒不及時，人變瘋的常有，即使那狗不是瘋狗。純子說完眼淚汪汪，千惠知道女兒也喜歡慶山，把慶山當了家裡人，慶山這孩子，仁義得沒有人能對他下得了狠心。那隻大狼狗本是多襄的最愛，如果不是有慶山，多襄的槍口早冒煙了。他把狗抱著跑到了醫院，馬車都沒坐，叫醫生急救。那醫生給狗的左眼做了玻璃體手術，又打了針吃了藥，才抱回家。多襄家最邊上的那間房子就是千惠的診所，千惠閒時家務，忙時行醫，日本人的頭疼腦熱，都來找她。支那人偶爾來，都是有錢人，在外面混過世面的人，他們懂西醫，也相信這種往身體裡滴水的辦法。而大多數百姓，還是覺得土辦法好，省錢又見效。千惠趁狗在診所裡睡去了，多襄不在，讓純子剪下了一撮。

三嬸邊往上揞，邊數落自己作孽，養了這樣兩個天天野（惹）禍的、要帳的。和多襄家已經達成了協定，慶山直到年底的勞金，不能領了，全部抵了那條狼狗的藥費。多襄并不報警局，不捕慶林、慶路，已是千惠講情，也有慶山的面子。三嬸說：「咋不拿了他兩個挨千刀的，下了大獄，我也省心了，還省得天天供你們吃飯。」

三叔站在燈影下，他慢慢移過去，像一截移動的黑煙囪，人瘦，個小，聲音也不高，但是帶著狠勁：「捕去了省兩張嘴！」

慶路說：「那大狼狗太厲害了，我剛看見影兒，牠就躥到眼前了，比風還快。我本來想整兩隻雞，跟我哥燒一個，給你們拿回來燉一個——」三叔一巴掌就掄得慶路閉了嘴，說：「你們這兩個敗類的可給我老洪家丟透了人，現盡了眼，都現到日本了那裡去了。吃不起別吃，咋那麼饞呢，咋不讓大狼狗掏死你們！」

慶山知道三叔的咒和三嬸的罵一樣，都是恨鐵不成鋼，如果他兩個真都讓狼狗給掏死了，他們老倆也別活了。三嬸揞完藥，兩隻手互相捋拍一下，下意識地去摸煙袋，忙了半天，她該抽袋煙了。可是慶山沒有賒來，膏子沒有，黃煙也只剩渣沫兒了，慶山幾近囁嚅地說：「三嬸，滿桌兒她媽不賒啊。」

三嬸子的臉一下沉了下來，但她不罵慶山，而是痛罵金吉花：「那個養漢老婆，就是小摳兒加小佃兒，錢在她手能抱窩兒下崽兒呢。」三嬸磕著她空空的煙袋鍋兒，炕沿兒的灰土被她磕得變成了灰塵，油燈旁紛飛。三嬸說：「又不是不還她，」呸，吐了一口，「到了年底一塊算，她怕什麼呢？小摳兒。」

慶山說：「滿桌兒她媽說，要變天兒了，這個世道要變。她怕到不了年底。」

三嬸子一撇嘴，說：「這個高麗棒子，最會算計了，她爺們兒掙回多少，都不夠她算計的，留著死了帶到棺材裡去吧，接著花。」

慶山說：「聽他們說，民國好像要叫滿洲了。」

「改滿洲了？」三叔接上了話，說，「看來是真的嘍，前幾天聽于老板子他們議論，我還沒理會兒，整不好，是清人又要回來坐天下嘍。」

第二章

1

賈永堂敲著鑼，讓各家各戶注意了：「聽好了，今晚無論多晚，都要做出一面日本國旗，你就是用紙糊，用樹枝兒挑著，也得給我做出來，大小不論，是日本旗就行。如果哪家不當個事兒，明天出來空著手，被抓了，定你個『反滿抗日』，可別說我到時候保不了你們。」

鑼聲「堂兒堂兒」的，敲過兩遍，賈永堂就回了家。媳婦金吉花看他進門，用眼睛愣著他說：「你就這麼應付上面的差啊，哪家安排不妥，到時候不拿你是問？你兜得起嗎？聽說這回來的可厲害，不是做買賣的，身上都帶著槍呢。」

賈永堂說：「我就照樣兒通知一下，後脊樑子都快被人戳折了呢，說我是漢奸。前天去通知各家各戶搞好衛生，沒讓他們笑掉了大牙。老洪家的那幫老板子你知道吧，他們才有意思呢，那個于德林，就是山東棒子，那個大個兒，你猜他說啥？他說：『連各家各院的雞屎鴨屎都管，那日本子，管得也太寬了吧？女人的騎襠帶裡裝灶坑灰，男人娶不起媳婦，天天要拉幫套，他們咋不管呢？』」

「老板子們心裡就是邪性，天天跟牛腚打交道，好不了。」金吉花說。

賈永堂說：「崔老大也拆臺，按理說他還是我妹大吧，可是他當著那麼多人的面，跟我說：『日本子來了，你還給他們幹，這個甲長就是漢奸。』」

「罵我漢奸哩。」

「聽兔子叫你還不種黃豆了？說你漢奸，讓他來幹，他準幹得比誰都歡。」金吉花勸丈夫道，說著幫丈夫脫鞋。冬天裡，男人的大膠皮靰鞡在外面凍硬，進屋冄一化，濕重得像兩坨塌頭墩子（沼澤地的一種有草的泥墩），金吉花輕輕一推丈夫，賈永堂就半仰在炕沿兒。吉花蹲下來，兩雙小手靈活的手指像鳥兒，三叨兩叨，丈夫那纏裹了數十道鞋帶子的大膠鞋，就脫下來了。脫下放到火牆上，明天會烘乾。賈永堂享受地兩手一撐，向炕裡一坐，嘴裡嗚嗚地說：「真熱乎，真熱乎！」——大冬天裡，家家的火炕頭兒，不論何時，都是爺們兒的最高享受。

喝酒的炕桌兒已擺好，雞蛋和炒豆皮酒也都用盤兒扣著，酒燙好了，金吉花一撇腿，坐到了炕桌的另一頭，她讓滿桌兒給爹拿碗，讓中朝、中蘇坐過來。中朝、中蘇對娘的待遇很是享受，聽話地坐上來了。滿桌兒端上一人盤子頓頓少不了的朝鮮辣白菜，放到桌上，自己，搬過一把椅子，坐到了炕桌下。

吉花跟賈永堂說：「我看，國號也快改了，咱中蘇，也改改名吧，叫中滿。中滿聽著順耳。滿桌兒呢，這丫頭也該上學了，她叫中日。」

滿桌兒等於是剛坐下，個子小，坐在椅子上兩腿懸著，聽母親這樣一說，她撲通跳下了地，手中抱著的碗，擲皮球一樣咕嚕嚕向炕裡摔去。

四月的陽光像剛開河的水，清清亮亮。一隊日本兵從街上走過，街道已經被竹苗掃帚劃掃乾淨，塵土被劃過的痕跡一道一道，像木刻。

三叔一家，賈永堂一家，崔老大、崔老二兩家，還有大車店的老板子們，都排在迎候的隊伍裡了。日本商人多襄井，帶著老婆、女兒，也站在自家酒坊門前。他家那隻大狼狗，眼睛殘了，換成玻璃體後，老實馴順了很多，走路總是喜歡晃頭，像家養的普通笨狗。牠的腦袋可能被慶路另一彈弓打壞了，因為牠抬頭的時候很少，就是那麼來回晃，也不發出吠聲。多襄更疼愛牠，走哪兒都帶著。現在，牠擠在隊伍裡，從多襄的腿邊，一會鑽出來，一會擠進去。牠好像也知道，牠們日本的大批人馬要來了，日本威風。多襄的手裡，是貨真價實的日本國旗。

三嬸的煙袋鍋兒裡沒煙了，這使她時刻感到不自在，兩隻手抄著袖口，懷裡豎著煙袋桿兒，小腳站不牢，隔一會兒就踮兩步，走來走去。玉敏縮在慶山的身後，擱往日，這個時間她還在被窩兒。慶林、慶路也是縮著膀，他們的腳下有了鞋，是賈永堂兒子中朝、中滿的，給了他倆。賈永堂說：「大冷天的，不能鞋也不穿，把孩子凍壞了。」其實他怕他倆丟中國人的臉。三嬸還納悶兒，一下子送出了兩雙鞋，他家那小佃兒媳婦，能答應？賈永堂是這樣做金吉花工作的：他說百姓不惹事，他就平安。他平安，全家就平安。現在是日本子的天下，他凡事大意不得。

吉花同意賈永堂的分析，她願意丈夫平安。

日本兵走過的路上掀起微微黃塵，他們的綁腿、軍靴，慶林很關注，他猜這樣的東西，冬天鑽進林子裡，一定又保暖又不礙事。慶路不錯眼珠看著的是他們腰間、背上的槍支。那鐵玩藝，一定比他手裡的彈弓，厲害、過癮。

滿桌兒不停地向慶山這邊張望。崔老大家的換小子，即大女兒豔波，她也看慶山。那邊遠遠站著的純子，目光毫不掩飾地向慶山這邊送。她們一定羨慕玉敏，能站在慶山哥的身後，雖然她滿頭蝨子，臉上還長著不好看的雀斑。慶山今天換了身乾淨的衣裳，每天的勞動，讓他長得眉清目秀。直直的鼻樑，方方的嘴巴，微笑時露出的那麼健康整齊的牙齒，讓他顯得那麼英姿、俊朗。鄰居們都曾納悶兒：這個孩子像了他們老洪家的誰呢？誰也不像。要找原因，就是慶山沾了他娘異族血統的光，改變了洪家瘦小枯乾的人種。你看他那兩個弟弟，一個球球，一個蛋蛋兒，估計這輩子是長不開了。娘矬矬一個，爹矬矬一窩兒嘛。

少年洪慶山沒有人不喜愛。

三叔最沉默，他懷裡抱著的旗杆，只是個樹枝兒，他心裡琢磨：王道樂土、五族協和？都誰跟誰協和呢？這疙瘩可不是五族，十族也有了，細數數，二十族都多。這些人不要了不協和了？日本子到這兒來幫大清，就是王道？民國剛成立那會兒，也說老百姓要過好日子了，這怎麼還沒過上，又要換日子呢，改叫了滿洲，就不是這片天了嗎？前幾天家裡來了一幫假洋鬼子，他們不但管雞管鴨，連人喝酒都要管了，說他不能醉，不能吐。那天三叔正喝多了，他又去多襄家理論，他兒子傷了他家一隻狗，不假，可是我家的人也傷了，那慶林的腿，到現在還是四個黑坑呢。兩敗俱傷，一報還一報，為什麼山子的勞金就沒了呢？三叔想不開。那個多襄井，小日本子，對他一點都不客氣，說如果不是看在山子對他家的勤勤懇懇上，他洪家的兩個兒子，早都送警備隊去了，大牢的伺候。

三叔跟他理論了半天，不但沒說贏，還被他指著鼻子，說：「你的，連你侄子都不如，一半。」多裏又伸出了他的小拇指，掐著一點點兒，說：「這點兒都不如。」三叔那天心情不好，用僅有的一吊錢，買了酒喝，回來的路上，他吐得很淋漓。一路穢物為那些假洋鬼子們指引了方向，他們尋跡來到他家，指著他說再這樣爛醉，滿院子胡唚，都算反滿抗日。輕則抓去思想矯正院，重的，坐大牢。

三叔琢磨思想：矯正院是個什麼地方呢？

「思想矯正院，就是改變人腦殼的地方，讓你思想不再亂想的地方。」賈永堂當時指了指腦袋，給他解釋。

嗚哩哇啦——大隊的人馬走過來了，他們說著，笑著，鬧著，兵裡那個領隊的，大叫著向多裏井撲去，大家的目光都看向他們，原來是那人看見了老鄉，多裏井的同鄉都來了。他們哇拉哇拉把對方拔起來，抱著輪一圈，放下，那樣子是真高興。還有的人摔跤一樣你推我搡，也是遇見同鄉了。多裏指著他的女人和女兒，向他們介紹，那個領隊的又是鞠躬又是點頭，這引起了中國人的恥笑，笑他們骨頭輕，笑他們不正經。

那個領隊的，名叫武下，是日本宮城的。他和多裏們說了好一會兒話，才「咔咔咔」地走了。走時跟多裏告別，「撒腰那拉」，慶山聽得懂。

隔了一會兒，又一隊日本兵走過來了，賈永堂再一次揮動手中的旗子，兩邊的百姓就齊聲喊：「歡迎歡迎，熱烈歡迎！歡迎歡迎，熱烈歡迎。」日本兵腦後的帽子帶著一塊布簾兒，隨著「咔咔」的腳步一走一忽嗒，他們聽到了百姓的歡迎聲，回應事先經過訓練的生硬的漢語：「五族和協，大東亞共榮！」

其中有一個士兵，還停了下來，從兜裡掏出一把糖果，塞到了玉敏手上。玉敏沒見過這個東西，她連糖紙一起塞到了口裡，別的孩子也上來搶，玉敏不給，那小孩竟上來摳玉敏的嘴。三嬸子嫌她不懂事，日本子面前，咋那麼沒志氣呢，給就吃。一小腳踩出去，腳尖如錐，腳跟若錘，踩得玉敏「媽呀」一聲，哭了。日本兵拽了三嬸子一把，說：「支那老太太的，妳的，這樣的不好！」說著，又抓出更多的糖果，分發給旁邊的孩子們。還親自示範，剝掉糖紙，把糖塊放到嘴裡，「吧嗒」兩下，說：「吃吧，吃，甜，甜。」

那個摳玉敏嘴的小孩嚐到了甜頭兒，不哭了，咧開嘴笑。

日本隨軍記者拍下了這一幕，前面是吃糖的小孩，後面是舉旗歡迎的中國老百姓。

2

上午十點來鐘，陽光很好，三嬸搬著玉敏的腦袋藉著陽光抓蝨子，三嬸瞇起那隻僅有的好眼，兩隻手專心致志。喝飽了人血的蝨子圓鼓鼓，像蹦豆兒，三嬸了捉住牠們後採取的屠殺方式奇特，她不用手，而是把牠們扔進嘴裡，「嘎崩」一聲，上下牙一對，蝨子暴斃。玉敏的頭被摁得越來越低，不得抓了，三嬸把她往起提，頭髮被薅，玉敏疼出了淚花，她說：「娘，行了，不抓了。」

三嬸說：「這不抓還行？這麼大的個兒，看著都是母的，還得下小崽兒呢，看這蟣子，都成溜兒了。」說著順著一根兒頭髮的根向梢兒上捋，玉敏又疼出了眼淚。隔三差五，三嬸煙袋鍋斷頓兒了，她就叫過玉敏給她捉蝨子消遣。窮人家這蝨子是抓不盡、整不絕的，炕上有，被裡有，棉襖有，人的頭髮裡還有。慶林、慶路頭髮短，蝨子挑玉敏這樣的長頭髮來藏，抓沒了又生。玉敏盼著能有點什麼事兒，好終止三嬸這徒勞無益的斬殺。

三嬸說：「我知道妳想跑，不耐煩，可這蝨子再不抓，喝光妳的血！」

慶林、慶路逍遙，他們倆在玩撞拐，每人抱起自己的一隻腿，單腿蹦在地上，用那隻抱著的腿，撞對方，誰先倒了，或者腿腳著地，誰就算輸。慶林被狗咬過的腿，除了留下四塊黑印兒，別的沒大礙。撞起慶路，還是挺勇猛的。慶路一不小心一隻手撲在了地上，地上正有雞糞鴨屎，慶路被噁心得停止了遊戲，說：「不好玩，還是出去打鳥兒吧。」

他們就跑出去了。

滿桌兒來找玉敏玩，她還背著母親，偷偷給三嬸拿來了黃煙，一小捆，外加一片煙膏，是從她父親那兒偷出來的。三嬸子看見了黃煙和煙膏，高興得那隻獨眼放著喜悅的光芒，放開了玉敏，說：「妳們玩嘎拉哈吧，我抽會兒煙。這個小滿桌兒，行，好，跟妳娘不一樣。」三嬸子伸手獎賞地去摸滿桌兒的頭，她的拇指甲蓋兒上還有蝨子血，滿桌兒嫌棄，一歪頭機巧地躲過去了，向屋裡跑去。三嬸子樂呵地在後邊叮囑：「好好玩兒，妳們綽嘎拉哈可別鬧事啊。」

三嬸手法熟練，雖然指甲上還有蝨子血，她自己不嫌棄自己。拿過煙袋，把煙葉子搓巴搓巴，右手的拇指肚兒正是煙袋鍋兒大小，使勁摁，摁實了，又挑起膏子的一角，小米粒兒大，揞到裡面，點燃。

陽光下，使勁抽了一口，兩腮嘬了半天，放開，那煙袋鍋兒上的煙霧就繚繞了——吧嗒吧嗒，三孀子歪在門板上，眯起那隻好眼，曬著冬日的陽光，一吸一吐，舒服地，享受起來。

玉敏為滿桌兒的到來而高興，她來，既解救了她被捉蝨子之苦，再則，滿桌兒的小山羊嘎拉哈，像一陣香風，她刮進誰家，誰家都會招來更多的孩子。這不，她倆剛坐好，崔老大家的換小子、換弟兒，都跑來了。她們嘴上說著是來借爬犁的，實則呢，就是要玩綽嘎拉哈。滿桌兒驕傲，抬著小臉兒什麼也不說，緊緊地抿著她的小嘴兒。玉敏好說話，平時，願意跟她玩的小姑娘不多，今天，一下來了三個，她心裡高興，說：「拉爬犁有什麼意思，來，咱們今天就玩綽嘎拉哈，兩人一夥兒，配誰誰老捎兒。」

滿桌兒眼力好，她跟玉敏配成了一夥兒，這是她的心願，她願意對玉敏好，雖然她比玉敏還小，她願意照顧她。她覺得照顧了玉敏，就是愛護了慶山哥。四個小姑娘，蛙樣兒撇腿圍坐一圈兒，滿族人習慣的大火炕上，大得能跑起來，玩綽嘎拉哈，是最好的場地。

幾把下來，換小子豔波的優勢顯現出來了，她細高個兒，手指長，抓抄嘎拉哈，如探囊取物。幾把下來，都是她們贏。

滿桌兒不滿意了，她今天來，是讓玉敏高興的，現在這結果，好像是來哄她換小子來玩了。滿桌兒一嘴一嘛，手裡有寶貝，說話就硬氣，她讓換小子跟自己一夥兒，或者跟玉敏一夥兒，不能總跟她妹妹換弟兒一夥。

換小子大名崔豔波，已經上學了，平時她不准許父母以外的人叫她換小子，她討厭這個小名兒，她覺得這樣的叫法不男不女，有侮辱之嫌。滿桌兒比她小，「換小子，換小子」的都叫她幾句了，如果不是看在嘎拉哈份上，她早都跟她翻臉了，不跟她玩了。現在，滿桌兒仗著自己有副破嘎拉哈，就一遍一遍地分配她，指揮她，讓豔波心裡好不痛快：「妳以為妳是妳爹呢，他當甲長，管人。我怕妳啥呀？我又不吃妳喝妳，憑什麼受妳管？」

在又一場下來，玉敏她們又輸了的時候，滿桌兒說：「換小子，再這樣玩兒我不玩兒了，妳不能跟換弟兒一夥。」

豔波的耐性受到了挑戰，她眼睛一下就瞪圓了，說：「小滿桌兒妳少來這套，我願意跟誰一夥兒就跟誰一夥兒，妳願意當溜鬚匠兒，少拿我當墊背的。」

「誰當溜鬚匠兒了？」

「不溜鬚妳能跑來跟玉敏玩兒？」豔波的嘴角一撇，是嘲笑的一撇，不屑的一撇，說：「妳那點小心思，別以為我不知道。妳來幫玉敏溜鬚，不就是想湊近洪慶山嘛。」

滿桌兒的臉紅了，她不接豔波的話碴兒，說：「不玩拉倒。誰也沒請妳。」

這話可挺噎人，豔波有志氣，她扯起妹妹豔萍就走，說：「走，換弟兒，不跟她們玩兒了。」

換弟兒掙扎，她不願意跟姐走，她還沒玩兒夠。可是豔波力氣更大些，她一腳邁過門檻，一腳在裡邊，扭著身子回頭說：「小滿桌兒，告訴妳，妳請我我還不一定來呢，就妳這道號的，跟妳媽一樣，就是個見風使舵的貨！」

滿桌兒說：「妳才跟妳媽一樣呢，一點理不講。」

「誰不講理了？誰不講理了？妳給我指出來！」豔波都走出去了，扯著豔萍又走回來，聲調之高，氣勢之洶，讓院裡抽煙袋的三嬸子都聽見了，她踮著小腳，一步一步走進來，說：「玩得好好的，這是誰又起高調兒？」

好脾氣的玉敏插在中間打圓場，她說：「這樣吧，咱們大家不分夥兒了，自己跟自己一夥兒，挨個輪，好不好？」

豔波沒有接受她的建議，繼續剛才的理論：「她，就是她，是她起的高調兒，」豔波手指滿桌兒鼻子，「誰不知道她那點花花腸子呀，就想討好兒妳家慶山，長大了想跟他當兩口子。」豔波說完三嬸子氣笑了，那隻好眼，都在笑。「妳們一個個的小丫頭片子，才多大呀，就張嘴閉嘴兩口子了，臊不臊得慌！」

滿桌兒真被臊著了，她的臉都羞紅了，可是嘴還硬，她一挺脖，說：「我願意，我就想跟慶山哥當兩口子！咋著，氣死妳。妳想當還當不成呢。」

豔波說：「那我起碼不當面一套背後一套哇。誰像妳，兩面三刀兒。那天，妳還跟純子說玉敏的腦袋上有蝨子呢，嫌棄人家，又跑人家來玩！」

這一揭發可刨得不輕，一下把滿桌兒、三嬸、玉敏仨人都擠那兒了，誰都接不上話。豔波這才扯上豔萍的手，勝利地走掉。

豔波的脾氣是跟母親賈玉珍的爭鬥中練就出來的，賈玉珍也重男輕女，兩個姑娘一個起名換小子，一個換弟兒，千呼萬喚，第三個終於換出來了，弟弟百歲兒出世。賈玉珍拿百歲兒當塊寶，豔波偏偏拿弟弟當棵草。豔波在這一條街上都是出了名的厲害，三嬸看她走了，也不再招呼，小聲嘟囔：「跟她媽一個樣兒。」

這時，院門口傳來吵嚷聲，三叔正跟于老板子他們坐在院角的柴垛旁吸煙，民國改叫滿洲了，除了東洋人多起來，別的，也沒什麼變化。三叔喜歡跟于德林閒嘮，于德林不出車的時候，張立本不上山的時候，他們吃過飯，湊一起，嘮的嗑兒包羅萬象。因為于德林走南闖北，信息來源廣，什麼「溥儀在宮裡看著當的是皇上，其實他說了不算啊」；「張作霖不如他兒子，貪，你說你老實兒在東北當你的頭子唄，又跑到關內，咋樣？日本人不讓他回來了吧，你一回來就炸死你」。張立本說：「張學良比他爹強，起碼敢跟日本子幹，沒兵了也幹，像中國人，有種。」他們還說起林子裡的消息，什麼「平東洋隊啊，馬四炮窩啊，這些土匪都起義了，不再打中國人，掉槍跟日本子幹上了。聽說還有馬占山的部隊，更厲害，明知不是個兒，也敢跟他們比劃，聽說現在都鑽林子了，有的去了蘇聯。」

「還有義勇軍山林隊，聽說不少索利人（鄂倫春人），也參加了，鑽林子比猴還靈，鬼子拿他們沒轍，神出鬼沒，你來抓了，他們跑了，鑽山了。你走了，他們就出來了，下來一通搶，大米、豬肉、日本子的罐頭，聽說還有留聲機呢，都搶上山了。根本不讓他們消停。」

說到後來，他倆還鼓勵三叔，說：「三叔你年輕時，不是遠近聞名的放羊（跟牧羊沒關係，是指水上擺木排）好手嘛，現在怎麼不去試試？幹他一場，多痛快。」

三叔說：「年歲大了，身子骨不行了。那南梗河，看著是夏天，水也涼得拔人。」

張立本說：「這倒是，那河裡泡時間長的，沒有不得腿病的。不然日本子不能高價雇人。」

三叔年輕時，確實是這一帶有名的「放羊的」，人瘦小，放起羊來卻敏如神猴，多少破解不開的木頭，在河面上插成了山，三叔跳上去，三下五除二，木頭們都順順溜溜，順水漂了。三叔每當有人提起這段，他都瞇起眼睛，不說話，只享受旁邊人提他的當年勇。于德林說：「叔，聽說你那會兒，無論是調木材的老客兒，還是日本人請你，都得先擺大席，好好喝一頓才給他們亮活呢，是吧。」

張立本說：「其實，三叔你現在的身子骨也不差，再去試試，鬧不好還震他們。聽說前幾天，南綆河上又放木材了，日本子順的，晝夜都在放，造房子，要大批來人，需要大量木材呢。」

三叔說：「小日本子貪財，我還去給他們賣老命啊。」

于德林說：「我就是沒那本事，聽說有個人叫水耗子，專門半夜摸下水，把那羊一排排割開，順水漂了。都運進關了，給國軍打鬼子使。」

他們嘮得時間不短了，旱煙讓他們的嗓子都高產濃痰，腳前的地上斑漬一片。這時院門口傳來「跨跨」的腳步聲，賈永堂帶頭，後跟小隊長坂本，並行著的是孫翻譯，最後面，還有個警察。他們走進院來，也不說話，胳膊都是帶著風的，這時三叔才猛地想起，今天是檢查衛生的日子。

坂本「跨跨跨」，軍靴在土地上也走出「跨跨」聲。他的眼睛只掃了一圈院子，雞屎鴨糞讓他皺起了眉，三叔他們腳前的痰漬更讓他怒目。他又幾大步「跨跨」走向馬架子，向裡一探頭，裡面的氣味把他熏止了步，他再走向三叔的屋，南北炕的破爛棉絮、鍋臺上成群結隊的蟑螂，他怕踩死牠們一樣，幾步跳著就回到當院了，他對著賈永堂一通哇拉，滿桌兒看到父親，一個勁兒地「哈依哈依」地點頭。她們都知道那是日本人在訓斥父親。滿桌兒和玉敏各自抓起幾個嘎拉哈，躲到一邊害怕地悄悄看。慶林、慶路「呼吃呼吃」跑回來了，他們是聞風回家看熱鬧的。

翻譯說：「皇軍已經提前通知你們了，讓你們各家各戶都打掃乾淨。大日本皇軍怕瘟疫，怕傳染。」賈永堂自責地駝著腰。

坂本再哇拉一句，像是找人，那個翻譯不忍地看了三叔一眼，他說：「皇軍讓你們家的主人站出來。」

三叔小小的個子上前一步，他人矮，步幅小，走路像移動。待他距坂本還有一米遠時，三嬸搗著小腳搶了先，三嬸一走快了兩隻胳膊像企鵝，她擋在了坂本和三叔之間，替三叔挨了那快如閃電的一巴掌。小腳的三嬸不禁打，她站立不穩，兩隻後腳跟兒搗幾搗，坐地上了。

坐在地上的三嬸掄起她的煙袋鍋，照著坂本就刨，高度只及坂本的膝蓋，也夠他疼得直咧嘴。一個警察一腳就跺折了三嬸的煙袋桿兒，心疼得三嬸嗷嗷叫罵。三嬸子說：「小日本子們，你們管天管地，還管人家屙屎放屁呀。真是吃飽了撐的，乾淨、埋汰也來管，你們管得太寬了。」

于德林和張立本都過來拉坂本的手，讓「太君息怒」。坂本憤怒地拔出槍，用槍指著劃一圈說：「支那人，豬，都是豬！」

三嬸嘟囔著說：「你們東洋人都是狗，狗，光知道咬人的狗。」

3

這天的上午還發生了兩件事。一件是慶山被武下相中了，武下去看老鄉，在多襄家，看到了正挑水的慶山。他被這個勤快、利索，幹活又好又快的慶山驚住了：「支那人，好小夥子！」他跟多襄說，讓慶山去他的守備隊餵馬、打雜，現在就缺個能幹的、可信任的。多襄同意，能幫助武下也是為日本帝國盡忠。慶山說回去問問三叔。當他走在路上，就碰見滿桌兒了，滿桌兒抱著鼓鼓的一袋子嘎拉哈，告訴他：「慶山哥，三嬸子挨打了。」

慶山進了家門，三嬸子還捂著半邊臉，三叔感動於老伴兒替自己挨了耳光，親自給三嬸塞滿了煙鍋兒，點起煙，三嬸吧嗒吧嗒抽，一隻手捂臉，一隻手架煙，看山子進來，說：「操他八輩兒祖宗的，小日本子，太欺負人了，咱家就埋汰點兒，他也打人。真他奶奶的是閒得沒事兒，鹹吃蘿蔔淡操心。」

玉敏在旁邊說：「純子說他們怕傳染。」

「怕傳染別來呀！要飯還嫌餿，誰請他們來的呢！」三嬸子吐了口痰。

慶山猶豫著跟三叔說：「武下，那個日本子隊長，領頭的，今天在多襄井家，看到我了，想讓我去守備隊，給餵馬、打雜。」

慶山說：「管吃管住，發的勞金也比多襄家多。」

「給座金山也不幹，去他奶奶的！」三嬸子說，「東洋鬼，沒好東西，翻臉就不認人。那多襄，平時不也笑面虎似的，慶路打他家兩隻雞，就訛人，勞金都不給了，還說給狗看病要錢。他狗要錢，我兒子的腿不要錢吶？他們全是穿一個褲腿兒的，都不是好東西，不去，餓死也不給他們幹！」

慶路說：「我都想拿彈弓打那個日本子的眼睛了。」

三叔說：「那今晚上我們全家吃飯的嘴就都不在腦袋上了。」

三嬸說：「就你膽兒小，就你頭皮兒薄，樹葉掉了怕砸腦袋。他小日本子越慣脾氣越大，我不怕！給他一鍋子他也沒敢把我腦袋搬家。」三嬸子說完，竟突然落淚，說：「我都這麼大歲數了，都能當他奶奶的人了，讓他給一嘴巴，真是太寒磣人了，太窩囊了，越想越窩囊啊。嫌俺們埋汰，嫌埋汰別來呀，挑肥揀瘦的，住到人家家裡還挑人家的不是，這幫東洋人，真不是人揍的！……」三嬸哭傷心了。

三叔勸：「說說就行了，別再哭了，讓哪個耳朵長的聽了去，告到憲兵隊那裡，就得給綁去矯正院，聽說那裡可遭罪了，不比笆籬子（監獄）強。前個兒聽說後街的老王家，就因為在街上看標語了，半天沒走，被憲兵隊給捕了去，說思想有問題，要在思想矯正院待一段。說逮進去一頓大掛，出來倆胳膊都是朝後的，走道兒都塌拉膀子了，還糟了不少錢呢。」

三嬸子說：「那咋著？就由著他們騎著脖頸拉屎？」

這時于德林和張立本進來，于德林安慰三嬸：「讓他騎著拉，看他摔下來有他好看的，總有治他們的。」

慶山看三嬸子哭，他不知該怎麼勸，武下開出的條件，比多襄家好多了，每兩週就發一回勞金。坂本打三嬸的嘴巴，慶山沒看見，他也不明白這些日本人，管老百姓家的衛生幹什麼。他們來這裡，王道樂土，就是從衛生抓起嗎？他問三叔：「我明天答不答應人家呢？」

于德林替三叔答應了下來，他說：「山子，去，怎麼不去呢，一樣幹活，好吃好喝的，勞金還多。你該去。」

另一件，是因為豔波和滿桌兒的事。豔波回家告狀，賈玉珍和金吉花就當街罵起來了。賈玉珍直截了當，她罵金吉花是養漢老婆，金吉花回罵給她的是養漢精。賈玉珍用論據支援論點，說金吉花不但養中國的漢，還要養日本人的漢呢，當養漢老婆，是有癮呢。

賈玉珍罵的中國漢，是指崔老二，她的小叔子崔良田。日本漢，是她預算出的前景，日本人來了，賈玉珍覺得金吉花比她丈夫賈永堂更積極，是要當日本人的姘頭做依仗了。

金吉花也不示弱，她說：「有的娘們兒可是想養，養不上呢。連自己的漢子，都養不住。這樣的人活著，還不如尿泡尿浸死自己個兒。」

崔老大長年喝酒，風傳他經常在多襄井家，為的是湊近千惠，討好日本女人。他喜歡日本娘們兒。

兩人罵了一會，內容都不新鮮，無非是養漢老婆來，養漢老婆去。賈玉珍痛恨金吉花，一則，為死去的嬸母報仇，二來，為妯娌周長花出氣。堂嬸賈永堂的媽，當年看金吉花可憐、乖巧，從幫傭提拔為兒媳婦了，可是當了家，倒反了朝綱，幾天就把嬸子氣死了。還把賈永堂哄得溜溜轉，這個女人，最不是東西了，人前人後兩張皮。弟媳婦周長花，年紀輕輕的，就因為她，得花癡了。突然一天早晨，光著身子就開始滿街跑，跑遍了街裡街外，人們都說是崔老二給她荒的，終於瘋了。待崔老二把她捉住，向家擒，她嘴上說：「崔老二你不跟我睡，跟金吉花睡，金吉花是你嫂子，你跟你嫂子睡，就等於拉了你哥的幫套，你們家是家閨配家小兒。」

崔老二給了周長花一個實實的大嘴巴，也沒把她打醒過來。從此，周長花開始天天打扮，大冬天的，南綆的人家是不怎麼洗臉的，男女都這樣，因為洗了手臉，出門就凍裂了。周長花不但洗手臉，她還洗頭，好一頓梳洗打扮，然後用燒好的柳木炭條，畫好眉，再把浸了水的紅紙到嘴上抿一抿，整個狀態，跟剛吃過死孩肉的女鬼似的，扭著細腰，一扭一扭地犯花癡去了。

她在向南綆以南進發，她的心裡樂開了花，嘴上唱著小調兒：「大姑娘美，大姑娘浪，大姑娘要走進青紗帳。」──天寒地凍，沒有青紗帳可去，她只是去荒蕪的大地，高傻子的瓜棚，去看高傻子。

高傻子沒爹沒娘，從小在河邊長大。河的對岸有一片瓜地，夏天的時候，高傻子幫種瓜人看瓜。高傻子心眼慢、力氣大，任何一個摘瓜人都逃不脫他的追趕。捉到了，像砸瓜一樣照著人腦袋給上一拳，誰都禁不住。自從高傻子看地，瓜就不丟了，連進來禍害瓜秧的小孩子都不再有，高傻子很得閒，坐到離地三丈高的窩棚架上，看夠了河水，大熱天兒，就脫掉褲子開始捉蝨子。周長花第一次在河邊撞見這一景，高傻子正光著腚，認認真真，一絲不苟。窩棚是木杆加草搭建的，憑空兀立著，站在下面的人，能看到高傻子壯碩的體魄。那天周長花遠遠地選一角度坐好，遙遙相望，高傻子裸體，健壯，風吹日曬古銅樣的四肢像擺在藍天上的一幅油畫──周長花的心裡石破天驚，天崩地裂。從此，冬天也來，夏天也來。冬天的高傻子，沒棉襖，沒棉褲，茅草是他的圍襠，周長花有時獻上一件棉襖，有時舉上一條棉褲，都是崔老二的。崔老二在鎮上油坊上班，她家裡富得流油。

周長花曾跟鄰居三嬸子說：「妳說咋就那麼怪呢？我咋看他都看不夠，看一趟，回來好受好幾天。」

三嬸子跟三叔說：「這女人，是生生讓崔老二給荒瘋了，撂毀了。」

周長花育有四子，大胖、二胖、三胖、四胖。因為母親的花癡瘋癲，這些孩子冬天的棉襖、夏天的單衣，都落實到賈玉珍這個大娘頭上。有時吃不上飯，幾個孩子也餓狼一樣跑向大娘家，一來就是一窩兒。賈玉珍認為沒有金吉花的浪騷，崔老二不會如此對待周長花，也不會導致周長花每天這樣瘋瘋張張的了。

賈玉珍覺得光罵養漢老婆沒意思，她又翻揀出金吉花為了嫁給賈永堂，如何扮豬吃虎，如何騙進賈家，說她當姑娘時就不是個省油的，高麗棒子。金吉花最怕人罵她高麗棒子，這個稱呼，比罵祖宗還讓她痛。她情急之下衝上去扯賈玉珍的頭髮，賈玉珍比她個子高，要實現這一企圖並不容易，反倒讓賈玉珍一把扯住了她，疼得她又罵起了養漢老婆，讓養漢老婆撒手。

這時中朝跑上來，他臉色慘白地告訴媽媽：「媽，媽，爸讓日本人綁走了。」

4

河邊，三個日本輜重兵汲水，準備餵他們拴在樹樁上的馬。打上水後向回走時，途經泥濘的小道兒，迎面走來三個人，看打扮像當地農民，他們還都面帶微笑，對日兵似友善，日本兵放心大膽地向前走，在相互錯身的一剎那，突然，兩個日本兵倒地，最後一個撒腿就跑，被農民樣的人持刀追上，又扎又勒住了脖子，膛裡捅一刀。日本兵堅強，捂著流血的身體，狂跑，跑到樹林邊抓槍還擊，槍法之準，令另三人不敢戀戰，一下都鑽進了林子，其中一個也負傷了。那個挨刀的日本兵狼嚎一樣哇哇叫，剛才就吃在沒有武器的虧上了，他把沒有人影的樹林邊樹葉打冒了煙兒，又衝河水一通猛放，直到把子彈打光。待武下他們趕來，日本兵已經鮮血滴滴答答，把沙灘砸出一個個的小洞坑兒，日本兵對武下說：

「支那人，支那兵。」

兩死一傷，武下氣得上齒咬住了下唇，槍一揮，坂本第一個就把賈永堂抓來了，他是甲長，交代三個支那人的情況、去向。

賈永堂並不知道那三個人是誰啊。

但是，他根據翻譯孫的描述，覺得其中一個，拿刀殺人的那個，有點像洪三叔家的于老板子。但賈永堂什麼也沒說，一直彎著腰汗如雨下，任憑小隊長坂本的推搡、咆哮。

全鎮開始了一家一家的搜查。

第三章

1

所有人都被集中到了河灘上，在那兩個死去的日本士兵旁邊，豎起了一塊木牌，上面寫著兩個人的名字，叫招魂碑。武下手裡牽著狼狗，坂本的手裡也牽著狼狗，一隊日本士兵站在不遠處舉起了槍，在他們身邊還站著一排黑衣警察。人群被分成了兩堆，大堆的裡面，是挨家挨戶搜查時，確認沒有嫌疑的，這裡有崔老二一家，崔老大一家，三嬸、賈玉珍、金吉花等一些女人孩子。三叔，還有賈永堂，及車老板子于德林，三個人站成了一小堆兒。

三個人都被反綁著胳膊，賈永堂人胖胳膊短，長這麼大，可能第一次受此綁刑，他幾乎要仰著面，才能站穩。而三叔呢，瘦小的個頭同樣不禁綁，他幾乎是狠低著頭，才能保持站立的平衡，不被這種綁法撅倒。于德林倒是適應，他像冬天裡出門反抄著襖袖一樣自然、舒展；肩膀是平的，身體是直的，眼睛可以看來看去，前後左右往哪個方向都看得自如。他昨天被那個傷兵認出時，就做好死的準備了，心裡只恨下手稍偏了，沒有捅死他。

以開大車店的名義窩藏反滿抗日的，三叔是通匪，賈永堂失責。

慶山的腿一直在抖，看著三叔，他上下牙齒打起了磕絆，嘴唇哆嗦。于德林敢殺日本人，他沒想到，他相信三叔也想不到啊。他是抗日的，游擊隊？他的臉上也沒貼貼兒，我們怎麼辨認得出呢？淚水一遍遍地湧出，慶山害怕三叔有個長短。身旁的大黑狗，嗅嗅他，又擁他的腿，前後左右地圍著轉。看慶山流淚，大黑狗明白慶山家要遭難了，牠撒開慶山又顛兒顛兒地跑去三叔的身邊，用嘴拱三叔的褲角，蹭三叔的腿，像在安慰，又像在給兩個人傳遞信息：沒事，三叔不會有事的。三叔心煩腿一踢，讓牠一邊去。大黑狗心想還不領情，牠訕訕地又向慶山那堆跑去。大黑狗可能跑得太歡了，武下槍起子彈落，大黑狗嗷嗚一聲，身體打了個彎兒，就肝腦塗地了。

武下收起了笑面虎的臉，他不客氣了，他露出了殺人不眨眼的氣魄。他先殺了一條狗，讓人們看看。大家連呼吸都靜住了。

站在慶山身邊的張立本持住了慶山的胳膊，他怕慶山倒下來。

一個晚上，天地就翻了。不是說王道樂土嗎？不是大東亞共榮嗎？怎麼這麼快，就開始要殺人了呢。你們的兵死了，固然悲傷，可是誰殺的找誰去，綁三叔、賈永堂來幹什麼？從昨天晚上，挨家挨戶，那簡直比土匪更惡一百倍，他們見雞挑雞，見鴨踩鴨，據說還侮辱了周長花。豔波她們把臉都塗上了鍋底黑灰，以為這樣就安全了。日本兵咆哮，大罵「支那女人，豬，畜牲」，用槍指著要她們一個一個打扮得好點，再不弄乾淨，老子全槍斃。那個給過玉敏糖果的士兵，搜查時嫌三嬸礙事兒，裡外地跟著絆他的腳，一生氣又把三嬸的煙袋桿兒撅折了，三嬸的煙袋桿兒剛剛用麻繩捆牢不久，再次被撅像彈簧一樣。三嬸子看他們是紅了眼，不像上次查衛生，就沒敢再罵。看他們順腳還踢了慶路一個跟頭，三嫜子小聲說：「他們的臉翻得比狗還快，翻臉就咬人呢。」
慶山嚇得一夜沒睡。
慶山快堅持不住了，他想去尿，可他不敢挪步。眼裡蓄滿淚水。在淚水中看眼前的世界，已經一片模糊了。多襄純子非常心疼他，她附在父親的耳邊說了幾句話，母親千惠也跟多襄說，多襄面無表情地沉思了一會兒，走出來，對著武下，嘀咕了幾句口語，還指了指慶山，大意是證明，慶山是良民，他叔父，也沒幹過對不起皇軍的事。這個支那兵，應該是跟他們無關。如果知道，是不會容留他住在家裡的，這個他敢保證。支那百姓，個個都膽兒小，想過消停日子，不會惹皇軍的。
武下想了想，一揚手，一個憲兵就把三叔的綁繩鬆開了，再一揮胳膊，朝著大堆的人那邊指，要三叔可以歸隊。三叔兩手各自活動了一下筋骨，彎腰謝謝老總，就慢慢地回到了慶山身邊。
慶山眼含熱淚，感激地看著純子一家。
武下說：「今後，凡是抗日的、反滿的，不分首從，一律處死。尤其像這個殺了大日本皇軍的，今天，要拿他們的命，奠靈。」
金吉花怕嚇著兩個兒子，她把他們嚴實地擋在了身後。中朝、中滿也跟慶山一樣，害怕，膽兒小，他們的眼睛都閉上了，站在吉花身後瑟瑟發抖。滿桌兒沒人愛護，她站在母親身邊，是並排，看父親汗如雨下的臉，強撐站直的胖身體，因為被綁，父親的腳跟兒要不停地向後併、撐，這些滿桌兒都看出來了。滿桌兒知道純子幫了慶山，她不知誰能幫幫她家，父親今天到底會怎麼樣？就算那個叫丁叔的趕車老板子殺了他們的兵，為什麼還要綁她爸？丁大叔幹麼要殺他們？滿桌兒想不明白，每次去找玉敏玩，見了于大叔，他都笑呵呵的，他怎麼能殺人呢？滿桌兒不相信這一切是真的，是不是做夢？她抬臉看看母親，母親吉花的眼裡，有強抑的淚水，都被她嚥下去了，這使她的眼睛憋得通紅。吉花用通紅的眼睛看崔老二，崔老二對她的遙望視若無睹；吉花用好看的眼睛看武下，武下對她的討好無動於衷。吉花看向了自己的男人，牙齒咬緊了嘴唇，怕是，今天救不了這個倒楣的，替死鬼了。吉花心中長嘆。吉花是個胳膊折在袖子裡的人物，看沒希望了，她就硬是那麼站著，一聲都不發，怕嚇癱兩個兒子。滿桌兒得不到母親的庇護，她希望此時能站到慶山的身邊，得到慶山的依慰。

慶山明白滿桌兒的心，他無能為力，再次紅了眼圈。

賈永堂直了直腰，他不想讓老婆、孩子跟著他揪心。可是他一努力，人險些陀螺一樣轉成圈。吉花擋在兩個兒子的前面，臉上鎮靜了許多。賈永堂知道女人金吉花的堅強，這個家留給她，她能支起一片天。賈永堂想想自己也不冤，雖然于德林是抗日分子他確實不知情，但吉花的弟弟，金東烈，他手上可是有幾條人命了。他若被日本子揪出來，死的人可就多了。賈永堂知道來他今天已經難逃一死，昨天聽說，另一村也有抗日的，人抓了一堆，賠命的比這邊多。這日本子，其他方面還含糊點，若說誰是抗日的，有槍，那他們就是殺人不眨眼，堅決消滅。賈永堂現在略有遺憾的是他不能確定于德林是不是果真殺了日本兵，按他的打量，不像，平時老于跟人說話還臉紅呢，老實得像個大姑娘，他能抗日？現在想，他信了，于德林現在的表現，確實不熊，你看他，這樣的場面，他卻打起了哈欠，沒有睡醒的樣子。三叔瞄他一眼，他正昂首挺胸地跟武下示威，好漢不怕死的勁頭。如果他不是游擊隊，沒這膽兒。可能抓得不冤。那個站在洪慶山身邊的張立本，弄不好跟他是一夥的。想到這，賈永堂把眼皮耷拉下來，不再看了。

三叔的心思此時跟賈永堂有幾分相像，他也眼角斜了一下張立本，這個自稱山東人的獵手，是不是跟于德林一夥的呢？那些山上的綹子，什麼「平東洋」、「湯螂螂」，還有中朝反日山林隊，這倆人到底屬於哪一夥兒？三叔的後背有冷汗了，不知在大車店裡，另一些老板子中，還有幾個是這種身份的。今天武下放了他，是多襄井做保，看的是慶山面子，日後，再抓起來，可不敢保證腦袋還能扛在肩膀上了。這時，于德林嫌他們太磨蹭了，突然破口大罵，讓他們痛快兒的。他說：「狗娘養的小日本子，咱們冤有頭債有主，爺爺殺了你們這些鱉犢子，就砍爺的頭好了。整這些鄉親們來嚇唬，殺雞嚇猴，不算本事。讓老人、孩子陪綁，你們是損德，小日本子你們最不是人揍的！」

他最後那句罵，武下不明白，發愣，轉臉問翻譯：「不是人揍的是什麼意思？」翻譯孫不好給他直接解釋，苦笑了一下，說：「他對皇軍的父親，不恭。」

有個士兵替武下把一梭子子彈打在于德林的腳下，讓他閉嘴。

武下開始說話，他說本來，五族和協，大東亞共榮，他們大日本皇軍，來這個滿洲國家駐防，是為保護支那百姓的。可是有些支那的賊匪、馬鬍子們，不識好歹，拿好心當驢肝肺，挑釁，偷襲他們，在他們毫無防備的情況下，在河邊汲水，就殺人。那兩個士兵，為國捐軀了，現在，全體人都要對著他們的亡靈，鞠躬，為死去的人招魂。

武下把腰彎得很深。

老百姓致哀的頭顱深淺不一。

然後，靜止了有一分鐘，兩分鐘，三分鐘過去了，武下衝翻譯說，翻譯對兩個滿洲警察說，兩個滿洲警察去架起賈永堂，在他被綁著的後背上又綁了一塊大石頭，拖進河裡，一扔，只幾秒鐘，賈永堂就像一件濕衣服，慢慢沉底了。

慶山嚇尿了。

滿桌兒喊出了撕心裂膽的「爸——」

接下來，人們不知會如何處置于德林。過了若干年，人們才明白，這個辦法是漢奸翻譯孫給武下提供的，因為日本人武下，他們還沒有發明這種刑，這種樹刑，也叫「望天」，是東北大山林裡的鬍子們，對付叛徒的一種酷刑。這種刑罰只能夏天實施，冬天裡，樹幹硬了，不好用。夏天，在河邊，河邊的樹幹最堅硬也最柔軟，它們發了芽，吐了綠，搿彎，伸直，非常好用。

人們看到，剛才拖賈永堂下河的兩個警察，又把于德林拖到一株柳樹根跟前。柳樹枝幹已經被人事先打剪，剝了皮的樹幹、樹枝白得像人的裸體，一柄削尖的了主幹，幹一樣直指蒼天。于德林被背對樹站好，又被兩個人摁彎了腰。第三個人上來，他拉過來那柄削好的幹，摁彎了，梢尖兒對著于德林的後下體。這時候，摁于德林的兩個人鬆開了手——樹幹瞬間彈直了腰伸向蒼穹，于德林整個人，被串在了樹幹上並隨著樹幹的伸直，仰臉望天……

2

歸屯併戶。

武下他們在街頭貼出了布告：「關東軍駐鐵驪特別守備隊撫民示安」，內容大概是說，為了建立王道樂土、五族和協，日本兵來滿洲幫助建設新國家。為避免再發生日兵傷亡這樣的不幸事件，皇軍要實行匪民分離，歸屯併戶，把良民都集中到集團營裡居住，讓賊匪無處藏身。

布告的第一層意思要百姓信賴皇軍，他們來這裡，除了保護僑民，還保護支那人不受毛子（俄國人）侵害、匪兵搶掠。只要百姓老老實實當順民，他們會「保護其福利，愛撫其身命」。第二層意思，匪民分離後，那些被遷的，給房子給地，集中管理。每家每戶既可種地，又可經商，也隨便去山上伐木、燒炭，幹什麼都行，只要不通匪就好，家家都有好日子過。第三，每家每戶，仔細申報人口，建立戶籍登記制度。家裡如果來了外人，不及時報告的，以通匪罪論處，下場跟前幾天處置的賈永堂、于德林一個樣。

最後還說，歸屯併戶的根本目的，就是隔斷賊匪，不騷擾皇軍，也不禍害百姓。就讓他們在山上待著，沒衣沒糧，幾個月困死，讓老百姓過太平日子。

三叔抄著手，倚著門框看他的院子，歸屯併戶，這個大場院怕是保不住了。因為出了于德林，三叔的大車店也遭遣散。翻譯孫說：「老洪，這樣就挺好了，沒拿你罪，給你遣散了，也免日後擔罪。現在這年頭兒，能保住腦袋，就是好事。」

大車店遣散，張立本沒走，他的大黑狗死了，于德林的那匹大騾子，歸了他。張立本在報戶口時稱自己是三叔家的親戚，此後就打算長久地住下來。因為他說，老家那邊，也沒什麼人了，一個老光棍兒，在哪兒不是活？三叔不忍攆他，是啊，一個老光棍，再沒個人憐憫，還怎麼活呢。自己的大哥，洪福隆，那個看風水的老頭兒，長年吃住在外，四海為家，如果沒有像自己這樣好心腸的人，大哥也早沒處落腳了。三叔什麼也沒說，讓張立本繼續住了下來。

三嬸也在發愁，坐在院子裡的樹墩上，煙袋裡沒煙了，她拿那柄長煙袋桿兒，當玩具一樣刨著地上的土玩。煙袋桿兒被撅折了，她用麻繩捆紮好；再撅，再捆。三嬸子沒錢換煙袋桿兒，有那錢，還實實惠惠地抽了呢。現在，沒了大車店，抽煙更沒了進項。慶山給武下那狼心狗肺的當雜役去了，還不是為多掙幾個勞金？也好，有個日本子罩著，漢奸們少來她家敲詐。三嬸看著地上的雞鴨，攏共只剩下三隻了，那隻公鴨有時孤獨地跟兩隻母雞就伴兒，脖子上都沒毛兒了，耷拉羿兒老得像大鵝，一步三晃。三嬸專注地看著牠們，歸屯併戶，能不能不動這個院子呢？現在崔老大當甲長了，他可比賈永堂難說話多了。從他當上甲長那天起，脖子就一下直了，後背也肚子一樣挺上了天，人闊臉變，當了個漢奸，就腰桿子硬了。

「求情怕是求不動。」三嬸子想。

「那麼，能不能讓慶山求求武下呢，那個日本子頭兒，慶山在守備隊幹活，這點情面看不看呢？」

三嬸瞇起了那隻好眼，與虎謀皮她不會說，但她明白這個意思，讓武下別併她家，如同老虎嘴巴拔鬚。三嬸無聲地嘆了口氣，她實在是不想走哇，這個院落住了三十多年，從嫁進來，天天坐門檻兒，抽煙袋鍋兒，天暖了曬曬太陽，跟找食兒的雞鴨說會兒話，就是聞聞雞屎鴨糞味，都覺得親，現在要人搬走，去那四四方方的屯子裡併戶，這不是連根拔嘛。

三嬸覺得還不如讓她死在這裡好受。

慶山為感謝多襄的救命之恩，經常起早貪晚，幫多襄家幹活，不要工錢，像回自家院落一樣，進院就幹，掃帚、水桶熟悉得很，掃院子，鍘草，劈柴，給多襄井那房子樣大的甕挑水。貯水的甕是木板做的，一塊挨一塊，豎著，上下攔了兩道鐵箍。不知那木板用了什麼工藝，它既不漏，也不腐，比那些大瓦缸更結實。多襄井看他來幹活，什麼也不說，點個頭，笑一下，那笑容像看自己的親兒子。千惠和多襄純子也明白，這個知恩圖報的支那小夥，用他僅有的力氣，在回報。她們一個給慶山遞白開水，一個遞白毛巾，慶山笑笑用手一擺，都沒用，他繼續悶頭幹活。純子的私塾已經結束了，去了滿洲國小學，慶山的識字生涯也結束了。純子有時拿給他課本看，上面的畫面，和日文，慶山不全認識，但能猜出個大概。上面竟有一幅畫，恰是那天日兵來，玉敏她們接糖果的場面，後面是舉旗歡迎的中國百姓。下面有四個字：「滿日一家」。慶山覺得他越來越難以分辨眼前的世道了，如果不殺于德林、賈永堂叔，說滿日一家，他還相信。現在，他覺得嗓子眼裡，時時提吊著心。多襄對他客氣，武下也對他經常誇獎，豎拇指，但他覺得他們怎麼也不是一家，他只是一個幹活的，幹活出力拿勞金的人。

慶山像是熱愛上了勞動，他已經滿頭大汗了，還是腳步不歇，馬不停蹄。在井邊，他遇上了滿桌兒，滿桌兒全身上下沒有孝，聽說這種死法的人家裡不准戴孝。滿桌兒還是挎著一隻小桶，慶山為她打滿水，她沒有再跟著慶山後面。走時，她問慶山：「慶山哥，你以後會跟純子結婚是嗎？」

慶山被問紅了臉，他說：「誰說的？」

滿桌兒說：「換小子說的，現在純子家最有勢力了，武下都得聽她爸的，她爸讓殺誰，武下就會殺誰。」

慶山說：「我們是老百姓，也不招誰惹誰，哪會被殺呢？」

滿桌兒說：「那天如果不是純子幫你，三叔就沒命了。」

慶山點點頭：「這個也是。」

滿桌兒說：「慶山哥，你去幹活吧，我不耽誤你了。」說完挎著她的單桶，歪著身子走了。慶山望著她歪扭的背影，心裡很疼。「去多襄家幹活，也許是對她的傷害。」慶山想。

武下來多襄家，看見慶山正在一桶一桶地貯水。慶山看見了他，裝作沒看見，還是拚命地幹活。他想待武下走了，他就跟多襄說，不去武下的守備隊了。如果多襄家用他，他還繼續，如果多襄家不用，他就哪也不幹了。三叔、三嬸可能被歸屯併戶，到那時，他就要上山去伐木為生了。

武下也沒有直接招呼他，而是跟多襄在屋裡好一陣嘀咕。後來，武下走了，慶山放下最後一挑，跟多襄說了他的想法。

多襄問他，是怕了嗎？多襄說武下殺人，殺的都是反日的、抗日的，像慶山他們這樣，擁護皇軍的，武下不會殺的。相反，還會好好優撫。

慶山說了三叔家要被併戶，坂本和崔老大都來院子裡幾回了。坂本要把三叔的院子當他們的小隊部。坂本看上了三叔家的大院子，和那三間正房。現在以歸屯為名，把三叔家攆走。三叔、三嬸不願意離開老窩兒。

多襄笑咪咪的，聽完，他說如果不併三叔家，這個恐怕是做不到，因為歸屯併戶是關東軍司令部的指示，武下這樣的分隊，只是執行，不敢違命。如果併了屯，地分多少、息少交些，這個，他都能幫助講情兒。多襄希望慶山還是幹下去。多襄說武下並不因為他家出了于德林，就不信任他。三叔，也可以放心地安生兒活。

慶山從多襄家走出來，向家走的腳步很沉重。三嬸子的心願，他知道，但他沒辦法幫助實現。三叔的痛惜，他更知曉，同樣沒辦法緩解。慶山就是這樣走著，頭不抬，直到自己家門口了，才聽見吵嚷聲。

坂本和兩個警察正站在院兒當中，其中一人的手裡正拿著一沓子關東券，他告訴三叔，三天內，搬家，這是補償。同時開出的條件，如果聽話搬家走人，他們在頭道屯裡，還將得到一匹馬的補償，慶林、慶路、玉敏，也可以考慮免費去滿洲國小學讀書，條件大大地好。

警察的後邊站著崔老大。賈永堂死了，崔老大因為支持歸屯併戶，有出色的表現，他已接替甲長一職。按輩兒他該管三叔叫三叔，但他現在是甲長了，就叫了「洪三哥」。他小聲說：「洪三哥，咱胳膊擰不過大腿，好漢不吃眼前虧，還是從了吧。那些擰著的，不但少不得搬家，最後，連窩兒也沒了。有的還抓去了矯正院。咱們鄰里鄰居的，我不願意看著你吃虧。」

三叔拉著一張臉，耷拉著眼皮兒，一句也不吭。昨天，他就跟崔老大說過了，房子、院子，是他哥哥留下的，「你就是給我一座金鑾殿，我也不換！」

崔老大說：「其實，搬了也不吃虧，他們給房子給地，只是地方換了一下，沒什麼。咱該過日子還過日子，該喝酒還喝酒。跟他們頂著，沒有好果子吃的。那天在河邊，你也看見了，那命，可不是好玩的。」

坂本從表情上大概知道了三叔和崔老大的意思，他說：「支那人，敬酒不吃吃罰酒，三賓的給（耳光的給）。」

三嬸踮著小腳走過來，她被撅折的煙袋鍋兒桿兒，又綁了幾道麻繩，粗得像棒子。她掄圓了刨向崔老大，說：「崔老大你這麼快就學會幫狗吃屎了？漢奸當得不錯呢。我真恨自個兒瞎了眼，當初讓賈玉珍嫁了你！要是那時候看出你小子不是東西，不如我趁你小雞子還沒長成時，劁了你。你看你歡實的，這麼快，就能咬人了。」

崔老大無奈地兩手向腿一拍，說：「三嬸子。」他也不想叫「三嬸子」，可是面對老太太，他實在不好叫「大姐」。「洪三哥」馬馬虎虎叫了，現在面對三嬸子，他一著急只能給長了一輩兒叫「三嬸」。三嬸子笑了，說：「崔老大，你懂不懂個大小哇，當幾天狗腿子，輩兒都不會分了？管我叫三嬸子，管我老頭叫三哥，你這不是臊我們嘛。回家管你媽叫媽，管你爸叫大哥去，看你爹饒不饒得了你！」

崔老大兩手直抖甩，無奈逼的。警察上來逞威風了，他說：「老洪婆子，妳就說，妳們搬不搬吧，不搬，我們有法兒治妳。」

「什麼法兒？」三嬸獨著那隻眼兒問。

「什麼法兒今天不告訴妳，到時候，妳就知道了。」

三嬸一揚她的煙袋鍋兒，幾人同時後退了幾大步，三嬸子說：「這是我的家，我老洪家世代的家產，憑什麼說搬就讓我們搬？你們找抗日山林隊，找賊匪，自己進林子裡找去啊，收拾我們算什麼本事？還歸屯併戶，讓我們有好日子過?!告訴你，我最好的日子，就是在我自己家，活，活下去！」

三嬸子說著又一鍋兒刨上去，崔老大一彎背，煙袋鍋兒刨在他的右肩膀頭，煙桿兒再次折折了，捆紮的麻繩彈簧一樣絲絲縷縷纏下來，三嬸子一使勁扯開，用剩下的那半截鍋頭兒，再次刨砸崔老大，崔老大一歪頭躲掉了，煙鍋兒也因力氣用大了脫了手。三嬸還不甘休，她又抬起她的小腳，用腳跟兒，照著崔老大的腳面跺去。這下崔老大沒防備，那鐵錘樣的腳跟兒，把崔老大搗得單腿蹦跳了好幾步，才穩下來，一個勁兒地咧嘴嘶氣。兩個警察，連同日本人坂本，都被眼前的奇景逗笑了，坂本又揮起了他的長胳膊，他想殺一殺眼前支那老太太的威風。慶山衝上來，豎在坂本和三嬸之間，鞠躬說：「坂本皇軍，你要打就打我吧，我替我三嬸。」

坂本認識慶山，武下守備隊幹活的，良民。他放下了他的手。

三嬸勇敢，她對著坂本腳前的土地啐了一口：「我就是吊死，也不讓你們住進我家來！」

3

警察署王東山王警尉替坂本想出了罰酒。

第二天，南粳的二流子、看瓜地的高傻子，還有一些無業遊民，他們都來到了三嬸的當院兒。有直接對著門撒尿的，有坐在院裡摳腳丫的，高傻子還像在瓜棚架一樣，脫掉了褲子，旁若無人抓起了蝨子。當時只有三嬸和玉敏在家，三嬸子盛了一盆冷水，對著那些人潑了過去。一個二流子說冷水把他激病了，他得上炕養傷。說著，就真的上了三嬸家的炕，還脫巴脫巴，蓋起了被子。高傻子也學著那個人的樣，光著腚，向炕上爬。

三嬸子把玉敏的眼睛捂住又將她推出了大門，一直送出大門外，很遠，讓她去找慶山。慶林、慶路那兩個冤家也不知死哪兒去了，三叔也沒了影。三嬸子把玉敏推出大門外後，在裡面反插，說如果找不到父親和大哥，她也不要回來。

滿洲小學校，操場上有兩根旗杆，飄著兩面國旗，一面是日本的太陽旗，一面是滿洲國的五色旗。學生們聽著鐵軌的敲擊聲陸續跑出教室，來到操場，做操，對著兩面國旗唱歌，行禮，是學生們中間休息時的另一項必修課。百歲和滿桌兒、多襄純子，都在一個班上。滿桌兒現在的大名叫賈中日，報名那天，金吉花領著中朝、中滿，還有中日，一起來到了校長辦公室，正趕上賈玉珍也給百歲報名。按理，金吉花家屬於血仇子弟，賈永堂是那樣被殺的，他家的孩子，是上不了這樣的小學的。但金吉花唇紅齒白，笑盈盈地衝著那個管事兒的，情深意切地一笑，還把幾句現學的中國式日語，說給了校長。校長看看她，說：「支那女人，不容易，知錯了就改，好。」就讓她們過關了。到了賈玉珍家的百歲兒，那個考官竟別出心裁地，問他是什麼族，百歲不加考慮，開口就說自己是中國族。那人一揮手，非常不滿意，讓他下去。旁邊的黑狗子（警察們都是黑衣黑褲，白綁腿，像烏鴉）說：「現在不是滿洲國嗎，你自己是滿族都不知道哇。」

黑狗子認識崔老大，知道她們是崔老大家的人，經過他教育，賈玉珍也靈光，重新拉著百歲排隊，回答問題正確，才入了學。旁邊的金吉花主動跟賈玉珍說話，叫她「大姐」，並討好地說，以後百歲中午放學來她家吃飯，一個羊也是趕，兩個羊也是放，湊了一群，還熱鬧還好養。

賈玉珍用鼻子哼一聲算是回答，吉花的爺們枭死了，人一下子變乖了，不像從前那樣鼻孔朝天。但她的見風使舵、曲意逢迎，也比從前更甚了。跟崔老一的關係，倒是有所收斂，見了賈玉珍也知道低頭示好了，不敢再跟她對口罵養漢老婆、養漢精的。賈玉珍也是個刀子嘴豆腐心的女人，恨是恨，看她在日本人面前那份浪樣，就恨不得罵她、唾她，可轉身，看小娘們兒眼裡盡是淚、苦楚，也就不忍再揭她的皮了。在人屋簷下，誰能不低頭呢。自己的爺們崔老大現在，處處被人背後指著漢奸，漢不漢奸的誰難受誰知道。

賈玉珍走時，吉花又討好地跟上一步，想和她一同走。賈玉珍淡著臉，沒什麼表情地說：「周長花這輩子，可是挺慘。」

周長花從花癡，到日本兵姦汙，現在已經處在半傻半癡的狀態了。偶爾醒過來，不管寒冬還是酷暑，依然去看高傻子。高傻子現在拿著一桿木棍當槍，給日本人看農場，報國農場的一片大地，把那片瓜棚也併了。高傻子現在的生活比從前好，他住的冷棚子，已變成了房屋，也有衣穿。周長花來了，兩個癡傻的人，臉對臉看著，有時周長花癡癡地笑上一陣，把高傻子全身上下摸一通，就走了。

周長花生活在另一個世界裡。

聽賈玉珍這樣說，吉花低下羞愧的頭。她說：「大姐，如果不嫌，以後大胖、二胖、三胖、四胖的衣服，我來做吧。都拿我家來。」

賈玉珍一下子提高了大嗓：「咋著，人還沒死，妳還真想當這個後媽呀！」

吉花嚇得趕緊溜了，賈玉珍不給她機會。

百歲站在滿桌兒後面，他說：「中——日，中——日，賈——中——日，倒底是真的還是假的呀，你這個中——日——賈——中——日！」百歲的拉長聲調誰都能聽出不懷好意，前面的滿桌兒氣得小臉通紅，她回頭瞪了他一眼，不理。百歲繼續重複「真中日」還是「賈中日」，滿桌兒忍無可忍，突然猛回頭，說：「崔百歲你再這樣無理，我要告訴老師啦！」

「告去吧，告去吧，妳不就是願意告狀嘛，告狀精，跟妳媽一樣。」

「你才跟你媽一樣呢！」滿桌兒要氣哭了，她不明白為什麼，怎麼鄰居、同學，說起她來，總是把她和她媽扯在一起，說她跟她媽一樣。她跟她媽怎麼一樣了？她不知道，但那嘲諷的口氣、鄙夷的目光，滿桌兒覺得當吉花的女兒，真是倒楣了。

百歲說：「妳不叫賈中日嗎？賈中日難道不是妳的名字？」

滿桌兒憤怒的小臉兒又氣白了，從紅變白。中日的本身含義她並不明白，但被百歲這樣拉長聲調，重複地叫，滿桌兒一頭磕死的心都有。母親給她改名那天，她就覺得不是好事，沒想到上了學，這個名字就像小尾巴，放學的路上，人多的地方，只要碰見崔百歲，他就把她的名字叫上無數遍，一遍一遍叫，還問她，問得她啞口無言。滿桌兒現在也有點恨母親了，為什麼讓她叫這麼個名呢。她跟母親摔過碗、摔過懷裡正在削的土豆，母親跟她說：「傻孩子，妳不叫這個名，妳連學都上不了。聽媽的話，媽不給妳虧兒吃。」

「天天被嘲笑，這還不是虧兒嗎？」滿桌兒煩死母親了，給哥哥起名中朝、中滿，是男孩，還沒有人敢取笑，而她，天天都被這個名字叫暈了。父親被日本子殺了，母親更怕他們了，見了一個不認識的士兵，都會擠上笑，鞠躬。滿桌兒想，等哪天，她就不上學了，再長大些，她要跟慶山哥說，一起離開這。

純子用日本式的中國話，說：「崔、百、歲，不要這樣叫了，老師——不是——說了嗎，五族——和協，大家親如一家，誰也不能——欺負誰。」

百歲嘻嘻一笑，他喜歡聽純子說話，純子說話，他既愛聽，也愛看。每次逗滿桌兒，都能引來純子的行俠，百歲逗滿桌兒，更不如說他是在逗純子。純子這個日本小姑娘，那麼乾淨，那麼天真，大家在一起玩，很多時候，她的智力像才有四五歲，百歲喜歡純子的認真。純子能來和他們一起讀書，是他心裡最高興的事兒。如果沒有純子，他覺得這個學，上不上的沒什麼意思。

看百歲閉了嘴，純子衝滿桌兒一笑，意思是：「我好吧，看我，幫妳說話，他就不再給妳添煩惱了。」百歲一般的時候是不聽誰話的，老師的也不聽，但純子一發話，他就老實了。

滿桌兒的表情很複雜，她看著純子的後腦勺，心裡暗忖：這日本人，到底是怎麼回事呢？武下他們，那些男人，狠如豺狼，那天殺父親，連眼睛都沒眨一下，平時，還笑嘻嘻地對小孩，給大家糖吃，豎大拇哥誇獎大家。滿桌兒覺得日本人是不可思議的，弄不清楚的，也不知哪一面是他們的真實，哪一面是假。純子是好人，她相信，可是她跟她爭慶山哥，滿桌兒也恨。還有她爸，多襄井，平時對大家也是笑咪咪的，可是惹了他們，那也是馬上變臉發凶的，慶山哥曾有近半年的工錢都沒給。這就是他們的不可思議之處。

滿桌兒想，等再長大些，一定和慶山哥離開這，到一個沒有日本人，也沒有警察，不殺人的地方去，過一種平靜、安生的生活。也離開媽媽金吉花，給她起了這樣丟人現眼的名字，離開她，再也不跟著她吃刮落兒了。

哨聲響了，滿桌兒和純子、百歲，都下意識地立正站好，眼望國旗，扯開嗓子齊聲唱：

天地內，有了新滿洲。
新滿洲，便是新天地。
頂天立地，無苦無憂。
造成我國家，只有親愛並無冤仇。

人民三千萬，人民三千萬，
縱加十倍，也得自由。
重仁義，尚禮讓，使我身修。
家已齊，國已治，此外何求。
近之則與，世界同化。
遠之則與，天地同流。

歌唱完，又背「頌訓詞」，所有的孩子扯開嗓子齊背誦，剛背出第一句，滿桌兒看到校園外，慶林和慶路正趴在柵欄空裡，通過空隙向裡張望，看她們唱歌兒，羨慕得鼻子和臉擠在木板之間，都有些變形了。這時候玉敏上氣不接下氣跑來，她一手抓住他們的一個胳膊，說：「哥，哥——」剩下的滿桌兒聽不清她在說什麼，只見他們三個人，一起撒腿就跑。

滿桌兒回家後才知道，三嬸子在屋裡用一根細繩兒上吊了。

4

三嬸子被慶林、慶路一把給扯下來，繩子斷了，人一下礅到地上，一口氣，礅上來，三嬸竟漸漸有了氣息，胳膊動了，眼皮兒動了，嘴角也有了變化，玉敏大聲哭著喊：「媽——媽！」三嬸終於睜開了眼皮兒，看著她們。

三個孩子連哭帶笑，「媽媽」地叫個不停。玉敏腿腳快，又哭著去找慶山。慶山沒在守備隊，在多襄家挑水。千惠聽說三嬸尋死，背上她的藥箱跟慶山一起跑來。這時候，三嬸的嘴角才有白沫了，眼皮兒也越來越無力，大家把她抬到炕上，餵她水。三嬸有了力氣，她說的第一句話是：「想要我房子，占我祖屋，我吊死當棺材，也不讓給他們！」

玉敏小臉都哭花了，說：「媽讓我去找人，哪知她要走這步啊。嚇死我了，咱爸也不知去哪兒了，到處都找不著！」

這時三叔和張立本拉著那輛騾車從外面回來了，三叔說他是去找大爺了，他想大爺在外面見多識廣，他想找大爺想想法。結果都快走到林子邊了，出城了，聽崔老二說家中出事了，就返回來了。

三叔老淚掉了出來，他責怪三嬸子：「真傻呀，死，死就能嚇住他們嗎？死了正好給他們倒地方呢。」三叔說：「這世道，最應該做的事，就是活著，好好地活下去，只有活下去，才能看出最後誰輸贏。妳死了，不正趁了他們的心嗎？」

有鄰居也圍進來了，他們有的說：「歸了屯，空出的房子，一把火就給燒了，全是大地，游擊隊藏不住，他們主要是防抗日的。」

「好好的房子都給燒了，他們就敗家吧。」三嬸緩口氣狠狠地說，然後伸手。她一伸手，大家就知道要煙袋。

玉敏熟練地給她點上，遞上去，說：「媽，妳死了，還能抽上這口煙嗎？」

三嬸子竟瞇著那隻好眼笑了，她說：「也是，這日本子，差點沒逼得我斷了這口煙。」千惠說：「三嬸子，妳現在不能抽煙，要先輸液。」千惠打開她的小包，裡面的診具很全。可是三嬸子揮揮手，說：「不用了，抽上煙，比啥藥都好使。妳要是真想幫我，跟妳們那隊長說說，別扒我的房了。」

千惠羞愧得彎腰，不知說什麼好。

鄰居崔老大、崔老二、賈玉珍和金吉花都聞訊趕來，三嬸上吊了，一街坊的人都來了，看三嬸死而復生，沒事，也都欣慰地搖著頭，感嘆。三叔感謝大家，又沒什麼可招待的，張立本說：「大家別走了，都留下，吃個喜兒吧，昨天山上還打了隻麅子呢。這傻麅子，趕上野豬大了。過會就烀了，大夥吃肉。」

聽說吃肉，大家都不走了，七嘴八舌，議論日本人的歸屯併戶，議論大家搬走了，還能做鄰居嗎，老鄰舊居的，在一塊都熟成一家人了，如果給分開，那不趕上扯肉撕皮一般？這麼多年，誰家有點啥事兒，沒有看著不管的，一輩一輩，都是幾輩子的交情了。千惠說：「歸了屯，大家也還是住一塊，只是規範了管理，不讓鬍子——」千惠也會說「鬍子」了，「不讓鬍子藏到良民家中。」

這個日本子女人，看著善良，其實還是要替日本子說話，一個鼻孔的。大家暗暗交換了個眼色，再說話，不那麼直接，開始含沙射影，說：「皇帝溥儀，歲數也不小了，可是都叫他兒皇帝。」一個鄰居說：「如果是我呀，可不幹這個，丟祖宗人。」另一個說：「這日本人，看著跟咱們也沒什麼兩個，個頭差不多，臉色兒差不多，怎麼那麼狠呢，有膽兒，蛇吃象，老毛子都幹不過他。現在，咱老百姓都老實了，他們還不消停，還折騰，真能。」

吉花替千惠打圓場，這讓千惠更加無地自容，她說三嬸子不用她，她就回了。說著背起藥箱，慶山出門送她，送得熟悉、自然，像一家人的姐弟。鄰居看著慶山的背影，又議論出那句慶山從小就聽慣了的斷言：「這孩子命真硬啊。」

看來三嬸子的上吊，又要歸到慶山命硬、妨人。慶山暗想。總算沒死啊，慶山慶幸。他記得小時候剛剛能聽懂話，無論走到哪裡，人們看他的目光都是憐憫加害怕的，都知道他沒娘，娘讓他剋死了。爹也在他半歲時死掉，橫死。「這個孩子命太硬！」人人都這麼說。慶山是在他十來歲時，完整地聽了父母親的死、自己的家世。雖然他到現在都不懂什麼叫「立生兒」。

據三叔說，他剛一出生，母親趙海蘭的身下就血流成河了。是他的「立生兒」給母親帶來了災難，一隻腳丫先出來，其餘的，全戧碴兒，卡在那，讓母親奄奄一息。老娘婆（東北民間的接生婆）問慶山的父親：「保哪個？」她已經束手無策，現找跳大神的也來不及了，裝模作樣地問保哪個，不過是拖延時間，給自己定神兒。慶山父親確實被她難住了，他們哥三個，只有他娶了妻，還類似倒插門，海蘭家是滿族，跟漢人不通婚的。是慶山父親的能幹，打動了海蘭，她違反父命嫁給了他。除了他，另兩個都是光棍兒——老大已經廢了，跑毛子時（俄國人打進來老百姓東躲西藏）被毛子兵子彈穿傷，然後就說自己開了天眼，天天抱著個指南針，到處看風水，當陰陽先生，基本是出家人了。三弟福海，小小的個子，一臉麻子，年紀輕輕還染上了酒癮，對酒須臾不離身，「放羊」掙的倆錢兒，都被他換酒喝了。這輩子娶得上娶不上媳婦兩說啊。他不想在他這兒斷了後，可是捨棄大人，那又比摘心挖肝還難受。茅草上躺著的這個白淨面皮兒的女人，高高的大個兒，高高的鼻樑，他一個餵馬的窮小子，不是這個女人重情義，跟了他，他現在不還是一跑腿兒嗎？恩愛的小日子才過了一年，這個小要帳鬼啊。慶山的父親當時也是這樣認定的，剛露頭兒，就想要他媽的命，不是要帳鬼是什麼嘛。慶山的父親兩手也攤開了，這樣的難題讓他也手足無措，不知該保誰。實際上老娘婆也說了不算，保誰只能看天了。

嘩啦一聲，血流變成了噴湧的血漿，慶山被沖下來了，一道熱熱的河床，母親的血河，讓快窒息的慶山，活下來了。

海蘭在兒子的哭聲中閉上了眼睛。

幾個月後，沒有奶水的慶山，皮包骨頭，瘦得像隻小耗子。洪福升聽老人說，鯽魚湯是可以替代奶水的，營養成分高，他去河裡給兒子捕魚。剛解凍的呼蘭河，冰排硬若刀鋒，洪福升不會水，他坐在借來的橡膠胎上，剛鑿開一塊冰面，冒出的急流就把他沖滑了，撞向湧動的冰排，冰排又以同樣的力度把他頂回來，輪胎被扎漏氣了，身穿的大棉襖、人棉褲立時吸了水，加劇了輪胎的重量，他都沒來得及掙扎、喊人，整個人就像一坨濕泥，打著旋兒一圈兒一圈沉沒了。

慶山的父親就這樣命喪冰窟。三叔埋葬了哥哥，拉扯起慶山這個侄子。

「這孩子命硬。剋爹媽。」慶山跟在三叔身後，鄰居誰見了，都這麼說。

「福海，趕緊說個人家吧，孩子這麼小，得有個女人拉扯。」

三叔停下來，雙手抄著袖兒，東北的天太冷了，男女出門都是這種走姿。才兩歲的慶山，也是手抄在袖口裡，凍出的鼻涕，被他一拱手就擦在襖袖上了，擦了凍，凍了擦，上面發出鐵器一樣的光亮。三叔望著好心的賈永堂他媽，說：「說個人家，誰不想？可我一個跑腿子，還拖著個孩子，哪家姑娘敢跟？」

賈永堂他媽說：「這個好說，你別嫌人家姑娘少一隻眼就行。」沒多久，洪福海不嫌劉家姑娘眇一目，劉家姑娘也將就了洪福海的麻子臉，就成了一個家人。婚後，洪劉氏的生育能力還不錯，一氣兒生了兩個兒子，可是都相繼夭折。劉氏當時打量著慶山：「這個小子命硬，他不會剋了爹媽，兄弟也剋吧？如果是那樣，這孩子在家可不好留了。」好在接下來出生的慶林、慶路、玉敏都活了，健壯地長到了十幾歲，慶山也逐漸成為一把好勞力，劉氏才覺得這個侄子沒白養，不虧。

慶山就在「命硬」的魔咒中長大了。他們方圓幾百里，人們不信教，信命。送完千惠回屋，慶山看到坂本也來了，陪著他的是警察王東山，還有孫翻譯。坂本的態度不像上次那麼強硬，但一直皺著鼻子，顯出厭惡和嫌棄。滿桌兒悄悄拉慶山衣襟兒，她想跟他說百歲，在學校裡總欺負她。慶山聽到坂本用日語說：「支那女人，就能拿死嚇唬人！」

5

三叔不想讓坂本小看，以為三嬸的死，只是想嚇唬他們。三叔想出了辦法，這個辦法也是他大哥，洪福隆的薰陶。大哥長年看風水，有些道道，三叔也是略通的。他通過賈玉珍的嘴、金吉花的嘴，讓全鎮人都知道，自己的房裡鬧鬼了，正房，夜夜有兩個鬼，于德林和賈永堂，夜夜回來。他們說自己冤，死得不甘，都過幾個七月十五了，他們偏不托生，就當鬼，來找他們算帳。三叔說，于德林怪他沒有保護他，日本子拿了他，三叔就嚇老實了，沒敢站出來，為他鳴屈。賈永堂呢，更冤，跟著于德林吃了刮落兒，歸根到底，要怪三叔，于德林是三叔招的老板子，出了事兒，得三叔負責。三叔說這兩個鬼，兩個男鬼，頭髮都長到地了，鬍子也比頭髮長，他們坐在他的房樑上，張著大嘴，要酒喝，要雞吃，還說不定哪天，拿三叔的命。三叔說得有鼻子有眼兒，金吉花還拿上酒、雞，來他家奠過，幾個孩子都住到廂房去了。三叔手持利斧，說不能讓他們兩個冤鬼再在自家胡鬧騰了。三叔玩木頭是個好把式，他幾斧子，就把樑、椽、檁，都砍斷了。好好的一個正房，一會工夫，扒了個亂七八糟，只剩一堆草木架子。坂本他們來看的時候，三叔的臉上是鍋底黑灰，腰紮三道大粗麻繩，身上的衣服破破爛爛，卻目光如電，盤坐在木架當中，手中的利斧揮著空氣，說那兩個冤鬼，翻臉不認人，想在他家鬧騰，現在，好了，都壓死在房架子下了。

三叔還一會幻化成賈永堂，說自己死得不甘，他又沒參加游擊隊，還幫日本子幹了事兒，卻遭沉河，死得太窩囊。一會又變成于德林，說捅死小日本，還不是他侵占了家園，什麼事兒都有個根由啊。現在三叔不講情面，把他們壓在架子下了，他們還會再出來，再出來，去哪家就不一定了。三叔的胡言亂語讓坂本生氣，武下卻饒有興致，他還允許金吉花為三叔請來了大神兒、二神兒，對著三叔一通跳，三叔才漸漸沒了力氣，扔掉斧頭，眼睛也不那麼賊亮了，像是回到了人間。慶山看著三叔的樣子嘆了三口氣，他把三叔扶起來，向屋裡攙。武下對坂本哇啦一陣，坂本不情願地一擺頭，意思是撤。慶山在多裏家幹活，懂了一些日語，他聽得出，武下的大意是：滿洲國，現在已經是大日本皇軍的天下了，自己的勢力範圍，對他們百姓，要儘量宣撫，而不是逼他們，讓他們反正。對付馬鬍子，可以手狠，對付支那老百姓，還是優撫為主。

慶山知道，三叔家的院落保住了。

6

慶山起早貪晚，把自家扒毀的房屋，用草泥拉禾重新壘上。他和三叔商量，不再蓋得方方正正了，讓日本人眼紅。整個鐵山包，連縣公署的房子都是泥草的，他家這大紅松的木板房，確實太顯眼了。他們的槽兒還是那個槽，只是上面的帽子，變成了歪歪扭扭，三扁四不圓，草蘑菇樣的丘狀，比馬架子也強不了多少。跟東側的廂房，形成了奇特的景觀：大大的場院，幾撮蘑菇包一樣的房子，東一堆西一堆。保住了老宅，不挪窩兒，對三叔和三嬸來說，都是最大的幸福。三嬸子經過那一吊，暫短的斷氣，雖說命是保下來了，可是手腳，都不太好使。躺在屋裡的炕上，抽著煙袋，說：「還是老洪有道行啊。」

三叔說：「這屋子醜是醜點，可不透風、不漏雨就行啊，等熬過了小日本子走了，起碼沒人再惦記咱的房子了，咱再蓋，好好蓋。」慶山為家裡高興，三叔高興，慶山就高興。三叔還說：「到你娶媳婦時，咱再蓋也不晚。」

三叔的玩笑讓慶山心酸，家裡窮得猛子都成了雙眼皮兒，用三嬸的話說，三根腸子閒著兩根半，拿什麼娶媳婦呢。滿桌兒曾跟他說，天天上學，受百歲兒欺負，她上夠了。她跟慶山說：「慶山哥，如果你不嫌我，要我，咱們就跑吧。」

慶山為難地問她：「往哪跑呢？」

滿桌兒說：「關內，聽說關內沒有日本子，冬天也不這麼冷，比這兒好過。咱們跑了，就不用再受他們的氣了。我娘不疼我，你三嬸對你也不好，咱們離開他們，自己成個家，你對我好，我對你好，多好。」

「也沒人說咱們妨人、要帳鬼了。」滿桌兒又說。

慶山為難地苦笑，三叔把他養大，雖然三嬸對他是冷點，可是扔下三叔，自己跑了，那不真成了三嬸罵的狼了。

慶山的猶豫讓滿桌兒傷心，她說：「你可能捨不得多襄家，他家的純子。我知道她比我好看。」

慶山暗想三叔說的媳婦問題，無論是滿桌兒還是純子，就是人家姑娘願意跟他，不嫌他窮，人家的娘，能願意嗎？

全家的全部進項，只是慶山的一點勞金，慶林、慶路、玉敏都上不起學，三叔沒了酒喝，三嬸子全身疼時，要靠煙膏子頂頂，福壽膏，那是有錢人家的享受，三嬸子這樣的，是在喝慶山血呢。三嬸對自己已經不太好使的手腳，常常咒罵：「小日本子，都是雜種操出來的，哪腳沒踩住，跑中國來禍害來了，讓我一家活得這麼慘。」

三叔說：「妳就嘴欠吧，沒別的能耐，專過嘴癮。不定哪天，被日本子聽了去，給妳灌辣椒水，上大掛。」

三嬸子說：「家裡除了我侄兒沒外人，說的話還能跑了出去？家裡還不讓說，這天下還沒有說話的地方了呢，得把人憋死。憋死還不如上吊痛快。」

一說上吊，三叔就不吱聲了。三嬸子再不好，替他挨過嘴巴，還為了保房子，豁得出命。

慶路裡外地跑著玩，他說：「娘說得對，日本子要把人憋死了。我要是有槍——」三叔臉都嚇黃了，他移動著小個兒幾步走上前，抬巴掌就要搧，慶山拉住了三叔。慶林跟慶山一樣，也屬於膽小派，他也拉住了父親。三叔狠狠地一聳他們，甩開了兩隻手，說：「知道嗎，日本子現在急眼了，別看沒咱們下手，對那些真正抗日的，厲害著呢。聽說王揚的鐵路被扒了，游擊隊幹的，他們把周圍五十里的老百姓，都活埋了。你小子再這樣胡唚，說話沒個把門的，趁早給我滾犢子，別讓全家跟你掉腦袋。」

慶山安撫了三叔，埋頭繼續幹活。這日子越來越不消停了，武下有七八天都沒影了，說是去王楊剿匪。多襄呢，也比從前神祕得多。武下和多襄表面上都對慶山不錯，笑呵呵地看著他，可是慶山常常覺得後背上，涼颼颼的。慶山邊幹活邊想，這樣提心吊膽的日子，什麼時候是個頭兒呢。

正幹著活，滿桌兒來了，滿桌兒沒跟慶山說話，她竟直接跑進屋，給三嬸獻上了福壽膏，說她娘給的。三嬸一下子就笑咪咪了，金吉花從前賒都不賒給她，現在主動給，這個女人，沒了丈夫，就老實多了，跟誰都會溜鬚呢。

滿桌兒給完三嬸，就又跑了，說家裡還有活兒。慶山鼻子又酸了，三嬸衝滿桌兒的背影說：「這女人沒了爺們兒，也是可憐。」慶山想，沒了爺們兒的女人，可憐，討好天下人。可是沒了父親的女兒，不更可憐嗎？慶山甚至想，這包膏子，不一定是吉花給的，弄不好，是滿桌兒偷的呢。滿桌兒跟他逃跑無望，可還是繼續對他好，對他的家人好。三叔知道滿桌兒是來找慶山的，他說：「這小姑娘，人倒不錯，可惜她那個娘。唉。」

7

下午，滿桌兒又來了，三叔拿著草把子，在幫慶山壘牆。三叔暗想：慶山這小子，命好，看著從小沒爹沒娘，可不缺女人疼。滿桌兒這姑娘跟他屁股後，崔老大家那換小子，豔波，看慶山的眼神也不對，小姑娘對誰都辣辣的，見了他，卻恭順，叫「三爺」。就是那日本子姑娘，多襄純子，也在對著慶山好，去年不是她講情，自己老命都沒了。滿桌兒拿著嘎拉哈，說找玉敏玩兒，三嬸子瞇著那隻好眼，說：「炕都沒了，綽什麼嘎拉哈呀。」說著，熟練地摳一塊膏子，塞進煙袋鍋裡，沒有黃煙了，抽膏子，味道更好。只是捨不得一次抽完，慢慢地，一點一點吧嗒，三嬸子覺得抽上這口煙，人一下子就駕了雲，活在雲端了，要什麼有什麼，看什麼像什麼。大家夥兒說的那個天堂，就是抽上煙這會兒的感受吧。玉敏沒在家，這一段，玉敏瘋張多了，自從她娘上吊，她變了個人一樣，天天早出晚歸。滿桌兒看玉敏沒在，就一時沒了主意，她立在那看了一會兒，突然說：「我們家要搬家了，去頭道屯。」

三叔和慶山的手都停下來，頭道屯就是讓大家歸併的地方，要變成一個人屯，現在，三叔家的房子可以不動了，崔老大家也不用動，崔老二跟崔老大家是對街，依然不動，滿桌兒家也不遠，怎麼她家要動呢？

滿桌兒說：「我娘說的。我娘說了，聽皇軍的話，他們給好處。我哥要當警察了。」

慶山加快了手裡的泥拉禾，他擰起它們，又快又狠。滿桌兒要搬家了，像是突然切掉了他的一塊心。他為自己一點都幫不上她而氣惱。金吉花這個女人，不怪人人都罵她溜鬚匠兒，自從賈永堂走後，她不但不恨日本人，還更加敬著他們，討好他們。她的小雜貨鋪子，上好的大煙膏子，都敬給了日本人，還有警察王東山。官家吩咐個什麼事兒，她比誰都積極。現在，一街坊老百姓都不用搬家了，唯她顯積極，給點好處就去頭道屯了。

慶山問：「搬那麼遠，妳還怎麼上學呢？」

「我娘說送我去滿洲護校，學護士。」

慶山的心又缺了一角。他想起來了，前段，聽武下跟坂本說，好像要送大批的支那姑娘，都學護士，給當兵的治傷，老百姓也缺醫護力量。他們的老百姓，還要大批地來，到這邊駐屯，叫開拓團，未來會缺大批的醫務人員。滿桌兒她娘，在千方百計地讓滿桌兒跟日本人靠近啊。慶山的動作慢了下來，他不知該說什麼。三叔提醒：「山子，打草的可不能跟放羊的嘮。」

滿桌兒知趣，她說玉敏不在，她有空再來，就走了。

滿桌兒沒有走回家，而是向河邊走去。走著走著，聽後面有腳步聲，回頭一看，是慶山，她高興得睜大了眼睛，並慢慢地，蓄滿欣喜的淚水。她說：「慶山哥，我知道你對我好。慶山哥，你是怕我害怕，是嗎？」

慶山問她：「為什麼不回家呢？」說著走到河邊撩水洗手。滿桌兒掏出了手絹，遞給他，說：「慶山哥，我想等我一搬走了，離得遠了，就不能天天看見你了。怕你把我忘了，心裡揪得慌。」

慶山站在她身後，離得很近，他們能聽到彼此的呼吸。滿桌多希望慶山的兩隻胳膊能摟住她，但慶山沒敢，就那樣站著。

滿桌回頭看著慶山，再一次說：「慶山哥，無論我走多遠，你都別忘了我，行嗎？」

慶山深深地點頭。

「慶山哥，我想讓你拿著我的這塊花手絹，看到它，就想起我。」

「慶山哥！……慶山哥！……」滿桌兒望著慶山的圓臉像一盤滿月，那麼清潔、光輝，她嘴裡不停地「慶山哥，慶山哥」，叫得慶山心尖痛，他終於張開臂膀，把滿桌兒擁住了。

呼蘭河水靜靜地流，在他們聽來卻像滾泄的山洪……

待滿桌兒回到家，吉花對她發脾氣，說：「姑娘家家的，一點臉也不要，都多大了，屁股還那麼沉，跑到人家，就不回來了。家裡這麼多事，明天還搬家，不知道幫我收拾收拾？我說養丫頭沒用，剛長夠個兒，心就不在肚子裡了，一門心思想漢子，哪有心思管娘呢。」吉花邊說邊摔打，滿桌兒也拉下了小臉，她認為母親對天下人都是笑臉，都是諂媚，就是對父親和哥哥，也疼愛幾分，唯有對她，像對下人、外人，從不滿意，所有的好兒都給了外人，剩給她的，就是凶惡、發火。滿桌兒也不服勁兒，她噹啷一腳就像無意地，把那隻長凳絆倒了。吉花的火更大，她衝她背影喊：「怎麼的，小小的年紀妳要造反呢，要上天呢！」滿桌兒心裡喊了一聲，剛才還罵她「姑娘家家的，都多大了」，現在又說她小小年紀。滿桌兒的心思像是被吉花看見了，她痛斥她：「別以為我不知道，妳奔老洪家那小子使勁。如果不是這世道，窮點、富點，我也不管妳。可是妳沒看見，現在都啥樣了？日本人說了算，警察是大爺。找個窮人老百姓，還是那樣的人家，就我們這，一有個風吹草動，誰管呢？妳沒當過家，不知日子的難，當然也不知道哪頭輕、哪頭重。妳偷煙膏子的事別以為我不知道，妳討好那獨眼老太太，就以為人家能當妳婆婆呢！」

滿桌兒一下子讓母親給罵害臊了，也怒了，她說：「妳好，妳知道輕重，妳怎麼不聽聽，外人都罵妳什麼？『高麗棒子大褲襠，吃狗肉，喝尿湯；高麗棒子勢力眼，日本子面前最能顯。』妳說妳是漢人，可人家都罵妳是高麗棒子，指著我的背後罵，妳這母親當得好嗎？」

吉花被女兒擊中要害了，她正收拾櫃子的手，一下停了下來，扭身坐到炕上，一隻手捂住口鼻，哭了。

這童謠一樣的順口溜兒從她記事起就響在耳邊，那時沒加進日本子，而是說漢人。吉花也不知道她們是怎麼來到中國的，大批，幾百幾千幾萬，在中國，她們是一個屯一個鄉的，有的大到一個縣，差不多半壁河灘，都是她們朝鮮人。當地人不叫他們鮮族，而是高麗棒子，無論男女，特別是小孩子的時候，碰到漢人，就要被她們這樣地喊、叫。那時吉花領著弟弟，上學、放學，追著他們叫的孩子，就像喊口號，喊上一陣子，他們就舒服了、高興了。而吉花拉著弟弟的手，在「高麗棒子」的喊叫裡，落荒而逃。她帶著莫大的恥辱，回家跟母親說，說她們對她和弟弟的喊叫，母親輕描淡寫，說：「妳對他們說，高麗就高麗唄，還加棒子幹啥？」第二天，再遇孩子喊他們，吉花還真如母親教的那樣，停了下來，問追他們的孩子：「高麗就高麗唄，還加棒子幹啥？」

對方的回答蠻不講理：「你們就是高麗棒子！」

弟弟金東烈掙脫了姐姐的手，他瘦小的身材跑起來竟快如猴，拳頭也出乎大家的意料，摔跤的本事更是天生，一個人，竟打散了一夥，還追出去好遠。

「高麗棒子，脾氣不小哇。」那些孩子對他們有了新的認識，但不甘於認熊，依然追著喊，加大了人群的量數。再一次，金東烈抓住一個，抱著不撒手，咬那孩子的腦袋像是啃西瓜。

她們姐弟都不能再上學了。

吉花小時候的記憶，除了高麗棒子，這個屈辱性的稱謂，更深刻的，就是她們的窮了。跟著母親，用大米去換松明，漢人才有的燃火引柴，當她們爭講了半天，談妥，漢人給了她們明子，轉身走掉後，就能聽到：「窮高麗，賴點賴點吧。」對方交換的眼睛是憐憫的、將就的，同樣交換，卻似在施捨她們。還給定為「窮高麗」。無論是高麗棒子，還是窮高麗，吉花聽了都如被搧耳光。她們冬天沒有取暖的燒柴，夏天脫粒後的稻草，填進鍋膛猶如一張紙，別說取暖，飯都做不熟。吉花的爸爸媽媽是夜裡凍死的，把僅有的麻袋、破棉絮，蓋給了她們姐弟。沒了父母親，吉花一夜就長大了，她比母親活得更小心，因為她本指望自己安頓好，照顧弟弟，可是弟弟金東烈，突然沒了，有的說是去當了鬍子，有的說參加了什麼山林隊。吉花一直對外說凍死了。她的乖巧讓賈永堂的母親可憐她，到賈家幫傭。吉花有心，幾年工夫，她不但成功地給賈永堂當了媳婦，還改了自己的族別，變鮮為漢。這個祕密她以為會像弟弟金東烈一樣一直保持下去，可是自打她跟賈玉珍交惡那天，賈玉珍就不慣著她了，罵她狐狸精，罵她養漢精，還罵她假冒串種精。吉花當時改族別的本意，是和賈永堂一樣，以後就不受欺負了，更不可能聽到高麗棒子、窮高麗這樣的蔑稱。誰知天下就沒有祕密，中朝、中滿長大了還是被人這樣叫呢。

滿桌兒跟外人一樣鄙夷母親，可是看母親哭了，她也有幾分不安，想起了有些個夜晚，當她起來撒尿，看母親眼睛紅紅的，分明是沒有睡覺，剛哭過。她家的日子到底是什麼讓母親有口難言呢？僅僅是父親的死？這樣想著她扶起長凳，準備走過來哄慰母親。忽然，門開了，崔老二掀門簾走進來。崔老二是鎮裡開油坊的，長年一股豆油味。滿桌兒看見他，心裡就惱火，跟母親背著的黑鍋，除了高麗棒子、溜鬚匠兒，還有那個難聽的，沒法說出口的，「破鞋」。罵母親「破鞋精」、「養漢」，全是說的崔老二！

滿桌一扭身，進到裡屋去了。

吉花迅速攏了一把頭髮，換上一張笑臉，說：「二哥來了。」

第四章

1

鐵驪鎮的夏天有點像後娘的心腸，冷一陣了，熱一陣子，冷熱都讓人受不了。早晨的時候，出門還涼得抱膀，中午，太陽頂在頭上，人的汗水就從脖子淌溜兒了。

天熱讓三嬸子煩悶，她責怪慶林、慶路，咋不讓她死了省心，把她拽下來幹什麼？讓她像現在這樣活著受罪。三嬸子的四肢是越來越不好使了，那隻架煙袋的手，總是架著架著，就耷拉下來。整個人都懶得動，原先的小腳，是天天晚上要洗的。在鐵驪鎮，人們一年四季，只在年關時洗洗澡，一年洗一回。而這些小腳女人，卻要天天晚上洗腳，腳不洗，全家的人，晚上就甭睡了。

現在的三嬸，她懶得動，趕上外面陽光好的時候，玉敏把她抱到院中的木頭上，曬太陽也是曬腳，三嬸的小腳在太陽下發著惡臭的光芒。

近期，坂本他們有兩怕，一怕游擊隊，二怕疫情。這天兒一人了伏，不知怎麼搞的，日本士兵一個接一個拉肚子，開始是隔三差五地拉，慢慢地，天大拉，半夜三更一隊一隊地跑出去。坂本開始懷疑有人下毒，他聽說當地的巴豆很厲害，騾馬吃了都得倒三天。是不是那個中國廚子做了手腳呢？吃飯的時候，坂本突然讓警察們先吃，把他們的飯都吃掉，而警察的伙食，由他們士兵來吃。吃過的結果是，警察沒事，他們的士兵，當即抱著肚子跑出去，一個接一個腹瀉。

坂本納悶兒了，是水土不服？都來很久了呀。

最開始的時候，坂本他們的規定是生水不吃，井水不吃，凡是沒經過檢驗的東西，他們的士兵，都不隨便吃。水燒好了，也都讓滿洲的警察先試，支那人先嚐。他們沒事，他們再用。可是現在，同樣的水，同樣的食物，支那人怎麼吃都沒事，他們日本士兵，肚子是怎麼了呢？

坂本還見過，支那百姓家的包穀麵大餅子，在夏天裡都長了綠毛，可是照吃不誤，沒有人中毒；他們的人，這樣小心，還是一到夏天就抱著肚子跑茅房，難道支那人的肚子是鐵壁銅牆嗎？

有一天，坂本走在路上，久旱無雨，道路上的塵灰，一走一撲騰。一隻碩大的綠頭蒼蠅，縈繞在他頭的上空，嗡嗡嗡，哼哼哼，坂本用手揮了一下，趕開了，又回來，跟著他，還是縈繞在頭頂。坂本憤怒地再打一下，對蒼蠅的嫌惡，讓他不敢使勁抓，槍刀又派不上用場。綠頭蒼蠅越加放肆，撲到臉上來了，坂本摘下帽子，揮，抽。這時候，他看見路邊蹲著一個小孩兒，那孩子正在拉屎，光腚，沒穿背心兒，肋骨瘦得根根可見。小孩拉屎不專心，邊拉邊用手指劃拉著地面上的浮土，像在畫畫。綠頭蒼蠅不是一隻，而是一群，撲在孩子的屎上忙忙碌碌。縈繞坂本的這隻，一下子找到了組織，找到了樂園，牠「嗡」的一聲，戰鬥機一樣扎向那堆屎，埋頭不再飛了，當然也不跟著坂本了。坂本不敢想像，剛才撲自己臉的那隻，來自哪裡，都在哪裡做過停留。一想，他的嘴角牙疼一樣抽了起來。「這群支那豬！」坂本罵出了聲。支那小孩拉屎不擦屁股，由狗來舔；支那小孩跟雞鴨豬狗一樣，是隨地大小便的。他進過百姓的院子，已經命令他們全部改掉，定期檢查，現在，孩子還是隨便蹲在路邊。坂本一生氣，再次罵了「八嘎」。

他邊向隊裡走邊恍悟士兵拉肚子的原因了，這綠頭蒼蠅為什麼這樣碩大？都是小孩糞便餵肥的。牠們「嗡嗡嗡，哄哄哄」，飛翔能力極強，能從路邊的糞便，一直飛到誰家的灶臺，鑽進廚房，再落到饅頭和肉菜上。就是人們的臉、頭髮、身上的任何地方，牠們想落，突襲一下，也無法阻止。特別是睡覺的時候，這些綠頭蒼蠅，簡直就是賴皮狗，趕都趕不開。坂本回到隊部，去後勤的廚房，恰巧，那隻綠頭大蒼蠅又飛來了，嗡嗡嗡，哼哼哼，坂本無法確定牠是不是剛才的那隻，長得都一樣，大小也差不多，這東西比他坂本的腿腳還快嗎？竟趕在了他的前頭。士兵的肚子就是被牠們搞壞的，而源頭，是老百姓，支那豬！坂本慢慢歪起了嘴角，生出一個狠主意。

山上的游擊隊要剿，這些百姓的衛生，更要下大力氣。蒼蠅傳播疾病，讓士兵都拉脫水，同樣是削弱我軍戰鬥力。武下給了坂本權力，就從衛生再次治起。他們不能理解，支那百姓對糞便怎麼那麼無視，小孩拉了屎大人不管，狗會舔。院裡的雞屎鴨糞，被豬牛蹚個滿地。養肥了的綠頭蒼蠅大如黃蜂，牠們飽滿、晶瑩、暗綠，如果伏在那裡半天不動，像一枚碩大的綠寶石。可惜牠是瘟疫。坂本召來了井然，跟他制定了辦法，其中一個標準，就是家家戶戶不能再有蒼蠅。

井然得令後，去找崔老大了。

大檢查，查衛生，家家戶戶的衛生，不再是從前的雞屎鴨糞問題，而是要從根兒上，杜絕。如果沒有髒物，自然不會有蒼蠅的棲息地了。不能有蒼蠅，不能有蟑螂，不能有老鼠，不能有蝨子，還不能有餿味。後一個是崔老大加上去的。「餿味也很要人命。」他說。當他們把這個要求通知家家戶戶時，玉敏愁死了。

井然還跟崔老大討論：支那人的肚皮，是什麼造的呢？他們吃飯不洗手，乾糧上落滿了蒼蠅，可是怎麼吃都沒事兒，沒聽過哪家中毒，更不拉肚子。還有山上那些游擊隊、賊匪，那些傢伙的肚皮更是鐵打的，吃雪，吃樹皮，吃野草，除了糧食，什麼都吃，可是依然活著，怎麼困都困不死、整不光。「支那人，太奇怪了。」井然晃著腦袋說。

崔老大說：「慣了，習慣了，什麼事兒都有個習慣。當地人這樣，都是因為習慣使然。你沒見大冬天的，小孩出門手套、鞋子都沒有，如果跟皇軍比，早都凍掉手腳了，這是老天爺照顧他們，賤命更能活。」

井然搖頭表示不理解。告訴崔老大，後天，就挨家挨戶檢查。不按標準收拾的，都按反滿抗日處理。讓皇軍拉肚子，就是變相的抗日！

崔老大迎著正午的日頭，向三叔家走去。日頭很足、很毒，像天上掛著的烤爐，它把豬糞、牛糞、人糞味，全部都混合在空氣裡，送進人們的鼻孔。平時，崔老大還不覺得這股味兒的空氣有什麼不妥，現在，經他們一說、一強調，他的鼻子真的嗆得難受。崔老大女人一樣捂起了嘴巴，他走進了三叔家的院子。

「管天管地，還管人家屙屎放屁啊。」這是三叔的不解。三嬸手腳不靈便了，天天坐在木頭上曬小腳，抽煙袋。瘦瘦小小的玉敏，兩手抱著水瓢，在往鍋裡添水。看崔老大進院，玉敏叫了聲「崔大叔」，她放下瓢，又去拿掃帚、鐵鍬，清理雞糞。崔老大沒往屋裡走，他兩手交疊在前襠，站在屋門口，向裡望。光影下，有細屑的灰塵在翻飛，草泥砌的鍋臺，一隊一隊的蟑螂像行軍一樣爬行不止，從前到後，從明到暗，魚貫著不斷溜兒。緊裡邊的牆角，長著青草的黑泥牆根兒趴著一隻小耗子，驚恐地看著他，一動不動。崔老大叫了聲「三嬸」，三嬸坐在門口的木墩兒上，兩隻小腳沒纏布，示威地擺在那。三叔舉著煙袋鍋迎出來，說：「崔老大，這不讓，那不讓，都是你出的餿主意吧？你們家，能做到嗎？」

崔老大說：「我今天來，可是好心。這一次，真不比上次了。這次再不當個事兒，坂本小隊長說了，直接捕人，送矯正院，還罰款，有牛拉牛，有馬牽馬。」

三嬸子啐了一口，說：「幫狗吃屎，我家乾淨埋汰，干他哪疼呢？是吃飽了撐得沒地方消化？操那麼多閒心也不怕爛肺子？」

崔老大咳了一下，兩手依然那樣交疊著。三嬸子說過，崔家二兄弟，光看那鼻子，就不是省油的，邪性大著呢。崔老二跟他表嫂金吉花、崔老大一直奔日本子女人千惠使勁兒，沒事就幫人家去放洗澡水，當小工。兩兄弟都屬鷹鉤鼻系列，鷹鉤鼻的男人都性欲強，整不好，是毛子的後代。三嬸頂看不上這些雜種的後代了，毛子來了跟毛子，日本子來了幫日本子。三嬸子鄙夷地看著崔老大的兩隻手，挺大個爺們兒，站沒個站相，兩手抱著自己的襠，不定哪天讓人劁了去！崔老大微微笑著看三嬸，說：「其實，日本人，吃飽了有得是事兒幹，他們現在管得這麼細，是不管不行了，他們的人，總拉肚子。人家怕士兵拉得沒有戰鬥力。」

「他們拉肚子，關我們什麼事兒呢。」三叔說。

崔老大揚手抓了一把空中，一隻蒼蠅飛過了。他說：「你們埋汰，他們就不消停，這蒼蠅，長腿呢兒。滅匪日本人有辦法，滅蠅子，是絲綢線纏麻袋，咋也使不上勁兒。」

「那幫人咋不拉死呢。」三嬸說。

崔老大說：「我今天來，是有命令的，再跟你們落實一下，咱們鄰里鄰居的，不願意讓你家再像上次那樣，不好。再說了，這次不比上次，坂本他們下決心了，要動真格的。」

玉敏聽了手腳動得更快了，上次檢查衛生，三嬸挨了嘴巴，她還記得清清楚楚，後來多少天三嬸子吃不下飯，靠大煙活命，說自己窩囊，想尋死。現在，又宣布得比上次還嚴格。玉敏鋤完糞，又去掀開鍋，鍋裡的水燒開了，她一瓢下去，剛才排著隊行軍的蟑螂，在滾燙的開水中，紛紛死掉了。

治理完蟑螂，玉敏又開始治理頭上的蝨子，這是金吉花教給她的辦法——拿來煤油燈，倒出裡面的煤油，在一塊破棉花上，棉花吸飽了煤油，玉敏再小心翼翼地往自己的頭髮上蘸、抹。煤油嗆得她睜不開眼睛，頭上的蝨子也扛不住，只幾下，就暈頭暈腦地從頭髮裡向外爬。玉敏顧不得腦仁兒疼，拿著篦子，把附在頭上的蝨子、蟣子，使勁向下刮。頭皮拽得疼出了淚花兒，玉敏咬著牙，繼續刮，一直刮到用手摸摸確實沒什麼了，才把頭伸向三嬸，讓三嬸看還有沒有。三嬸嗆得推開她，說：「妳這孩子連頭皮也不要了，洋油這樣燒，妳還不禿了哇。」

崔老大也受不了煤油味滿院飄，他轉身走了。

玉敏治理完自己的頭髮，又去水攻老鼠洞，一瓢瓢的水，讓洞裡的小耗子「嘰嘰嘰」躥出來，到處亂跑。可惜玉敏不知道老鼠是生命力很強的，斬不絕，殺不光，今天水灌了，明天牠們又上房了。

檢查衛生的這天早晨，不但鍋臺上又爬滿了蟑螂，就是院子裡，清過的雞屎鴨糞，又鋪滿一層了。這些雞啊鴨啊，牠們屙屎也不跟你說一聲，你可拿牠們怎麼辦呢？玉敏拿起了笤帚，再次快速清掃，她希望今天的檢查能順利，不出差錯，讓他們想捕人、罰款，也找不到碴兒口。

跨跨跨，井然的皮靴聲帶著塵土，崔老大還是打頭，後面跟著坂本，兩個日本子的領頭兒，都來了，可見這次檢查的規格。井然手臂上還戴著長及胳膊的白手套，他走進院中，看著曬太陽的三嬸，裹過的腳骨，讓井然露出嫌惡的神色。他越過崔老大，徑直向屋裡，什麼也沒說，到炕櫃的後面就把胳膊伸了進去。伸進去，拿出來，白手套就變成黑的了，上面還掛著蜘蛛網。

玉敏一想壞了，他們也沒說要檢查炕櫃後面啊，炕櫃後面沒擦灰，那是幾年的老灰了吧？井然用白胳膊把它試出來了。玉敏心裡暗暗叫苦：這日本子，是不是天天吃完飯，也要把自己的腸子洗三遍呢，他們乾淨得過了頭了吧？這樣想著，她看見，井然那隻粘滿了蜘蛛網的胳膊，假肢一樣直挺挺地伸著。他同坂本一樣，問：「誰是這家的主人？」孫翻譯瞅向三叔，三叔就慢慢地站過來。這時的三嬸，腿腳不靈便很久了的三嬸，竟然一下子蹦了起來，她的兩隻沒纏著的小腳在地上留下了雞爪般的深印兒，她又一次擋在了三叔和井然之間，挺著她乾癟的胸脯，說：「咋的，又要打人不是？來，朝這打，我老婆子不怕。」

井然嫌她醜，他懶得理這個支那老太太，舉著那隻沾滿蜘蛛網假肢樣的胳膊，叭叭，照著崔老大就是左右開弓，兩記耳光打得崔老大的腦袋先歪向了左又回到了右，中分的頭髮左右一甩。被搧的崔老大臊極了，他惱羞成怒，竟然一把扯住了三嬸。他的本意可能是想推搡她。昨天特意告訴她，好好收拾，別留死角；現在，還是給他惹事兒，讓他挨了打。崔老大想推搡三嬸，撒氣的同時也顯顯他跟皇軍是一夥的，同心同德。結果，他一扯，三嬸子大襟兒的扣子不結實，竟刷拉一下扯開了。三嬸子窮，沒有內衣，直接就是癟癟的胸！

兩隻沒了血肉的乳房，像兩枚豬苦膽，風乾後的豬苦膽——三嬸子用另一隻沒拿煙袋鍋兒的手，抿上來護，護不住，乾癟的胸和兩個黑點兒豁然呈現在大家跟前——這裡不只有崔老大，還有日本子，警察，還有那麼多不相干的，看熱鬧的人。三嬸子不護了，她拚老命，一頭就撞向了崔老大，說：「崔老大你們這幫不是人揍的呀，吃飽了撐的，連我家炕櫃有灰都管。你們咋不管管那些娶不上媳婦的、生不出孩子的、吃不上飯的、沒地方住的？我們家埋不埋汰用得著你們來顯孝心？哪有住到了人家還挑肥揀瘦、嫌這嫌那的！你們這幫雜種，純粹都是養漢老婆養的！……」

三嬸子後面的話，孫翻譯沒有直接翻譯，面對井然的問詢，他說：「這老婆子瘋了，魔怔了。」崔老大後悔推了三嬸那把，老鄰舊居的，惹她跟自己玩命。正在他想息事，勸走坂本和井然時，井然明白了三嬸在罵他們的爹娘。這時候他不再顧忌支那老太太的醜不醜了，抬起一腳，就想踢死這個支那女人。一粒石子帶著速度子彈一樣射來，正中了井然的眼睛，疼得他「嗷」地用手捂住，有血，從白手套上滲出來。「赤匪！」坂本拔槍就向來石子的方向射擊。慶路躲得快，跳下樹順房檁跑了。井然他們邊撤退邊喊著：「赤匪！游擊隊！」

2

搜遍了前後，沒有發現支那兵、游擊隊。一個毛頭小子，就敢抗日？坂本把慶路抓到了警備隊，瘦弱的慶路兩隻胳膊被綁到後面，往起一吊，疼得哭爹喊娘。

坂本讓他說，打井然的眼睛，是支那兵指使的嗎？

慶路說：「沒有。」

「為什麼反日？」

「因為他要打俺娘。」

坂本不相信慶路小小年紀有這個膽量，他堅信他的身後有支那兵在支使。挨打的百姓多了，不都是越打越老實、越打越膽兒小？

慶路兩隻胳膊反剪揪得心肝肺都疼，他爹一聲、媽一聲叫了半天，突然想到大哥慶山，他說：「俺大哥洪慶山，還給你們餵馬呢，你們打我？」

坂本想起來了，給武下餵馬的那個支那小夥，老實、能幹，平時一句話都沒有，就是悶頭幹活。他搖搖頭，說：「你們兄弟，不像一家人。一個良民，一個馬鬍子的。」

「你們打人，跟馬鬍子更像。」慶路反駁。

「你小小年紀，敢跟太君頂嘴？掌嘴。」

兩個大嘴巴，慶路臉都腫了。

三嬸子讓玉敏找慶山回來，吩咐他兩件事，第一，務必救回弟弟，就算拿他去換，也要把慶路，她的老兒子，找回來。慶山知道三嬸的心情，三嬸子平時最疼愛慶路，老兒子，大孫子，老太太的命根子。喜歡慶路，不只因為他最小，還因為他機靈，很多時候，三嬸子不吃飯，生氣，都是慶路勸好的。慶路只說：「娘，吃飯吧，妳要沒了我們就跟慶山哥一樣了。」一句話，就把三嬸子提醒了，她知道沒娘的孩子，一輩子都活得孤單。有娘的孩子，就是娘要飯，那心裡也不一樣，活得虎虎實實的。昨天挨打，慶林沒敢動，倒是這個老兒子，人最小，卻敢跑到樹上替老娘報仇，沒白養啊。

死了也值了。

三嬸子命令慶山，無論什麼條件，都要把慶路救回來。第二，三嬸子說：「山子，三嬸子脾氣不好，拿煙鍋子刨過你，你別記恨。再不濟，咱也是一家人，一筆寫不出兩個洪字來。以後咱們家，還要靠你擔著。」慶山聽了納悶兒，三嬸子對自己這麼客氣幹什麼？一家人。慶山昨晚回來時，衛生已經檢查完了，三嬸子也哭完了。崔老大為自己的那一搡後悔，讓賈玉珍送來一隻雞、二斤酒，補付之意明顯。按說，三嬸子面子也轉了，心裡的氣也該消了。每次日本子行動，老百姓挨兩下打，那還算個事兒嗎？不出人命，已經燒高香了。慶路惹了事，被捉進去，三嬸子對他的不滿，應該是在心疼慶路吧？如果只是打在了井然的身上，也沒事兒，不出傷亡就好說。可是，井然眼睛流血了，弄不好就瞎了，這個結果，慶山一聽就害怕了。今天一個上午，他都在琢磨，怎麼辦。找武下說情，武下那硬心腸，能軟嗎？慶山伺候馬時一直溜眼瞧，武下跟另一些人在屋裡開會，他一直也沒有機會。

三嬸指示他立即去救人。

慶山向警備隊走去。大門口的人認識他，沒有攔他，他就順利地找到了慶路被綁的屋子。小平房，四周的土牆上長著雜草，黑黃的泥牆，潮濕，散發著一股夾雜著腥氣的味道。屋內只有一條長板凳，邊上扔著鞭子、煤油燈、水桶等，王東山跟坂本說：「太君，這小子骨頭太賊，得好好給他熟熟皮子，捋捋直，讓他長長記性，不然，出了門還是扒房上樹，整不住他呢。」

慶路白了王警尉一眼，還「呸」了一下，啐地上。這使王東山更生氣，綁他的繩子繫成死扣，勒到肩膀那，像小刀殺進了肉裡，慶路已經上不來氣了。王警尉邊綁邊幸災樂禍：「小鱉犢子，用眼睛翻我，一會就讓你翻白眼兒望房巴。」

慶山開門進來時，地上已經泥濘一片，半桶涼水已經灌進去了。他一步跨到了弟弟仰躺著的凳子邊，慶路的腦袋正懸在長凳的空處，整個身體，順著長條凳綁在了長條板上，他懸起的頭，仰著的臉，是利於灌水之便。慶山用雙臂托住慶路的頭，這使他的血液有了循環，份量轉移到了慶山的胳膊上，慶路緩過來了一口氣。慶山看到慶路的眼睛是紅的，鼻子、嘴巴往外倒嗆水，他疼得眼淚嘩嘩下來了，慶路這小子，是被灌苦了。

灌水也比槍斃好。灌水之刑，一般是還不想殺人解氣。「也許井然的眼睛沒瞎。」慶山想。

慶路費力地叫了聲「哥」，鼻子就冒出粉色的血泡兒，慶山把他抱緊了。

坂本用生硬的中國話說：「洪，你問他，他打找們的人，是不是受赤匪、游擊隊的，指使？說了，就放你們。」

慶路閉著眼睛搖頭。

慶山說：「太君，我弟弟肯定沒有受誰的指使，我可以保證。你們放了我弟弟，如果不放心，把我押起來。」

坂本晃著頭說：「我看不這麼簡單。」

慶路啞著嗓子說：「你們不打我娘，我能打你們嗎？」

慶山說：「對，太君，我弟弟就是看我孀子被打了，他才還手的。」

坂本依然晃頭。慶山蹲在那抱著弟弟，很吃力。他眼淚汪汪地又跟坂本說：「放了我弟弟，我在守備隊的工錢可以不要，替我弟弟贖罪。」

這時，來人在坂本的耳邊說幾句話，慶山聽出似乎是武下來了，坂本立起身，跟那人出去。剛到門口，武下穿著和服，商人一樣，這個打扮讓慶山意外，他笑呵呵地進來了。他抬了下手，意思是：怎麼綁人呢，放了他。王東山立即解開了慶路的繩索，慶山扶著弟弟站起來，給武下鞠躬，武下說：「你，和你弟弟回去吧。」

慶山一路都迷迷糊糊，武下怎麼會來，怎麼會親自跟他說放了他弟弟？難道自己肚子裡的話，他都看得見？慶路到底年輕，站起來一會兒，腿腳就好使了，他跟在哥哥後面，說：「娘肯定惦記我吧。」慶山說：「嗯。」說著，他心裡想的還是武下。武下這身打扮，這張笑臉，只有見多襄時，才這樣。今天，他是怎麼了呢？

慶山、慶路兩人向家走，沒等到家，路上有人邊跑邊喊：「有人跳井啦，有人跳井啦。」慶山和慶路也跟著跑起來，跑向井邊。「那口井如果被人跳了，就不能吃了。每年，都會有井因為人跳而被填埋。」慶山正這樣想著，他怎麼也沒想到，撈上來的濕淋淋的屍體，竟是三嬸子。

三嬸子的身旁，還摞著一起打撈上來的那桿兒長煙袋。賈玉珍坐在地上大哭，她說：「三嬸子啊，妳怎麼那麼心窄？這世道，臉皮不厚點，能活嗎？看了就看了唄，都這麼大歲數了，孩子也吃過的奶，又不是姑娘時的金奶子、當小媳婦的銀奶子。一個老太婆，乾巴巴的，狗奶子都不是了，看了怕啥？崔老大他們，也不是故意的，妳怎麼就那麼想不開呀，哇哇哇！……」賈玉珍拍著大腿，說：「三嬸子妳行，來這手兒，夠狠，不吭不哈，跳了井。這下可好，別說一輩子，兩輩子，三輩子，我都得跟崔老大背這黑鍋啦！……」井口周圍的人有的抹淚，有的嘆息。井裡死了人，崔老大指揮幾個年輕力壯的人在挖土填井，三叔抄著袖，直愣愣地看著，眼睛眨嘛眨嘛的，像在看別人家的熱鬧。玉敏跪在三嬸旁邊「媽媽」地大哭，和賈玉珍的哭聲形成了二重。滿桌兒跑來了，她的母親金吉花勸慰賈玉珍。賈玉珍在這當口，樂得有個臺階，她邊哭邊數落的對象終於找到了裁判。吉花說：「死一個就夠嗆了，別再搭一個了，大姐妳想開些，洪三嬸不會怪妳的。」滿桌兒抓著玉敏的胳膊，她說不出更具安慰的話，只是陪著掉淚。慶山和慶路，同時跪倒在了三嬸子的身旁。

3

三嬸出殯這天，大雨滂沱。往年的陰曆七月十五，只是小雨淅淅瀝瀝，那是鬼的哭泣。這天，鋪天蓋地的大雨，讓河水跟河沿都平了，壟溝和壟臺，一片汪洋。下葬的日子說好，是不能改變的，那些抬棺材的小夥子，兩隻腿都快被泥水淹住拔不起來了，但他們幹得起勁。崔老大傳話說，武下隊長已經傳話了，中午那頓豆腐宴，到街頭最有名的老孫家吃。那是一家老百姓進不起的大館子，今天的飯錢，由武下他們掏，滿日親善，武下用出殯飯的行動，表明他親善。

慶山肚子裡更畫魂兒了——「這武下，怎麼越來越像笑面虎呢？」

人葬完了，天也放晴了，而且是突然地大晴，日頭毒毒的。幫忙的人吃完飯，都散去了。慶山兒猶豫著向外走，多襄純子跑來，請他去一趟他們家，有事說。

三嬸子死，千惠按著中國的習俗，送來黑布和冥紙。

慶山喪打遊魂地一路低著頭，來到多襄家。進了院、門，都是他熟悉的。多襄井的窗子是敞開的，他向慶山招手，慶山走進去，武下正跪坐在地上。多襄井說：「你們談吧，我一會再來。」慶山想武下放了弟弟，又幫他們家出飯錢，一切都表明，武下有求於他。他一個幹活的，窮苦力，有什麼地方值得武下求呢？武下有槍，有人，連中國警察都怕他，他求慶山個什麼呢？慶山低下頭來。

武下看慶山進來，欠了一下屁股，請慶山也坐，是跪坐。慶山聽話地坐下了。武下說：「洪，你是個好人，良民，大大的良民。我今天，明人不說暗話，很直接，我們想讓你，幫我們日本帝國，做事兒。」

慶山用眼神兒問：「我能幫你們做什麼？」

武下說：「你，不再餵馬，你，給我們，當情報。」

看慶山不懂，又說：「加入，我們，憲兵隊。」

慶山明白了，那不是特務嗎？

武下說：「洪，現在反滿抗日的越來越多，猖獗。南邊來的，共產黨，赤匪，也插手了。太多，不好抓，也難分辨。你的，給我們，當內線。」武下用手比劃著，「我們的人，去幹，不行。他們防。」

慶山一下子站起來了，擺著雙手連連說：「不行不行，太君不行，我幹不了。打雜、餵馬、出苦力，我都能幹，這個，我幹不了。真的不行。」

慶山兩隻手擺得像扇子在搧風兒。

武下沒有表情地看著他，意思是：皇軍對你，還不好？你不願意為皇軍幹事兒？

慶山說：「太君，我知道我們家欠著太君的情，我願意用出力，好好出苦力，來還。」

武下面露慍色了，多襄站在門外聽得清清楚楚，他拉門進來，說：「山子，洪，你這可是敬酒不吃，好歹不識呀。」

夜晚的河面，像一塊巨大的黑布，因為有放河燈的人，陸陸續續，河邊亮起來了。沒有錢的人家，即使用紙、竹條，也要糊一盞燈籠，在這個日子裡到河邊放放，哪家沒有死去的親人呢？誰不想讓自己親人早日隨著河燈轉世、投抬？

放河燈，是當地人深信不疑的一種儀式。玉敏不再哭了，她用熟米飯粒兒，當糨糊，在三叔的指導下，做出了三盞燈。一盞是給三嬸子的，另兩盞，當然是三叔送給他的二哥、二嫂，也就是慶山的爹娘。慶山回來了，三叔問他多襄找他幹什麼，慶山含糊過去了，只說幫助幹點活。他沒敢說武下要他去當特務，多襄也跟他翻了臉。慶山看玉敏小心地提著那三盞燈籠，他幫她接過兩盞，說：「走吧，一起去。」

每年，放河燈的日子，都是慶山親自糊燈。他沒見過自己的爹娘，可是爹娘的面貌在人們的傳說中，三嬸子的描繪中。慶山有時想他們，有時怨他們。好歹你生了我一回，咋也讓我認認你們，夢裡睡覺，也有個印象不是？這可好，每年放河燈，想像都想不出。玉敏在前，慶山走在後面，問：「三叔不去了？」三叔小黑塔一樣坐在暗影裡，叨咕著說：「我知道，你三嬸子走得不甘，她不願意死，好日子一天兒沒過過，抽口煙兒算享受了。可是，窮日子也不讓人消停啊，她是活累了、夠了，才撇下我們，一人躲清靜去了。山子，給你爸媽唸叨的時候，別忘了跟你三嬸子多說兩句，她心腸不壞，讓她早點照亮兒，早點回來。」

玉敏說：「爹我知道了，我說。」

「還有你大爺，一走這麼多年，也不知他是死是活。」

「我大爺肯定沒事的，大爺不招災、不惹禍，還有手藝。」

「他是不招災、不惹禍呀，可是這世道誰說得準呢。你三嬸子招誰了，該走不還是走了？」

慶山知道三叔是想三嬸子了，老倆口，活著時天天互相挖苦、瞪眼，現在沒了，三叔三句話離不開三嬸了。好好的人，說逼死就逼死了，這是什麼世道啊?!慶山提著燈，眼淚又要下來了。他說：「對了，聽武下隊裡的人說，好像關內、關外不許流動了，來關外的，算入境，要有什麼手續呢。整不好，大爺也給截關內了，他一時半會兒，不會回來了吧。」

三叔說：「也是呢，前幾天張立本說，熱河那疙瘩被日本子封得鐵桶似的，過隻蚊子也得翻開翅膀看看，查得厲害。」

說著催促他們：「快去吧，占個好窩兒，把燈放遠點。要是河燈真靈，看你三嬸子哪天回來。」

慶山和玉敏一路走，都沒說話。慶山琢磨，如果三嬸了真的投胎回來，回到這個家，她怎麼排輩兒呢？比玉敏還小的妹妹？她和三叔，還能是夫妻嗎？還有自己的爹娘，他放了十年的河燈了，爹娘到現在都還沒有投胎轉世，不來找他認他。將來，什麼時候，爹娘才會回到這個家呢？這個家裡現在沒有女主人，難道要自己結了婚、生孩子時，爹娘才轉世？那不成了自己的孩子？這個念頭讓慶山的腳步歪扭而踉蹌。

依稀地，藉著一盞盞的河燈，慶山看見那麼多人蹲在河邊，或潛進深處。玉敏手挑著一盞，慶山拿著兩盞，他們同時往深水裡走。慶山來到水中央，彎著腰把河燈放下，有玉敏在，他不好意思對著河水說話。玉敏似乎理解哥哥的心情，她替他說了起來，她先跟慶山的爸媽說，叫著「二大爺、二娘」，就像她們見過似的；說完了，又跟自己的母親三嬸子說。慶山沒想到，玉敏一個小姑娘，她是跟誰學的，比三叔想得還全面，跟死人說話，一套一套的，完全是跟活人說話，對日子進行安排……，聽得慶山脊背發涼。他茫然地四處望去，夜晚的呼蘭河，因為有了這些燈的照耀，光怪陸離，像一個水的世界。死去的爹媽真的就潛在水中嗎？慶山知道父親是那樣葬身冰河的，現在，無盡的河水，裡面真的藏著父親的魂靈？慶山下意識地把兩隻手伸向水底，流動的水，非常有力量，和慶山的手相遇，以更大的力量向遠處流去。

父親長得什麼模樣？也像三叔這麼矮嗎？自己的個子怎麼長得這樣高？聽賈永堂他媽說，慶山的高個子，完全是因為母親改變了他們洪家的人種，滿族血統，改變了他瘦小的父系。母親趙海蘭大高個兒，白白淨淨，慶山是像母親了。

母親有多白？像純子那樣嗎？眼睛像滿桌兒的那樣亮？慶山在心裡嘆息：「娘啊，就算我是要帳的，妳生我出來，也該讓我見一面再走啊。妳看這黑燈瞎火的，我想找找妳在哪兒，都不知妳長得什麼樣。」

慶山的兩手把河水撩得嘩啦一聲，手中的河燈就落上了眼淚。

每年的這個時候，哥哥都會哭。玉敏知道。她為了能讓哥哥哭得盡情，她把她那盞放完，唸叨完該說的，就跟哥哥說她去另一邊看看。

滿桌兒和她娘、她哥哥中朝、中滿，拎了一個半人高的燈籠，不用問，那個一定是給賈永堂的。吉花把燈籠紮成了藝術品，豪華級的，是給別人看，也是為自己壯威：我沒有了男人，但我的日子，還過得照樣好。中朝、中滿站在她的左邊，她大聲喚著中日，滿桌兒討厭這個名字，她不怎麼應答，母親卻依然叫得響亮。賈玉珍在不遠處說：「養漢老婆到哪兒都不忘了假積極。」

滿桌兒向慶山跑來。金吉花除了給賈永堂放、給自己的爹娘放，還有婆婆，那麼多親人。中朝、中滿懷裡的小燈，抱不過來，滿桌知道他們得且放一會兒呢。滿桌兒捧著兩盞小燈，她跟慶山說，她這兩盞，是放給慶山的父親、母親的，滿桌兒希望他們能認得她，願意讓慶山和滿桌兒成為一家人。

慶山眼裡的淚，就掉得撲簌簌了。

純子也來了，很多日本人也相信了當地的這一習俗，她們也願意相信，放河燈能讓親人托生。見慶山和滿桌兒站在河水深處，純子捧著一小盞，她說她這盞，是放給姥姥的。在日本，老人六十歲就得自己去死了，因為沒山沒地，人活到了六十歲，自己去死，是給兒孫造福呢。只有她們死了，才能給後代讓出糧食，一代一代，才能延續下去。糧不夠吃，地不夠種，很多老人死時還活蹦亂跳，跟親人難捨難分。活得好好的要自覺地去死，太要人命了。

純子說，她姥姥，是個特別想活的人。她走時，雖然是笑著，可笑著笑著，就張開嘴大哭了，哭得什麼也說不出來，就是一個勁地哭。純子說一想到姥姥的走，她就難受極了。「那時候，還不知道到支那來，支那有這麼大片的土地，可以隨便種。姥姥死早了。」純子說。

三個人都哭了。

純子感嘆支那的土地廣大，看不到邊。慶山想念的是母親，長得什麼模樣，真的來托生，他如何認出她呢？滿桌兒心酸的，是慶山的眼淚。

純子說：「姥姥藉著這盞燈，來，很遠呢，從日本那邊。」

滿桌兒說：「你們活人過來了，死人也來。到那時候，這裡的地肯定又不夠種了。」

「不會的，這裡，好大。」純子說。

滿桌兒說：「如果妳姥姥真的來投生，來到妳家，妳管她叫什麼呢？那時候，肯定她變成妳妹妹了。」

這個問題，讓純子睜大了眼睛。是啊，姥姥如果活著來了，會變成一個小孩，小嬰兒，重新長大，那時，還是她的姥姥了嗎？這個問題，讓她看向了慶山，她想慶山給父母親的燈，也要投生，他怎麼解決這個輪回問題呢？

慶山也在犯著躊躇。滿桌兒說：「我娘說了，一家人，就是來回地輪，這輩兒你給他當媽，下輩，你就是他的兒女了。輪著來，誰也沒吃虧，誰也占不著便宜。」

賈玉珍突然喊了百歲一嗓子，這個兒子，越大越不聽話。她嫌百歲直著脖兒往純子這邊望。他爹往人家千惠的身邊貼乎，這麼小的兒子，也喜歡日本子姑娘，真邪了。豔波嫌母親在這種場合大聲說話丟人，她扯過燈籠，拉著豔萍就向水深處走。賈玉珍不敢往深處走，就停下腳，站在河邊看熱鬧了。

金吉花跟賈玉珍打了個招呼，賈玉珍點點頭算支應了。沒了丈夫，姿態自然低了，金吉花又討好地叫了聲「大胖、二胖、三胖、四胖」，這是崔老二的四個兒子，都長成虎羔牛犢了，四個孩子因為賈玉珍的灌輸，回給金吉花的是個白眼兒。

慶林、慶路本沒心思放河燈，看豔波、豔萍兩個出來了，他們也就跑出來了。在豔波、豔萍面前，他們可炫耀的地方實在是太少了，沒有學問，穿得也不太好，個子還都不高，長相更遠遠不及慶山哥，可是他們有腳力，有速度。很多河燈箭一樣遠去了，他們撒開丫子，沿岸開始猛追，順流的河燈跟他們的兩條腿比著速度。豔萍倒是為慶林喝彩，豔波對他們的雕蟲小技露出的是鄙夷。

百歲兒追著慶林、慶路，也沿著河岸狂跑，他的表演，是展示給純子看的。

4

慶山戴著孝在河邊給騾子降溫，天太熱了，于德林留下的這匹老騾子，越來越老了，拉空扒犁，都累得鼻孔老大，這麼熱的天，牠走路都吃力。河邊洗洗澡，慶山對老騾子像親人。

崔老大因為推搡三嬸，是凶手，武下把他革職了。現在的甲長，由崔老大的弟弟，崔老二來擔。崔老二開過油坊，是財主一樣富有的人物。慶山對武下感情複雜，一方面，武下河邊殺人，讓他心底害怕，覺得他是魔鬼一樣的人物。另一方面，武下又對他格外好，非常和氣，在他身邊幹活，武下並不以下人對待他，常給他東西。請他幫助日本人做事，慶山沒有答應，武下依然付了三嬸子的喪飯錢，還懲治了崔老大。這些，讓慶山越加不安。多襄傳給他的話是，武下讓他在家休息休息，好好休息，想好了再幹也不遲。

慶山在家想的日子裡，便沒去武下的守備隊。他覺得可能要另謀營生了，沒答應人家，人家就不會再讓你繼續幹活。他有空時，還幫多襄挑水，那口井填了，慶山現在挑水要走得更遠些。崔老大失了職，整天以酒度日，沒事的時候，他就送生意給多襄。這使賈玉珍的脾氣更大，她認為，崔老大是奔千惠使勁呢。

這裡有個習俗，家裡死人了，所有的東西，都要大清洗一遍。慶山邊給騾子洗澡，邊涮鞍子。玉敏把家裡的櫃子、鍋碗瓢盆，還有炕席子等等，都在挨個沖涮。三嬸子死了，玉敏像是一下子長大了；長大的標誌，是她不愛說話了，也不笑，所有的內容，都在她的眼睛裡。她除了叫一聲「哥」，剩下的，就是不停地幹活。刷洗這些東西，遵習俗，也是玉敏要志氣，小日本子不是總說她們埋汰嗎，髒，這回給他徹底洗個透，看他們以後還有什麼可說！

玉敏抱著一隻鍋蓋浸到了水裡，綽起硬刷子，對著鍋蓋內壁，「咔咔咔」幾下，朽木紛紛剝落了，露出了新茬兒了。這對老鍋蓋，還是慶山的爺爺留下的，到了三叔這兒，幾十年，三嬸沒刷過，煙熏火燎，粥溢鹽漬，加上飯巴漬、蟑螂爬，一直是醬黑色的模樣；現在，經玉敏的一通狠刷，是木頭的新鮮。玉敏都奇怪，這年久的鍋蓋，一通狠揩，竟是那樣地好看好聞。玉敏越幹越來勁，鍋蓋刷洗完又去搬廚櫃。櫃子後面的蜘蛛網，到了河裡，一下子變成一面亮晶晶的絲帛，飄在水中，映在太陽下，波光粼粼。慶山看著累出了汗的玉敏，讓她歇一會。慶山說他馬上就弄完鞍子了，櫃子他來刷洗吧。

玉敏不吭聲，彎著的腰部很倔強。

沒了三嬸子，玉敏真是長大了，一下成了主婦。

慶山心善，知道堂妹心裡難受，他讓玉敏歇會兒，去林子裡跟慶林、慶路打山雞玩兒。

玉敏依然不吭，狠狠地刷。

慶林、慶路在河岸的樹林裡打飛禽。

玉敏不吭聲，也知道這個堂哥是在疼她。三嬸子在時，雖說是自己的親娘，可重男輕女，拿玉敏一直當童養媳待。父親也冷漠，玉敏記憶中，三叔既沒拍過她的頭，也沒對她有過開心的笑。慶林、慶路惹事了，三叔還要責怪她。對她疼愛、謙讓的人，似乎只有這個堂哥，堂哥對她，比兩個親哥哥都好，慶林、慶路只知道玩兒，傻玩兒。玉敏直起腰，想有氣不能撒到慶山哥身上，想跟慶山哥說幾句體己話，看多襄純子提著小藤筐遠遠向河邊跑來了。這個日本子，也是奔慶山哥使勁的，玉敏知道她們都喜歡慶山哥。多襄純子看見玉敏也在，衝他們咧著嘴笑起來，臉白，牙齒也白，跟那些黑丫頭相比，這個日本姑娘是好看。純子像滿桌兒常去井邊一樣，來河邊，也是為邂逅慶山哥的。玉敏更傾向堂哥跟滿桌兒好，而不是這個日本姑娘，她再好，也是日本人。三叔都說了，不是一個種兒。玉敏把櫝子往河底下的泥沙裡杵了杵，櫝子站牢了，她說：「哥你刷吧，我歇會兒。」

然後跑上岸，迎著純子說：「妳是來刷藤筐嗎，走，我帶妳去那邊，那邊水淺，刷藤筐正好。」

純子拿著藤筐裡的木屐，說：「我要刷這個。」

玉敏說：「這個更要在水淺的地方了，水深就沖走了。」

純子被她拉得戀戀不捨，走到離慶山很遠的另一處淺灘；她今天來是要告訴慶山一個消息的，可是玉敏顯然不願意她跟堂哥走太近。

慶林、慶路從樹林裡跑出來，慶路的手裡拎著一隻色彩斑斕的野雞，當地人也叫牠「飛龍兒」。慶路的彈法越來越精了，只要有獵物，彈無虛發。慶林的手裡還捉著兩條蛇，已經抖開了骨結，倒提著，像死蛇一樣。他們看到純子，互換了個眼色，就向她們奔來。慶林說：「玉敏，妳去那邊，幫我撿點樹枝去，一會，給妳們烤蛇肉、野雞吃。」

聽說吃這兩樣東西，玉敏的舌津一下就濃了。且不說吃，單聞那木炭烤野雞肉的味，就讓人流口水。玉敏站起來，服從指揮地去撿樹枝，可是一轉臉她看到慶路跟慶林在使眼色，手上還有掐的動作。

玉敏明白過來了，他們可能是要在純子身上報仇。如果說她把純子拉到這麼遠，是想把她跟堂哥分開，出於對滿桌兒的保護，有一點小心眼兒、小私心，可是加害純子，這個毒手她是無論如何下不得的，也不能允許慶林、慶路這樣幹。她拉起純子，說：「走，這的水也不太好，有點混了，去那邊，我大哥那，咱們去那兒刷。」

純子說：「妳不是說那水深，怕木屐跑了嗎？」

玉敏說：「先不刷木屐了，咱們先吃烤肉。」

慶林上來說：「走吧，到那兒我幫妳刷。」

慶路還上來幫她挎起了筐。

野山雞扔在地上，像一團彩綢，旁邊是綠藤樣的兩條蛇。慶路熟練地架起了木架，吩咐玉敏再去撿樹枝，要硬砸木，燒起來禁塌架。玉敏看純子站在離慶山不遠的地方，她放了心，很行家地去挑撿硬雜木，還挖了些乾淨的沙土，準備兌上水往野雞身上糊泥巴。三嬸子沒了以後，玉敏做飯的手藝迅速提高。

純子要刷的兩隻木屐乾乾淨淨，慶路拿起來，端看半天，突然向遠處投擲，一隻，兩隻，白白的木屐在河面上像兩隻鴨子。慶路一個狗刨兒，翻飛著追上去，捉到了木屐，揚起來向純子顯示本事，晃著頭上的水——怎麼樣，厲害吧？像是表演。又一甩，木屐再次擲出了，他再狗刨兒著追上去，再鑽出水，揚手晃著的，竟是兩個香瓜。剛熟的香瓜有著誘人的香氣，在河面上都能聞到其香。他鼓動純子：「過來，拿筐過來呀，岸上就是瓜地，咱們摘點香瓜一會就著蛇肉吃。」

純子喜歡慶山哥，也想親善他的兩個弟弟，她獻上她的小藤筐，小心地試著腳下的水。慶路過來拉住了她的手，說：「沒事兒，我扶著妳走。」河岸邊是一株年久的大樹，彎著的軀幹探向河裡，樹根形成了巨大的、無聲的漩渦。慶林跑去慶山身邊，裝作幫他幹活，遮擋了慶山的視線。他說：「哥，我都想好了，過些日子，我跟慶路就上山。」

「上山？」慶林的話把慶山嚇住了，凡是上山的，都跟游擊隊有關，就連挖參的老頭，如果被懷疑給游擊隊送了糧食、情報，都會被割頭。慶山臉嚇白了。

慶林說：「你猜得對，我們上山，就是要找游擊隊，哪管找到平東洋縂了呢，也跟他們小鬼子幹，他們太欺負人了。」

慶山說：「山上那些有槍的、有刀的，都幹不過他們。在林子裡也是強活命，沒吃沒喝，想找點吃的拎著腦袋下來搶。上次你沒聽立本叔說，一共十一個，全被勒死了。」

「怕死不行，怕死永遠也翻不了身。」慶林說，「咱娘一個老太太，招他們還是惹他們了，硬讓他們給逼跳井了，沒他們這些鬼子，狗漢奸，咱娘能死嘛。」

慶山低下了頭，他心裡想說的是，三嬸子心窄，不該想不開。

河對岸的高傻子見有人偷瓜，舉著個大棍子，發瘋的牛一般狂奔而來，邊跑邊大叫，猛掄他手中的棍子，空氣都被他掀起了風，他的大棍子嘎巴就打斷了河邊的樹幹。慶路魚一樣鑽水溜了，純子被樹枝撲倒，跌進漩渦。純子不會水，她的掙扎非常絕望──慶山聽到呼救聲，他閃開了慶林，看見了漩渦裡正掙扎的純子，手中的小藤筐還沒有完全淹沒，舉在她的手裡。玉敏也看到了這一幕，她扔下手裡的樹枝、黃泥，大喊著：「慶山哥，向河裡跑去。」慶山明白了，他顧不得脫衣服，推開慶林就向純子猛衝，水花被他奔起了大浪，濺起一片白亮——他邊跑邊大聲喊：「純子，別動，別亂抓！」慶林在後邊說：「哥，別管她，小日本子死一個少一個。」

待慶山拉純子露出水面，魚一樣大口張著嘴，喘氣，呼吸，純子兩隻手死勾住他的脖子，慶山已經沒有力氣游動了。慶林和慶路總要救哥哥，玉敏也伸出了長長的樹枝，他們齊心合力，把哥哥和純子拉上了岸。千惠正來找女兒，看到這一幕，感動得淚如雨下。

事後慶山責怪兩個弟弟不該這樣，說這樣沒良心。

慶路說：「他們有良心？日本子有良心逼死咱娘？」

慶山說：「那時候沒有純子，三叔恐怕早跟賈永堂一樣了。」

「純子跟武下他們不一樣。」慶山說。

「怎麼不一樣？她不是日本子？」慶林、慶路同時問。

慶山回答不出。

第五章

1

又是一個死熱的夏，包穀結穗的時候，日本人大批地來了。不光有軍人，還有孩子、老人、姑娘、媳婦，一家一家的。他們叫「開拓團」，浩浩蕩蕩，推推搡搡，除了少數幾個騎馬的，更多的人在步行，他們顯出長途跋涉的疲憊。據說，海上、陸路的，他們已行走了幾個月，才到達這裡。滿洲的土地上，來生活農耕的日本人，越來越多。地上的塵土，被人馬踩酥了，黃塵一路飛揚，更顯出那些跋涉者的焦渴。他們扶老攜幼，幾乎是慢慢向前挪……

鐵山包又實行了街村制，一切的建制，都是為了更好地遏制山匪。歸了屯，併了戶，那些無孔不入的山賊，依然剿不死，清不絕。街村制，比原來的甲長制，單位更小，管理更細化了。崔老二現在是牌長，牌長管著十條街，他要家家出義工，從火車站，來幫這些走不動的日本老人、孩子、婦女們，扛包拎裹。慶山跟在花田的身邊，她懷裡有個孩子，後背兩個包；花田懷裡有一個孩子，胖得比胳膊上的包袱還沉，幾欲拖拉到地上。慶山幾欲幫她再接過來一個，花田感激地衝他笑，搖頭。花田的丈夫菊地，是隨隊軍醫，他自己都走得上氣不接下氣，還前前後後照顧那些要累倒的、中暑的、水土不服嘔吐的。

晃慶山在幫助自己的女人抱孩子、背包，一個勁地說著「阿哩嘎豆狗咂伊媽斯」。

幾個月前，就傳說他們的人要到這裡來了，下江、三江，另一些省的農村，已經有他們早已開駐的大批開拓團。幾千人至上萬人到這裡來，是武下跟多襄的主意，來的婦女、孩子，有的是跟丈夫團聚，有的是來跟兒子團圓。坂本的兒子坂本一郎，也在人群中，他跟著母親，瞧這片叫「支那」的土地，讓他的眼睛不夠使。船上晃悠了幾個月，終於落到了地上，雖然疲憊，但他很快樂，比船上晃悠舒服多了。一個老人倒地了，可能口渴加烈日曬，菊地跑上來，拿有限的備用水給他喝。他們出發的時候就有紀律，只能喝自帶水，軍部供應的，沿途的江、河、井水，一概都不能隨便喝、隨便使用。

一杆撕破的旗，上面寫著「日本墾荒開拓團」，竹內是團長，後勤部長吉崗。事先特別守備隊的武下已經為他們買好了土地、房屋，前屯，也叫「前韓」，那是一片廣袤的土地，雖然還沒有人開墾，只要揭開一層皮，下面的黑土沃得冒油。武下跟多襄都知道，要不了幾年，在這片土地上生活的日本人，就會像那落地的種子，生根發芽，遍地開花，並且長成大樹、森林，枝繁葉茂，莽莽無邊。

花田看慶山的臉上也淌起了汗，她緊走兩步，從慶山懷裡要接過兒子。慶山憨厚，他用胳膊橫著擼一把汗水，晃晃頭說「沒事」，接著背。菊地救完老頭，過來，看這個支那小夥，是那麼任勞任怨地抱著他的兒子，他再次對著慶山說「阿哩嘎豆狗咂伊媽斯」，請慶山喝他手裡珍貴的水。慶山聽得懂這句日本話，他說「不用謝」，擺手告訴他一會兒就到家了，前邊，家裡就有水。慶山拒絕了水，卻非常喜歡菊地手中的那把水壺，綠色的，又圓又方，非常精緻，是日本人的軍用水壺。日本人什麼都造得比較精緻。

菊地驚奇他聽得懂日語，咧開嘴笑了，用日語嘰哩哇啦又說了一大串話，慶山聽明白了個大概，菊地在誇獎他，在表揚他的親善。崔老二聽了也過來附和。當牌長後，崔老二的日語口語好了許多，他盯著花田稻香，花田長得跟金吉花有幾分相似。這日本女人、中國女人、朝鮮女人，長的真是難以分辨啊，如果不說她們是哪一種族，完全像一個國的人。金吉花也在跟著忙前忙後，她拿來了她的福壽片，但菊地擺手拒絕了，他說：「大和民族的良民，不用這個。」

幾匹馬也顯出了疲憊，走得拖拖沓沓，不時停下來，對著路邊聞聞、啃啃。百歲兒是個悶壞的孩子，他正和慶林、慶路看熱鬧，當義工，他們嫌累，什麼也得不著，圖什麼呢？崔老二是他叔，也不拿他怎麼著。他們三個，就一路走著，溜溜達達，覺得一路乾走的日本人也沒什麼看頭兒。正覺無聊，忽然，百歲兒有了主意，一隻老馬，走累了，牠的主人好像去遠處方便，他呢，悄悄拿起了一截秫秸，蹲下來，三看兩看，趁老馬不備，對著馬的鼻孔捅去。毫無防備的馬，疼得尥起了蹶子，可能是太疼了，那根莫名的棍子插在鼻孔上也甩不下來，老馬疼驚了，牠瞬間就變成了瘋馬，一路狂奔。剛才還疲疲塌塌，這一下，速度如閃電、旋風，牠不管前面走著的是人還是車馬，全當大地飛踏踩過。狂奔中，人們麥子樣紛紛倒下——前邊的人不知後邊發生了什麼，聽到驚呼，回頭，那匹驚馬已經騰空而來，踩踏到眼前——花田本能地要蹲下，她手裡還抱著孩子，蹲下她們兩人都會被踩死——千鈞一髮，慶山出手了。多年的養馬、馴馬經驗，慶山好身手，伸手去帶馬的轡繩，受驚的馬借勢騰空，蹄下的花田和孩子得救了。捋住了轡繩那馬並不停下來，繼續往前衝，但慶山有辦法，他一手抱著孩子，一手拽著轡繩慢慢帶，嘴裡吹出了呼哨，哨聲飛揚流轉，響遏行雲，那馬踢踢踏踏，終於小跑著停下了。

慶山擺弄過武下的馬，知道這些日本馬的脾性，牠們個兒小，善戰，脾氣還大，但牠們跟一般的田裡馬不一樣，受過馴，聽命令。發瘋的馬在哨聲中停下來，歪過頭深情地看著慶山，似是奇怪：這個支那人，怎麼打出我們的響哨？慶山趁牠愣神兒，狠狠一勒轡繩，帶著牠在原地猛轉三圈——擺弄人不行，弄你們這些牲畜，我不外行！只聽那馬嗚兒的一聲長嘯，抖一抖全身的毛，晃晃腦袋，再打了個響鼻，踏踏踏踏，整個兒安靜了。

地上一片東倒西歪，呻吟之聲，責怪之聲，花田更是欽佩這個中國小夥子。菊地跑上來，抱緊老婆、孩子，然後直起身，彎腰就給慶山鞠了三躬。所有的日本人嘴裡都說著：「良民，良民，大大地良民。」崔老二嚇出滿臉的汗，他知道是侄子百歲兒惹的禍，但經過觀察，他斷定武下不知道，便也裝作很為大家著急的樣子，一個勁地學著日本人，給慶山鞠躬，還「哈依哈依」的。武下過來了，他接過慶山手裡的轡繩，說：「洪，你明天，還來我的守備隊餵馬吧。」

「支那人，這個，大大地好。」武下又說。

2

夜半，人困馬乏，開拓團住的房子是木頭加草泥拉禾的，條件簡陋，人們也累得睡死了。院內，是一大垛穀草，太陽曝曬了一天，夜晚散發著穀物的米香。有人把穀草垛點燃了，一點火星，就讓穀草垛像絲帛遇見了大火，剎那間騰起火光——睡著的日本人被驚醒了，他們哇拉哇拉叫著，光著腳瞎跑逃命。對這裡的環境還不熟，從屋裡跑出來，完全是亂撞，有的人甚至衝著草垛奔去——瞬間燒透的穀草梗像燒紅的鋼絲兒，烤得他們又折頭向反方向跑……。剛剛住下，就被支那人放火了。團長竹內幾乎是嚎叫著，他拎著刀大喊大叫，他們如果知道著了的是穀草垛，從屋裡出來，躲到大地上，應該是沒事的。可他們驚恐加憤怒，沒有智力了。不是說支那人歡迎他們嗎？不是說支那人對他們非常友好，大片的土地就等他們日本農民來開荒，怎麼剛剛住下，就來要命了呢？

哭爹喊娘，武下帶人來時，大火已經把穀草垛變成了灰，一間泥拉禾房子也烤成了黑炭。金吉花端著水盆來幫著滅火，武下對她伸出了大拇指。崔老二嚇得屁滾尿流，白天馬驚，晚上著火，他覺得他這個牌長，也快當到頭了。好在清點時，沒有燒死人，但武下和坂本的臉色，讓崔老二知道，又要死一大批人了。

沒有搜到任何可疑的兵，土匪也沒抓到一個影兒。以竹內和吉崗為代表的移民們，站在院裡跟武下吵了起來，他們說他們受欺騙了——沒來的時候，政府動員，說滿洲國家怎麼好，支那人民如何歡迎他們。現在，剛剛來，就要放火燒死他們，這是歡迎嗎？這是滅口。還有，現在這吃的、住的，跟豬窩、狗窩有什麼兩樣？

武下被他們叨嘮煩了，把欲殺支那兵的怒氣又轉給了他們。日語在武下的嘴裡像炒崩豆，嘰哩哇啦，他兩手一比劃一比劃的，來了就想享福嗎？不去創造，哪有好日子！要知道自己是幹什麼吃的，這不比到年齡就去死好多了嗎？這麼大片的土地，這麼大片的房屋，開拓，開荒，建設新國家，好好建設，只有建設好了，才有好日子。你們是來建設的，沒有現成的安樂窩！一切一切，要靠你們自己，你們的雙手，而不是嘴，不是抱怨。著點火怕什麼，現在還弄不清什麼原因！有了問題解決問題，不是抱怨！

他們的對喊讓中國人看起了熱鬧。竹內不服，他跟武下叫板：這火，就是有人放的，故意。如果這個都不敢承認，那他們現在就打道回府，回自己的國家去，起碼在那裡生命有保障。不在這裡受侮辱，遭驚嚇。你武下作為這地方的總負責人，是有責任的。你不要淡化事態，推卸責任。不行，咱們去新京，到關東軍總部，評評理！

竹內越說越火，火氣越說越大，菊地和吉崗都上來打圓場：回去是不可能的，跟眼下的隊長鬧翻了，更是沒有好日子過。吉崗拉開了他，讓他回屋，消消氣。同時，金吉花和崔老二，裡外忙著，把老人、孩子勸進屋，安歇，平息。

武下梗著脖子走了，他心亂如麻，在他的治下僑民沒被保護好，他確實是有責任的。他的地盤總也消滅不了匪患，那他就是失職，將被撤。前一段他去過一趟關東總部，總部對他的工作不甚滿意，令他限期整肅，最長給他三年。武下想不是不為，是實在難為。對付支那賊匪，有點像獅子撲鼠，有勁兒使不上。你看白天大家還幫著拎包提裹，也看不出哪個是山林兵，這晚上，就放火了，實在是捉不住，沒目標。正想著，坂本騎馬跟上來，他說剛剛得到消息，經查，洪家的兩個小子，洪慶林、洪慶路，有放火嫌疑。這倆小子，偷雞摸狗，彈法也準，井然那隻眼睛，就是洪慶路幹的。坂本還說，有群眾舉報，他家那個留下來的張老板子，也詭祕，整不好是赤匪。

實在不行，統統全殺了。坂本用手一比劃。

武下覺得坂本是想邀功，抓不到真正的抗日兵，拿小孩子頂替。開拓團剛來，就算給他們配備了自衛隊，槍，多數都是老人、孩子，他們對付得了賊匪嗎？再惹了方圓的百姓，結下仇，那以後別想有消停日子了。眼下，還是以和為主，安撫為上。跟老百姓硬頂硬，錯殺一千不放一個，這個辦法從前沒少試，越試效果越壞，他們的心像是都結了仇恨的種子，寧可冒著殺頭、砍頭，也要幫山上的兵匪隱藏。武下決定換換方法，即使做，也要師出有名，讓他們無話可說。

武下對坂本說，滿洲國已經是關東軍的勢力範圍了，對兵匪，可以毫不手軟，動槍動炮，而對老百姓，要盡力仁慈，安撫。上面的策略也一再強調，把老百姓當載船的水，別讓他們掀浪。讓他們的歸順不只是表面，還要從心裡。

坂本「哈依」一聲拍馬走了，他的老婆、孩子來了，他同意武下的分析。

說是這樣說，武下不會輕易放鬆對百姓的警惕的，林子裡的匪殺不盡、斬不絕，就跟百姓有直接的關係。沒有他們供吃供喝，那些人早餓死、困死了。第二天，武下給小隊長坂本指令：清林。讓開拓團的駐地，方圓幾百里，不留樹木，沒有任何遮擋物，敵人一現身，立馬就現形。開拓團成為一個實實在在的，獨立王國。

砍伐樹木的時候，滿地的田鼠、山雞，還有野兔、麅子，四處亂竄。崔老二徵集了民工，每家出一戶壯丁，帶著馬車或狗扒犁，清林清山，讓本來就開闊的前韓開拓團，成為一片無垠的黑土地。花田和菊地，住在排子房的最東邊，慶林是被徵的民夫，當花田知道了他是慶山的弟弟後，對他格外熱情，慶林則還以冷臉。壘籬笆時，慶林的幹活技能也讓菊地驚詫，慶林幹活完全是在磨洋工。

崔老二剛幫著開拓團忙活完，沒想到他家的地遭殃了。武下不但命令清林，還命令砍倒高稈作物，從此不讓種高稈兒莊稼。武下分析，那些作亂的人，都是因這些高稈兒作物的遮擋，才得以從山上竄下來，接近開拓團的。如果還任其發展，山上的人來燒守備隊，也說不定。周長花是在這天早晨，發現白家的玉米地、高粱地，被剃了光頭。一片又一片，全被割倒了。齊刷刷的，像少女的屍體。剛剛入秋，玉米、高粱正是一片婷婷，就這樣被慘不忍睹地放倒了。周長花趴在地上開始大哭，她的哭聲因沒了紗帳的阻擋傳播得無限遠——待崔老二和眾鄰里趕來看時，周長花已經哭花了臉。她今天早晨起來，特意打扮好，本來是打算去看高傻子的，她的嘴上和臉蛋都用紅紙浸濕洇紅，現在一哭，滿臉紅塗塗一片。她心疼她的這片高粱和玉米，在她心裡，高粱是紅冠兒的新郎，玉米是綠紗的新娘，怎麼能被這樣糟踐呢？四個兒子上來拉她，她不起。崔老二拉她，她也沒聽。妯娌賈玉珍在她耳邊說了一句話，她就起來了，起來後，直奔高傻子的瓜地去了。

「哪有這樣禍害人的呢?!」大家心裡說，「你抓兵匪，砍山也就砍了，怎麼還來連根拔我們的莊稼呢?!這可是大家的嘴，嘴被紮了，不跟你反也沒你的好兒了。」百歲和姐姐豔波、豔萍也來看熱鬧，小小年紀的他，拳頭攥得緊緊。慶林、慶路是放下碗跑來的，他們看著百歲兒，百歲兒看著他們，有了會意，心照不宣。

3

落雪的這天早晨，人們發現出城、進城的地方，都設了關卡，持槍的日本兵，讓凡通行者，向他們脫帽、鞠躬，還要說一聲「太君好」，然後等待搜身。慶林和慶路昨天得到了兩片煙膏子，張立本給的。張立本說：「這個東西，可值錢，你們還小，別碰，吃上就上癮，換倆錢兒花花，還湊合。」

慶林、慶路早都嚐過了，知道那個東西吃上後什麼滋味，只是沒錢。三嬸抽煙袋的時候，他們就偷偷試過。不就是大煙嘛，還叫什麼福壽膏、福壽片，都是一個玩藝兒。這個東西誰家都有，最差的，大煙土，百歲兒他媽還餵給瘟雞吃，那雞吃了大煙土，竟好了，有了精神，既不下軟蛋，也不瘟了。小哥倆去了金吉花那，金吉花開著雜貨鋪，煙膏子成了她的專賣，近期日本人已經下令不讓隨便種、隨便賣了，因為金吉花表現好，親善日本人，她的小賣鋪裡經營煙膏也就睜一隻眼閉一隻眼。看到小哥倆，金吉花對他們很客氣。自從賈永堂死，金吉花對天下人都客氣了，好像變成日本女人，見人就點頭，見人就哈腰。

慶林、慶路順利地換到了一百塊國幣，他們早早地出了城，準備用這些錢，購置他們嚮往已久的、準備已久的，膠鞋、鹹鹽、糧食，他們打算上山了。

都挺順利，買的時候，賣鞋人還盯看了他們兩眼，那意思，是他們被卡住後才明白的——凡是買膠鞋、氈靴的人，都有賊匪嫌疑，何況他們還一人購了兩副，外加半袋子鹽，那人一定心想這倆小子膽兒真大。

遠遠地，排隊待搜身的人稀稀拉拉排起了隊，崔豔波也在其中。豔波已經是個苗條少女了，從後背看，大棉袍也遮不住她高挑的身材，高高的鼻樑，側面看透著桀驁，一張嘴一說話幾分嫵媚，幾分狂野。毛子的後代，就是好看。慶林、慶路對豔波是又喜歡又討厭，喜歡的是她的漂亮，討厭的是她的拔尖。如果不是礙於百歲兒，他們早就跟在她屁股後面喊：「一毛子臊，二毛子燎，三毛子、四毛子沒味了。」當地混血的後代特別多，錫伯族和俄羅斯等，跟漢人生出的後代，人們已經辨識不出，統稱「毛子」。只要是混血，都叫毛子。一般的時候，一代毛子還沒有脫毛，外族痕跡更重些，二代毛子，才好看，到了三代、四代，就沒什麼意思了。豔波的奶奶可能是錫伯族，她的眼睛深而圓，看人無底，勾人魂魄。到了她，井然把刺刀向她一晃，豔波並不害怕，而是粲然一笑，露出她得天獨厚的白牙。井然的那隻獨眼，罩著黑布，更顯出其恐怖。豔波兩手一攤，說：「太君，我不能給您鞠躬了，我的脖子昨天睡落枕了，你看，只能向後直，彎不下來，下次給你補吧。」

豔波就像跟熟人嘮閒嗑兒，歪著身子站在那兒。

井然嘴角彎了，自設卡來，每天盤查，見的都是嚇縮骨的人，男人，女人。眼前這個小姑娘，怎麼膽子這麼大？還敢跟他討價還價？井然壞笑著把刀向豔波的身上比了比：「妳的，打開，讓我查查。」

豔波從懷裡拿出一包鹽，說：「太君，你看，我沒有帶太君不讓帶的東西。這包鹽，是我憑票買的，只有半斤，我家都斷鹽幾頓了。」

慶路在後邊腿有些軟，鹽也不讓帶嗎？

井然今天心情不錯，他咧開嘴笑了。每天面對順民，鞠躬脫帽自動解開搜身，他還真有點膩了。現在這個豔波，讓他提起了精神，他說：「小姑娘，妳的，真的是自己家吃？」

豔波把鹽在手裡掂了掂，說：「太君，這點鹽，家裡人都不夠吃，哪能還捨得送人？我爸沒鹽吃，頭髮都白了。」

井然問：「妳爸的是誰？」

豔波說：「崔良駒。」

「噢，」井然說，「崔老大家呀，好了，好了，我知道了。」

豔波裝好鹽，問太君：「我可以走了嗎？」井然本想再拖延一會兒，跟這個花姑娘搭葛搭葛，豔波回頭看看，後面排隊的人已經起了長蛇，井然想了想，一揚刺刀，放行了。

又一個老年婦女，衣裳破爛，她主動鞠躬，問太君好，解衣受檢，井然不耐煩地向她揮揮手，讓她走了。就輪到了慶林、慶路。

慶林、慶路神色緊張，他們手中的東西，無處躲藏。井然的臉色一下子變得跟那個黑眼罩一樣黑了，膠鞋、糧食、食鹽，正是他們設卡徹查的重點。鬍子、山賊，長年鑽林子的那些人，最缺的就是食鹽了，鹽比糧食還重要。這些東西，他們現在都實行了配給制，老百姓是要憑票才買得到的，只夠自家吃。如果想勻出來送鬍子，那是查出要殺頭的。這些山上跑的土匪，只要入了山，就像樹葉兒掉進了林子，找不出來的。帶槍帶炮，進山剿過多少次，整不淨、滅不絕的，武下現在最好的辦法，就是從根本上，釜底抽薪，餓死他們，困死他們。讓他們沒吃沒喝、沒穿沒蓋，最後像那些冬天的樹，活活風乾在林子裡。

井然一刀就挑斷了慶林手中的膠鞋帶兒，然後一掌推來——「站到一邊去！」

慶路背上的糧食，被井然「嗖——」地一刀，刷啦，撒了一地，苞米餷子粒兒灑到了雪地上，金黃金黃的，耀人眼。井然又一腳，可他踢空了，慶路閃身躲到了一邊，說：「你憑什麼打人，憑什麼糟踐我的糧食！」

井然背後的另一個警察衝上來，用槍托一別慶路，說：「你通匪！」

慶路並不怕，挺著胸脯高聲問：「憑什麼說我通匪，我們老百姓，不吃飯能活嗎？」

那個警察又要用槍托砸慶路，慶林過來拉慶路，站到了一邊。

慶路說：「你們日本人，還天天說五族和協呢，和我們共榮，現在讓我們老百姓吃飯都要紮脖了，還共榮個什麼！共死吧。」

井然聽慶林的話一知半解，但知道他說的不是好話。他讓警察檢查接下來的百姓，他直接押慶林、慶路回警備所。

豔波聽到了後面的吵嚷聲，回頭看，慶林衝她擺手，叫她去找慶山。

井然一路都推推打打，把慶林、慶路搡進了院子。警備所是一排小平房，茅草的，院落南角有一垛柴禾棍子。井然把他們推到柴禾跟前，命令慶林，手舉大斧把，不能落下，不能打彎，要一直高舉。懲罰慶路，光腳站在雪地上，後背背上一截木墩，掉下就要加重受罰，吃那盆狗食。

然後，他進屋喝茶暖和去了。

慶路小聲說：「哥，你咋不用斧頭劈了他？」

慶林說：「現在不能蠻幹，等咱們有了槍。」

慶路說：「哥，我實在受不了啦，腳下太冰了，後背也撐不住。」

慶林湊過來，他用肩，幫慶路擔了一部分木墩的份量，同時把腳伸出去，讓慶路踩到他的腳上。

天上正在落雪，慶林仰頭望了望，他說：「不知豔波能不能捎到信兒，大哥不知什麼時候能來救咱們。」這時屋裡跑出一個警察，慶林嚇得趕緊把斧把舉直了，那個警察說：「太君說了，你們兩個，哪個先說出買糧和膠鞋的用處，就可以放下東西，去屋裡說。」

慶林說：「我們買糧是自己吃，膠鞋要自己穿。」

警察說：「這個跟我說不著。」就回屋了。

慶路的腳冰得受不住了，他扔了樹墩，光腳跑進屋。「太君，你沒看我腳都凍爛了嗎？不買鞋穿，要凍掉啊。」

井然擺擺手，讓他出去，繼續彎腰。這個理由，他們剛才已經說過了。

慶林又進來，說：「太君，我家沒鹽吃了，騾子也得吃鹽啊。如果知道你們不讓，我不就買了。」

井然說：「看來不給你們點顏色看，你們是不會說實話的。」

井然招手，警察拿來了水桶、洋油。慶路知道他們要幹什麼，慶路吃過這個虧。慶路說：「哥，再灌一回我就沒命了。」

慶林說：「那讓他們先灌我。」

慶路絕望地「唉」，他說：「大哥什麼時候才能來呢？」

豔波沒有先回家送鹽，她小跑著去找慶山，遠遠地就叫：「慶山，慶山，快去警備所吧，慶林、慶路，你兩個弟弟都被他們抓去了。」

4

警備所的警務科，這裡多是滿洲警察，井然來這，純屬逞威風。慶山平時隨武下經常進出這裡，慶山知道哪裡關著人，他進了院內，直奔最西邊的平房，沒走幾步就聽見慶林「爹呀，媽呀」地叫。慶山快跑幾步，推開門，見慶林正被綁到一條長凳上，仰著頭，旁邊兩個人伺候著水刑──主要是往鼻子裡灌涼水，嘴也灌；水桶旁邊還有一小罐煤油，水裡摻油，是水刑的升級。也許已經灌下去一瓢，或者兩瓢，慶林樣子極慘。慶路在旁邊，觀刑，也是殺雞嚇猴。

慶山向井然鞠躬，然後隔在了弟弟和警察之間，他說：「太君，誤會，誤會，純是誤會，我弟弟不會通匪的，他們出城買鹽，是我三叔讓的，我家沒吃的了。」

「那一人兩雙膠鞋，還有鑽山的氈疙瘩（非常耐寒的一種棉氈靴子），也是要自家用嘍？」井然的獨眼不懷好意，他知道慶山是武下那兒餵馬的，可是一個雜役、苦力，他也沒放在眼裡。這時，門推開了，菊地為什麼事來找井然，一臉的急匆匆；遇見慶山，他很欣喜，笑呵呵地跟慶山打招呼，像是遇見了親人。慶路心眼兒活絡，他那天看到了哥哥勇擒驚馬，救下這人的老婆、孩子，這個瘦軍醫當時一個勁兒地給慶山鞠躬。慶路用半漢半日的話向菊地訴苦，說他們只是買了點鹽，和過冬的膠鞋，就給抓這兒來了，過堂，要人命。慶路請菊地證明，他們是好人，良民。

菊地明白了，來這一段時間，日本人整治中國百姓，那些手段，他都有了見識。他同情他們，手無寸鐵的百姓，又能怎麼樣呢？況且慶山是救過他老婆、孩子的恩人。他命令井然，放了他們。井然眨著那隻獨眼兒，思量了幾秒鐘，「哼哼」了一下，讓放了。井然他們這些當兵的，是願意跟醫生搞好關係的，戰爭每天都在發生，死亡隨時就在眼前，跟軍醫搞好關係，也許他第一個救的人就是你。

慶山給菊地鞠躬，菊地讓他有時間去開拓團玩。

菊地來找井然，是後勤部的吉崗，正跟一自衛隊的男人在爭吵，吉崗管的糧庫，裡面的米袋子倒了大半，而且有米灑了出來。自衛隊人說，這是吉崗有意為之，弄不好，通匪，把糧食，都給支那百姓了。吉崗說他血口噴人，兩人都抓住了對方的衣領子。菊地怕他們走火，竹內叫他速來搬兵，井然正管那片兒。

井然聽了前後，歪著那隻獨眼，自己人打了起來，真不長臉。不過他也懷疑，那是吉崗有意為之。現在，隨著時間，井然發現他們的人，越來越多地在同情滿洲百姓，跟日本軍人對著幹，不敢拿真刀真槍，就背後搞動作。米糧供他們足足的，可是他們總說不夠吃。弄不好，就是分給了支那百姓，甚至賊匪。井然打了個飽嗝兒，酒氣讓菊地向後退一步，大白天的，就喝酒，真是辱沒大日本皇軍。菊地皺著鼻子。

井然一歪一歪地起身走了，執行公務，他不想被菊地告狀。目前的心境是快快處理完眼前的麻煩，去找豔波，那個眼窩兒深邃的花姑娘。

5

三叔臉上的痲子坑兒更深了，這是他生氣的標誌。三叔一生氣，臉上的痲子就重，慶林、慶路知道父親在生他們的氣，也就蔫了下來，什麼也不說，端起碗就吃飯。到底是兩個孩子，端起飯碗就忘了舉斧把站雪地的恥辱，吃得呼嚕呼嚕響，一碗下去，還議論開了警備所院裡的洋馬廄、狗窩棚，日本兵的皮靴、戰刀，頭目後腰上的小擼子等，樣樣都是好傢伙。玉敏給大夥盛粥，慶林、慶路轉眼吃到了第三碗，稀稀的餷子粥，一泡尿就沒了，根本不頂餓。慶路沉浸在對那小擼子的羨慕裡，他說：「我要是能整到手，說打他眼皮兒都不擦他眼毛……」三叔狠狠瞪了他一眼，慶路閉嘴了。

張立本從外邊回來了，帽子沿兒掛滿了霜花。玉敏給他盛上一大碗粥，放上筷子。張立本擤了下鼻涕，手指在鞋底蹭了蹭，就盤起一隻腿坐在炕邊上，端碗喝了口熱粥。張立本說：「明天有好嚼咕了，套了隻傻麅子，有野豬大。」

剛落雪，就能套到麅子，有肉吃了。三叔心裡高興，麅子肉用鹽醃了，風乾一陣，大鍋裡一蒸，下酒好菜呢。慶路、慶林更高興，立本叔進山有日子了，今天回來，他們可有說話的人了。飯桌上不好說，三叔不讓談論日本子，更不願意他們問山上的事。兩個快快地吃，準備著一會跟立本叔嘮嘮。兩個人都覺得，跟親爹沒有什麼話，可是跟立本叔，有話嘮不完。

張立本邊喝粥邊跟大夥嘮，他套麅子的鬥智鬥勇，雖然說是傻麅子吧，也知道躲人躲套呢。張立本說他的幾個套子，都被破解，踢開了。後來，他用樹的藤子，綰成了個活扣兒，人就躲在樹上。麅子的鼻子也特別好使，能聞到人味，他躲在樹上，看麅子近了，有那麼幾分鐘，他是不呼吸的，讓麅子聞不到他，他才把牠逮牢了。在山上就把肉剔弄好，人張的麅子皮兒晾一冬，明春就能用了。立本叔說：「這張麅皮送給洪三哥。幾年了，在這吃住的，沒什麼回報，就這點手藝。」

三叔客氣道：「大兄弟那樣說話就外道了。出門在外，誰都不容易，哪能沒個人幫呢。」

三叔說到這兒，沉重地嘆息了一聲。他是想到他的大哥了，那個風水先生，出去幾年，都沒消息，但願他也能遇見我洪福海這樣的好人。

慶山說，他聽滿桌兒她娘說，套獵物不能套母的，尤其不能套懷孕的母獸，那要遭報應。滿桌兒她家的鄰居，那個傅大爪子，就是打了母狐狸，一家人都遭殃了。他打狐狸回來，睡了一覺，醒來，突然發現兩隻手，都不能伸直了，像狐狸爪子一樣勾著；不幾天，他家的老婆孩子，也都有了這種病。看郎中，郎中治不了，說是被狐狸迷了，全家人的手，都變成狐狸爪了，什麼也幹不了，既不能伸直，也無法攥拳，就那樣半伸半張著。

張立本笑了，他說：「慶山，你信嗎？如果打母獸遭報應，那日本鬼子，用刺刀挑了咱們多少帶肚子的婦女，他們遭報應了嗎？我看他們幹得正歡呢。」

「不是不報，時候沒到。」慶山說。

張立本說：「什麼時候是時候？我們這樣端著飯碗眼巴巴地等，能等來嗎？他們不但挑婦女的肚子，還用刀扎死孩子，那才幾個月大啊。這更是滅種行為，他們怎麼還不遭報應呢？」

慶路本來想下桌再探討跟小鬼子幹的問題，現在話題到這兒，他也加入了進來。他說：「立本叔，你說得對，日本子的報應，要靠我們的手。說實在的，我們手頭就是沒傢伙，如果有那麼把小擼子，我對著他們的天靈蓋兒挨個點名。」

張立本笑了，他說：「張叔知道你的槍法，神彈弓。沒有不要緊哇，沒有可以去想辦法。那些跟他們幹的，也都沒有現成的，從他們手裡搶嘛。」

三叔咳嗽了一聲，張立本收口了，他說：「吃飯，吃飯，那告示不是貼出來了嘛，莫談國事。咱一個老百姓，還是好好地活著吧。能活命，就算贏。什麼亡國奴不亡國奴的。」

慶山已經吃完了，他準備去院子裡幹活。張立本叫住了他，問他明天要不要帶塊麅子肉，給武下他們嚐嚐。武下平時，偶爾讓慶山拿回一盒罐頭，或日本牛肉，嚐個鮮，也算禮尚往來。

慶山為剛才跟立本叔的爭執不好意思，總的來說，立本叔是個好人，對他的疼愛，不比三叔少。給他縫過皮手籠子、破氈疙瘩，偶爾，還給他弄小灶吃，說他幹活累，要加點料。慶山一想這些就溫暖了，慚愧了，他親自去給張立本加了勺熱粥，又坐下來，陪著立本叔吃飯，嘮磕兒。

張立本又提起放排，誇三叔的本事，白瞎了。聽說現在的日本人，開了很多木營公司，雇中國人伐木、放排，出了高價也雇不著人。山上常有抗聯的襲擊，日本人不敢長待，只讓中國漢奸給他們看攤兒，幹活。

慶林說：「百歲也說了，聽他爸說的。前一陣兒二股那個木營，就遭搶了，二十幾匹馬，全被牽走了，糧食也挖了個空，還打死了一個滿洲警察。後來坂本他們上山討伐，把那個沒跑的中國老頭，拉出去就給斃了。撤邪乎氣。」

慶山說：「抗聯惹事，老百姓遭殃。」

「哥你可不能這麼說。」慶路說，「沒有抗聯的對付他們，他們更欺負咱們老百姓了。」

「反正誰也別殺誰，最好。」慶山說。

「那是不可能。」慶路說，「『人善被人欺，馬善被人騎。』這是老話兒。如果不是咱們老實，太熊，那日本子能這樣越來越威風嗎？」

「抗聯的人確實是都敢玩命的，腦袋別在腰上，就敢幹了，打起來就放開手腳了。」張立本評價。

慶林說：「聽說趙尚志最厲害，比馬占山他們能幹，跟小鬼子藏貓貓，打你一下，再找，跑你腚後去了，根本抓不著。不像馬占山，一打就跑沒影了。」

「趙尚志他們會打仗，打完就鑽山，日本子拿他們乾沒轍。」張立本說，「聽說趙尚志是受過訓練的，共產黨，無論是打仗，還是領導，都有一套。退進山裡的時候，馬尾巴後面拴上大樹枝，邊走邊掃，鬼子碼不上他們的腳印兒。」

「是挺厲害，要是跟著他們幹，過癮。」慶路說。

慶山說：「我不希望大家老打仗，都老老實實過日子，誰也不招誰，誰也別殺誰的人，別死人，最好。」

「你這是漢奸話吶！」三叔抬頭驚詫地看慶山。

慶山說：「真的，武下那個人，看著挺凶的，可他平時，很和善。有一次一個日本兵搶了兩隻雞回來，他命令他送回去，並告訴全體，不許搶東西。」

「武下不讓他們禍害老百姓。」慶山說。

「那也是劉備摔孩子，刁買人心。」慶路說。

張立本來了興趣，他問慶山：「武下天天，除了討伐、下命令，閒下來的時候，他都幹什麼呢？也像中國人一樣，喝小酒、看小牌嗎？」

小牌說的是牌九，一種民間家家都玩的紙牌，比撲克窄。

慶山見問這個，開始如數家珍。因為他的「命硬」、「不全和」（沒有父母），很多鄰里對他是抵拒的、遠離的，像婚喪嫁娶，一般不讓他插手，很多活都不讓慶山做。而武下不論這個，只要他肯幹，幹得好，武下一直用他。許多中國人，上趕著給日本幹活，幹不了三天五日，就被辭了。就連多襄井那，除了他慶山，都不再雇中國苦力。慶山留在守備隊幹活，這是許多中國人羨慕的，也是害怕的。從前見慶山，他們都叫他「老洪家那小子」，現在，一直是「慶山，慶山」的。慶山說：「武下這個人吧，有點像我三叔，能喝酒，還有量，半斤八兩的趴不下。他還單愛喝中國的大高粱，菜，也說中國的好吃。」

「他們營裡做飯的也是滿洲廚子嗎？」

「哦，這個，不是。他們在吃上，信不過中國人。那個日本廚子，在中國生活了很多年，所有的中國菜都會做。在他守備營的西北角，有一間房子，也是大庫，那裡專門儲藏中國的豬肉、大米、粉條，還有大黃米做的粘豆包。武下沒事的時候，喝酒，吃中國菜。」

「不是說他們日本人專門吃罐頭嗎？米飯也整成團子，包上紫菜，叫什麼『瘦死』，日本人不吃中國的東西，連穿的，都是從日本運來，自己用。」

「對，他們嫌中國的粗布不結實，西北角緊挨著的，另一大庫，就是他們的服裝、鞋子等，都是軍用物資。」

慶山還說：「罐頭他們都吃夠了，平時只吃牛肉、魚肉。馬死了，不吃，他們經常把馬埋了。也許是覺得馬肉味太膻，也許是因為馬對他們有功，反正不吃馬肉。」

「餓上三天，連死孩子肉都得吃。」慶路說。

張立本說：「他們有一種醬，綠色的，辣得格路，又不像咱們的辣椒，看著一點不辣，可是吃一口，眼淚、鼻涕，嗆不死你。」

慶山說：「那叫芥茉，專門蘸魚吃的。」

慶路奇怪，問張叔：「日本人的東西你咋吃過？」

張立本說：「在山裡撿的，嚐過，也許是他們上山討伐時，埋鍋造飯扔下的。那玩藝，看著綠黴，吃一點點，辣死人。比蒜還辣，跟辣椒的辣兩股勁兒。」

慶山說：「他們就愛吃那口。」

玉敏被大家引出了口水，她說等明天，她也去山裡採香葉，把麅子肉好好整整，也放點山椒。

慶山說：「他們的綠醬不是山椒，是芥茉。」

張立本像個什麼都沒見過的老山民，又問慶山：「那日本子，武下他們，把一間間大庫都用來裝豬肉、儲衣服，不怕耗子啃了、嗑了？不怕山上的人下來搶了？」

慶山說：「也奇怪，門口那隻大狼狗，比貓都厲害，牠撲耗子。更要命的是，牠除了那個專門餵牠的人，誰扔的東西都不吃。武下扔給他牛肉，牠都聞聞拉倒。那狗的紀律，比他們日本子兵還嚴呢。日本子把狗訓得跟人一樣。」

張立本又問：「槍呢，他們的槍也多吧，也是有一房子吧？」

「倉庫，他們裝槍的那個倉庫，是水泥的，上面圓頂，像倉子一樣，非常堅固。豬肉、被服那兩間，都是泥房子。裝武器的，在東北角，三百米之內，生人靠近就開槍了，是日本兵把守。武下他們誰都不怕，就怕憲兵隊，只要憲兵隊一來，他們都怕，立正，敬禮，憲兵隊說啥是啥。」

張立本說：「他們的那些玩藝，都是德國造，誰有誰厲害。別說麅子，老虎我都不怕，一槍就打牠個透籠過。」

慶路和慶林都張大了嘴巴。慶路說：「是，誰熊誰厲害，還不是看手中的傢伙？燒火棍能幹過擼子嗎？我們要是有那東西，幹他們也是一片一片的。」

慶山說：「會水的淹死，會飛的摔死。玩槍不是什麼好事，總有走火的時候。武下隊上有個傢伙，號稱神槍手，擦槍時，幹掉了自己的下巴，差點沒死，半個臉都沒了。」

「誰活誰死，老天都定好了。」三叔在一旁說。

張立本又擔心地問：「他們那軍火庫，要是被人摸進去，炸了，那咋辦？」

「炸不著，遠著呢，東北角另有一個大門，許多人都不知道那個木柵子其實就是大門。」

後來，他們又嘮起了別的——日本的青豆哇，女人的洗澡啊，小日本子會享受，把那普通的綠色豆子，又煮又煎的，咋吃咋香。慶山說：「他們洗澡跟咱們不一樣，咱們是一年洗一次，年跟前兒去去塵，他們呢，天天洗，一會兒一洗，不管天多冷，那大木桶，總是被人占著，男人、女人不分，日本人洗澡像是有癮。在多襄家，千惠洗澡不避男人，崔老人說在後面給她搓搓背，多襄都不生氣。要是中國男的，看別的男人給自己老婆搓背，早拿菜刀砍了。武下也是，他喝得東倒西歪，無論多晚、多累，都不忘了用熱水泡澡。」

「他們就是好日子過多了，閒的，撐的。」三叔說。

張立本和慶林都笑了。

慶路說：「聽百歲兒說，日本人有一種黑匣子，不大，像枕頭那麼大吧，裡面也沒站著人，可是往那一放，前邊的鈕兒一扭，嘎巴一聲，裡面就唱開了，又是歌兒又是人說話的，男的、女的都有。百歲兒說日本子可能是妖怪變的吧，他們什麼都能整出來。」

張立本說：「那叫留聲機，有一張唱盤在裡邊，唱歌的就是那張盤。」

「盤子怎麼能唱歌呢？是妖怪吧？」玉敏問。

立本叔說：「玉敏啊，為什麼說咱們窮人要學文化呢，沒有文化，看什麼都是睜眼瞎。以後啊，多窮，都得讓孩子上學，識字。」

「識了字就能讓盤子唱歌了？」玉敏問。

慶山說：「那不是普通的盤子，不是吃飯用的盤子，是一種唱片，裡面有一個小針，把那針搭到唱片上，歌兒才出來。武下的屋裡也有一個這玩藝兒。」

「那針是做活用的針嗎？」玉敏把慶山和張立本都問得答不上了。

半夜，慶山醒來，稍一動彈發現身邊空了，坐起，藉著微弱的光，被窩裡確實沒有了慶林和慶路。慶山呼隆大坐起來，叫著南炕的三叔：「三叔！」三叔慢慢坐起，望著北炕，說：「那倆犢子，真去鑽林子了？」

慶山說：「他們膽兒真大。」

三叔又慢慢地躺下來，說：「唉，兒大不由爹。如果有人問起，就說他們跟張立本去關內了。」

天剛亮，賈玉珍進了院子，她腳步匆匆，沒有聲張，進了屋才低聲說：「三叔，三叔，我家那百歲兒，不知喝了什麼迷魂藥，跟慶林、慶路走了。」

三叔聽出她的責怪，說：「妳知道他要跟慶林、慶路走，咋不拉著他？」

賈玉珍擤了把鼻涕，說：「哪曾想他真有這個賊膽子啊。先不說別的，那賈永堂、于德林是怎麼死的，他沒看見嗎？他這一跑，要是走漏了風聲，傳到日本子耳朵裡，他爹怎麼辦？我怎麼辦？我們這一家人，都怎麼辦呢？」

三叔已經像三孀子一樣，早晨起來，就開始吧嗒吧嗒抽煙袋了，他眼睛看著煙鍋，上面的火星兒一明一滅，他說：「咋著，妳還把腦門兒上貼貼兒，告訴日本子，妳家百歲上山了，找趙尚志去了？」

賈玉珍說：「那不是送死嘛。」

三叔慢悠悠地，說：「就說去哪個屯子走親戚了唄。」

「那能行？藏得了一時藏得了一世？」

「藏幾天是幾天唄。小孩子，吃不了山上的苦，那個反正，不是人人都能扛得住的。」

三叔的主意讓賈玉珍定了神兒，腳下蹬著風火輪一樣走了。風火輪顯出一東一西，三叔知道，這個平時要強的女人，遇了事，腳下一樣散架。

6

豔波正在外屋收拾廚房，井然來到她家。賈玉珍見一個獨眼的日本人進來了，手中的碗就掉落在地上。崔老大被革職後，賈玉珍時刻怕家裡出禍事。豔波一回頭，看到井然，母親碎掉地上的碗，她知道母親嚇壞了，馬上嘻笑出一張臉，說：「太君，來了。」

豔波斷定井然會來找她的，井然昨天那隻獨眼，射出的色迷光芒，已經是青春期的豔波，看得懂。

豔波比母親鎮定，她問井然，是找她爸爸嗎？她爸爸崔老大，去多襄家喝酒了。

井然也同樣嘻笑著，他說：「花姑娘，能不能跟我出去喝杯酒？我請客，錢，大大地有。」

豔波給母親使眼色，然後說：「酒，家裡的有，太君，你就在這兒喝，我陪你。」說著，她用手做喝酒的動作。

井然很高興，支那人真好說話，可以在家裡喝。他解下了槍，坐到炕桌兒邊，豔萍對他有點怕，正端碗要上桌兒吃，看他坐那了，豔萍又端著碗走開了。井然一個勁地告訴她們「不怕，不怕」，說著掏出了兜裡的白砂糖，一個小包，打開來，教豔萍怎麼吃。他平攤著，用舌頭，一點一點，舔著砂糖，然後又拿出一包，遞給豔萍，請她吃。

豔萍一試，真的很好吃，撒碗裡，拌粥喝，更是美味。這種亮晶晶的東西，豔萍都沒見過。

豔波和井然對坐著，崔老大回來的時候，井然已經喝多了。崔老大也喝了不少，他看到家裡有個日本人，定睛一看又認識。崔老大不知井然來家的目的，百歲兒跑了，他早晨就知道了，一天的時間都在提心吊膽。聽賈玉珍悄悄跟他說，井然來家是找豔波的，他的心略放，殺頭的厄運還沒有降到頭上，這個日本兵，是來尋色的。崔老大快速地盤算了一下：井然這小子，要是不獨眼，是個更大的官兒，就好了。

井然歪在炕頭，睡著了，他喝得太多，已經沒了神智。豔波問媽媽、爸爸：「要不要？——」她用手比了個砍的動作。崔老大說：「那可要不得，日本人巴結還巴結不上呢，哪敢殺他們。那樣咱們一家人都別想活了。我看還是把他送回去吧，送到坂本那兒，算立功。等百歲兒回來，他們也許能放咱們一馬。」

賈玉珍同意丈夫的意見，她說：「現在畢竟是日本人的天下，別惹他，送他回去。」

崔老大當即，找來兄弟崔老二，兩人一左一右，架著井然，送回了營房。坂本看到井然的樣子，「啪啪」就給他左右開弓的耳光，認為他給皇軍丟臉。井然被打醒了，坂本又扯下他的肩章，告訴他削職，處分！

第六章

1

慶林、慶路對山上的了解，僅限於張立本那兒聽來；百歲兒對抗日游擊隊的了解，來自於學校、傳單，和同學們的傳說。有人說，抗日義勇軍不要學生參加，學生們只是花拳繡腿，紙糊的一樣，他們沒槍沒炮，力氣沒有，膽量更不夠，所謂革命，也就是呼呼口號，政府門前抱團壯壯膽兒。成事不足，敗事有餘。要說厲害，還得是紅鬍子，這幫人，上來就打，有槍使槍，沒槍使棍，就是空著手，他們的牙、腦袋，能讓敵人半死。他們心狠、手辣，連日本子，都懼他們。百歲對這些話不服氣，他覺得他更有腦子，打仗，憑力氣是一方面，更要憑腦子。趙尚志，就是用腦子在打仗，百歲兒一心想找到趙尚志，參加他的隊伍。慶林和慶路，沒有那麼多挑兒，他們說誰發槍就跟誰打，誰能幫我娘報仇就跟誰幹。

上山的路是如此艱難，剛下過一場大雪，他們的膝下，像蹚著一條雪河，河流是凝固的，雪面像堅硬的鎧甲，他們每走一步，都在破冰。走在第一個的，慶林，他幾乎是用身體撞，撞開了雪殼，然後再用身體向前蹚。回頭望，走了好半天，後面留下的路，也只是一片坑。慶林戴走了慶山的狗皮帽子，慶路戴的是三叔的氈帽，他們都熱了，拿下帽子，頭上騰騰的熱氣像一縷白煙。慶林是第一個走不動的，他提議歇歇。百歲不同意，他說：「革命可不能見硬兒就縮，那樣更讓人瞧不起，咱們怎麼也得找個差不離兒，再歇。這冰天雪地的，歇下來，走不動，得凍死。凍死不如累死。這樣，你換到後面走，我和慶路，換著打第一。」

走在第一的人，等於用身體在破冰。

慶路腦子活，他掰下了一根粗樹枝，槳一樣向前戳著走，這樣給百歲也省了些力氣。他們並排，很快走過山坡，再上山崗。太陽掛樹梢的時候，他們覺得離游擊隊的密營，應該不遠了。

百歲兒出的給養多，慶林、慶路始終換著背輜重。三個人背上的汗、頭上的汗，因為天冷，瞬間就轉成霜花了，白花花的像一個個的白鬍子小老頭。開始的時候，他們還邊走邊議論，說：「見了抗聯的人，我們說什麼，抗聯會信任我們嗎？」「如果不收我們，大家怎麼辦？」「能不能想辦法見到大英雄趙尚志，就說跟著他幹？」

百歲兒說，聽一個同學說，有的奸細，也說來山裡是投奔抗聯的，結果給山上的人坑了。情況全摸清後，跑下山，招來了日本鬼子，連窩端。他現在最擔心的，是沒有人引薦，抗聯不信任他們，不收留他們。

慶林說：「我就跟他們說，俺跟日本子有仇，上山是為俺娘報仇。」

「沒仇也跟他們幹呀，憑什麼小日本跑這兒來禍害，又不是他們的家，想住下就住下，住下還不走了，有這麼太欺負人的嗎？」慶路說，「我就跟他們說，開拓團的那把大火，是我放的，看他們收不收！」

百歲兒說：「對，咱們都說出理由，他們就能收了。我崇拜趙尚志，要見趙大哥。趙大哥說，打小鬼子不只報一家之仇，把他們趕出去，給全國人民報仇。我喜歡趙大哥的主張。」

百歲兒有文化，接下來，他的幾個詞兒，什麼「民族」啊，「國家」啊，「戰場」、「立場」啊，讓慶林、慶路越聽越服氣，服氣得都不敢說話了。真是的，他倆一直把抗日叫成「打仗，跟他們幹，整死他們」。而百歲兒，經他嘴，把這些梳理了一遍後，他倆都有了莊嚴感，打仗不再是暴力，而是保家衛國、民族英雄。

慶林說：「百歲兒你歇會兒，我來打第一。」真是人無頭不走，鳥無頭不飛，慶林忽然發現自己是那麼崇拜百歲兒，還沒有打仗，已經拿百歲兒當領導了。他接過棍子，使足力氣，對著雪殼衝起來。

當他們越走越累、越走越餓的時候，漸漸沒人說話了，只有呼呼的喘息聲。不知幾點鐘，太陽從樹梢掉進林子裡去了。沒了太陽的林子，忽然那麼可怕，雪映出的光是青的，人的臉色泛綠。慶林再提議：「咱們坐下歇歇，吃點東西。」

說著坐下來，人一下就陷到雪坑裡，雪都沒脖兒了，整個人只露了個頭兒。慶路也一屁股坐下，說：「吃點乾糧吧，估計快到了。」

百歲兒也兩腿打顫，他是一直強撐著。坐下來，三人圍成一圈，撿來樹枝，點著火，邊烤著火邊吃，既取暖，又防獸。

雜合麵的大餅子，平時是那樣難以下咽，現在因為飢餓，他們幾口就吃下去了，渴了就捧幾口雪，三個人吃得默默無聲，噎得直伸脖兒。

總共帶了六個餅子，每人兩頓飯的量。計畫是一頓吃一個，現在，他們一頓就把兩頓的飯，吃完了。兩個餅子下去，肚子裡像剛剛掉進了個棗，沒頂用。但誰也不說話，百歲兒責備自己意志不堅定，連吃餅子都沒管住自己的嘴，接下來，怎麼打仗呢，怎麼吃那吃不完的苦呢？火堆兒給他們壯膽兒，也為他們驅寒，剛才的熱，和現在的冷，熱氣變成了濕冰，幾個人都不願意起身再走，因為離開了火，他們覺得更冷。

林子完全黑了，慶林的心也開始提起來，他不知道還要走多遠，能見到抗聯的人。他們的方向，一直是按著張立本含蓄的指點。現在，茫茫的林海，四個方向都一樣，什麼也看不清。人影兒是沒有的，一會會不會有狼來？他們背了足夠多的明子，當火，可是光有火，有什麼用呢？

劈啪的火柴聲、燃燒聲，使林子更寂靜。百歲第一個站起來，他說：「繼續走吧，咱們上山，不是來餵狼、餵黑瞎子的。」

這時候，慶林擺了擺手，他示意百歲兒別說話，讓他聽。他們三個都豎起了耳朵，向外聽。外面，果真像有嚓嚓的腳步聲，還不是一個、兩個，好像有一群。三人都捏緊了拳頭，後背靠到了一起。

手中的武器，就是那根棍子。

聽了半天，那聲音又沒了，靜了好一會兒。

他們的汗又變成霜了。

剛坐下，聲音又響起，小了許多，像一個人，在悄悄地靠近。

慶林問：「不會是野豬吧？野豬不會上樹，咱們先上樹吧。」

慶路對上樹不陌生，他抱著樹幹就躥上去了。

百歲兒和慶林也同時上了樹。

下面對著他們的，是一柄舉起的槍口，命令他們下來。

三個人同時看到了一個野人，他頭髮老長，渾身的破棉花都向外翻著，臉和手跟樹皮一樣顏色，他端著槍，對著他們。

百歲兒和慶林背靠著背，百歲兒說：「大叔，我們是來找人的。」

端槍人向近前逼近，看他們的身上、手上，確實沒什麼東西，火堆邊，只有一鋪蓋捲、兩個布褡褳，他把槍放了下來。

「這就是抗聯的戰士嗎？」百歲兒邊向下出溜，邊想，「抗聯戰士怎麼都成了野人啊，如果他不出聲，蹲在那，說是野獸，也未嘗不像。」

慶林從端槍人的頭髮、衣服，和腳上包著的獸皮，猜想他可能是「平東洋山林隊」的，聽說他們缺吃少喝，比土匪活得還不好。張立本叔說，那些人因為長年缺鹽，年紀輕輕頭髮都是白的，更沒地方剪，造得跟野人似的。

慶林壯起膽子問：「大叔，你是平東洋山林隊的嗎？我們找抗聯的。」

百歲兒用胳膊拐了他一下——咋能暴露身份呢？

慶路拉起了彈弓，瞄準，那人舉槍就放，慶路嚇得一下子從樹上掉了下來。野人開口說：「你們幾個小子，我看不像找人的，倒像探子。」

聲音非常年輕，他一開口說話，慶林知道自己的「大叔」叫錯了，弄不好，這野人跟自己年紀差不多呢。

這時樹林後又冒出了幾個人，跟端槍人一樣，都是長髮像荒草，身上的棉衣破得露花，腳上包著的東西，已經看不出是鞋，還是什麼東西。他們脾氣很大，指著百歲他們身後蹚出的小道，說：「這不是給後面的鬼子留記號嗎？」

慶路一下子嚇出汗了，他想起立本叔講過，抗聯的人，上山後，都用樹枝拴在馬尾，或人掃，把來路撫平，讓討伐的鬼子碼不上腳印兒。而他們，這一路走來，彎彎曲曲，可不正留下了印跡嗎？

慶林說：「我們不知道哇。」看著用槍對著他們的人很凶，還罵罵咧咧的，慶林有些後悔，這就是抗聯戰士嗎？

百歲兒到底念過書，他也害怕，但他會講道理，他的意思是說，如果當奸細、探子，我們不會這麼多人，大張旗鼓地來。

一個人說：「前不久還有十二人小分隊呢，比你們更多。他們說是來投奔，實際是臥底。多虧我方情報及時，把他們全勒死了。」

百歲兒不懼，他說：「你們如果是英雄，就報號吧。鬍子、綹子，請我們投奔，我們也不投奔。我們來是找趙尚志的，找他的隊伍。」

一個人說：「這小子口氣不小哇，上來就找趙軍長，他算老幾呀？小毛伢子，還找趙軍長。趙軍長的頭現在值十萬大洋，輕易給你拎去？」

那個最初用槍對著他們的人，說：「走，先跟我們回去，弄清了再說。」

2

幾個人現在明白了，那個拿槍請他們下樹的人，叫金東烈，是朝鮮人，也是副隊長。他們找見的，這支野人一樣的隊伍，是抗聯第三軍第四團餘部，因為被打了幾次散花，他們表面組成了另一支番號，叫「抗日義勇山林隊」，隊長朱康。說趙軍長人頭值十萬大洋的，就是朱康。朱康告訴他們，趙軍長為了保存實力，已經率部西征了，他們第四團和另一混成旅，留守下來，是為了牽制敵人，讓敵人誤以為大部隊還在這裡，使更多的隊伍得以安全轉移。「可是，給養跟不上，加之冬天日本子上山討伐得厲害，大家損失慘重。現在，只剩了幾十人，另些兄弟，可能有的去找趙軍長了，有的跑回各自老家，還有的——」朱康沒有往下說。後來百歲兒明白，還有的，就當土匪了。每次被打散，戰士都會流向不一。朱康聽了慶林、慶路要當抗聯戰士的理由，笑笑說：「有好日子過的、家裡沒仇的，誰也不上山。這山上太遭罪，簡直不是人過的日子。」

慶路說：「不對——」他一指百歲兒，說：「他們家，就沒有死人，他爸爸，頂多是不讓當甲長了，百歲兒報仇，是報大仇，他是為了家國。」

慶路把百歲兒說過的、他已經記不牢的、模糊的「國家」，說成了「家國」。

朱康說：「報著報著，小仇就變大仇了，小家就變成大家了。」

朱隊長問：「百歲兒還是個學生吧？」

百歲兒怕他們再貶低學生，就說自己從學校退學很長時間了。

晚上，朱隊長讓他們先吃飯，然後睡覺。無論是吃飯還是睡覺，都超出了百歲兒他們的想像：碗是木頭段摳的，一截楊木頭，裡面挖了個坑，就裝飯了。飯也沒有多少米，很多樹葉子、乾菜。好歹百歲背來了鹽，那些人吃著碗裡的鹹淡兒，嘴裡咂出響兒來，非常滿足。睡覺的地方只有一處地窨子，朱隊長告訴他們，大後方的機關，已經被破壞了，那裡不敢住人。大家夥兒現在，就將就在這個地窩棚裡。百歲兒看出，就是這樣一處地窩棚，也不是所有戰士都睡得下的，朱隊長讓他們睡在了裡邊，另些人乾脆是睡在了雪地裡。百歲很感動。慶路小聲問他，為什麼朱隊長信任了他們？答應等趙軍長。百歲兒也納悶兒，他前面說了很多話，很多抗日的理由，朱隊長都皺著眉頭；後來，他說到了家址，鐵驪鎮正陽街，父親崔老大，母親賈玉珍，旁邊的副隊長接了話，問他認不認識賈永堂、金吉花，百歲說認識啊，百歲還描述了幾年前賈永堂的沉河、于德林的望天，朱隊長和副隊長交換了一下眼色，就沒有再盤問他們了。接下來，還對他們格外好，像親人。

經過準備，朱康和副隊長金東烈決定帶領大家下山，打他一趟。朱隊長說，山上耗死也是死，打他一趟說不定還能過段好日子。給養沒很久了。慶林、慶路說來的情況，他們跟張立本在飯桌上，慶山嘮的那些，他們都嘮給了朱康，這使朱康大為高興，說：「你們幾個小子還不是白吃飯的，有點用。」然後他們就制定了作戰計畫：硬拚是不行，得化裝，化成日本子的憲兵，才能衝進去。

一切還順利，一輛車，一車日本憲兵，他們直奔武下的守備隊。門口的哨兵見了憲兵的車，兩腳

「咔」一併，敬禮。百歲兒這時已經認識了戰士小姜，小姜非常能幹，會開車，會射擊，而且唯一的機關槍，歸他使。槍都是從樹洞裡掏出來的，什麼槍都有，百歲兒也認不全。慶路有射擊的天賦，小姜只演示了一遍，慶路就運用自如了。那些衣服也是真的日本憲兵服，從前趙軍長打勝仗時從他們庫裡繳來的，各種兵服都有，還有黑黑的警察制服，都塞在藉樹洞掏出的一個坑裡。只有汽車是借來的，百歲兒穿上憲兵服，噘著嘴裝日本憲兵官，滿口的日語說得確實不錯，眉頭還有不耐煩，支隊的坂本乖乖把車借給了他們。

冬天的太陽很高、很亮，但是不暖。哨兵給他們敬過禮後，就鬆懈地抱著槍，抄著手，倚門而立了。當他們發覺不對，意識到上了當時，那輛車，連同上面的人，已經衝進了倉庫，一夥奔糧食，一夥奔軍火，門前的狼狗已經趴下了。哨兵和警察同時大叫起來，有的是向前衝，有的是向後跑，搶點吃的不要緊，要是炸了軍火庫，跑不及一起完蛋。有一個警察剛跑幾步就被日本兵從後面射死了，在玩命上日本子表現得比滿洲警察勇敢。兩方人員都在亂開火，平時交戰從衣服上辨著打，現在，都是土黃布，日本兵和警察們打起朱康的人很費勁，而朱康他們卻一槍一個準兒。小姜的輕機槍派上了用場，無所顧忌地「突突突」，向上衝的幾個人就倒下了。這時一個警察瞄準了小姜，金東烈一看不好，把小姜拉倒，那個警察打到了他的肩膀，小姜再次拿起槍，後面的人趁這一霎，就馬蜂一樣「嗡」上來了。

這個警察就是王東山，因為接下來的俘獲金東烈有功，升職到警尉。朱康看出敵人越聚越多，再不跑就來不及了，他讓小姜拉著搶得的給養回山，他和另一戰士扔出了手榴彈，軍火庫爆炸了，濃煙中，他們逃了出來。

回去就沒有車了，慶林、慶路憑著少年時練就的鐵腳鐵腿，一路狂跑，跑得肺葉都疼。百歲兒也不孬種，一直沒有掉隊。待他們停下來，清點人數，下山時是二十八個，現在，回來的，只剩十四個了。少了一半。

朱康不愧是隊長，他擄回了那個看門的哨兵。

第二天，朱康派人下山談條件，要求互換人質。坂本一槍就把來者給斃了。他們震怒，幾個山匪就把他們的老窩兒給炸了，死傷那麼多人，損失了那麼多物資，門崗的哨兵嚴重失職，即使放回來，也是槍斃。

金東烈失血很多，坂本帶著仇恨讓菊地給他治療，希望他儘快清醒，儘快說話。其實金東烈沒有完全昏迷，他是不想睜眼，落在了日本人手裡，還讓他們吃了這麼大的虧，活下去，是不可能的。他現在想的是，怎麼死，能死得痛快些，少遭罪。金東烈閉著眼睛，一幕幕過的，是他少小兒時的情景。基本就沒過過好日子，跟著姐姐，母親和父親凍死，自己跑掉。加入匪幫，加入時的誓言：「不當叛徒，不出賣大哥。如果當了軟骨頭，禁不住打，嘴巴熊了，就是大姑娘養的、養漢老婆生的。」這個誓言一想起他自己都笑了。後編為抗日山林隊，幾夥綹子掉槍口對日本鬼子，合夥跟他們幹。幾死幾生，金東烈都經歷過了，腦袋架在肩膀上，是隨時都要掉的。他不怕，因為不怕，打仗勇猛，在編為趙尚志的第三軍時，他當過副團長。這次，他本計畫，打完仗，去看看姐姐。多少年了，都沒跟姐姐見過面，不見面是為姐姐安全，留活路。這樣想著，金東烈的傷口疼了起來，麻醉藥過勁了。坂本抓著他的頭髮，說：「支那兵，有種的別裝死，把你們的情況，說說，好處大大地有，你的，可以不死。」

金東烈睜眼皮兒撩了一下，又閉上。

坂本說：「別以為我們不知道，你的，就是個頭目，銜你使的槍，就不是當兵的。你的，給我們說一說，我們，給你，少吃點苦。說不定，還給你治傷。」

金東烈又晃了晃頭。

「那你說說，為什麼要抗日呢？」坂本開始從頭問。

金東烈再次睜開了眼睛，他說：「這是我們的家園，我們要趕你們出去。」

一旁的武下接了腔，他說：「據我所知，你不是支那人，你是個高麗人。」

「高麗、漢族是一家。我們從小就生在這，長在這，這就是我們的家園。」

坂本揮揮手，說：「先別跟他廢話了，還是讓他清醒一下吧。」

一頓酷刑，金東烈整個人就變成了血葫蘆。

在審訊了三天三夜後，武下失去了耐心。再說，讓他們吃了這麼大的虧，不能不震怒，幾個長毛，就敢直奔守備隊，車還是坂本提供的。這事讓關東總部知道了，他武下，就沒臉再當這個隊長了。武下決定快刀斬亂麻，審不出情報，讓菊地剖開了金東烈的胃，想研究一下他們吃的什麼、活動範圍在哪裡。可是那個癟癟的，叫胃的東西，只是一塊風乾了的、沒有一粒米的膠囊，強剖開，武下他們失望了，除了有一點點草沫、樹皮，什麼也沒有。

「天啊，支那兵的肚皮都是鐵壁銅牆嗎?!」

武下絕望。

3

看到金東烈的人頭，在鐵驪鎮公署門前的木頭杆子上掛著，朱康就決定殺哨兵，給兄弟祭奠報仇。再說了，武下的討伐大隊已經追上山來了，他們不相信朱康現在的隊伍只剩下了十幾個人，他們一定以為，小隊後面還有大本營。十幾個人輪流牽著這個俘虜哨兵，是個累贅。

哨兵明白了自己的處境，他沒有哀求，而是以求速死的表現。有兩次，他故意想摔下山，被牽他的人用繩子扯住了。朱康心想這日本子是用什麼做的呢？他們怎麼多數都不怕死呢？上一役，捉到了個警察，還是警察呢，一路上，「大哥」、「大爺」的不住口地叫，只求留命。還把他知道的那點事兒全說了，沒什麼價值。後來，他求朱康放了他，他說跟著他們幹。朱康最看不起的，就是叛徒，他們一會兒說跟著你幹，一會跟著他幹，來回叛變，坑人不淺。朱康就是因為他說跟著幹，才把他崩了。朱康想這樣的軟骨頭都是敗類，留著留禍害。現在，他本該把這個日本子多留些日子，等趙尚志回來。上面的政策一再說，抓到了日本子，一定要對他們好，仁慈，感化他們，等他們覺悟了，反正了，他們能在前線對日軍喊話，勸降偽軍，一個人能頂一車炮彈。可是眼下，不好留了，十幾個兄弟的命都難保，處理了他，大家好輕裝前進。

哨兵不走了，他倚到了一棵大樹上，他似乎猜到了自己的死法。朱康說：「也好，我們的子彈太金貴，都是拿命換來的。給你，就用根小繩吧。兄弟們幾天都沒吃飯了，用繩子，也得費我們一把好力氣。」說著，朱康用哨兵身上的那根繩，繫到了他的脖頸上，姜小兵熟練地拉著繩子跳到了樹的另一端，一使勁，哨兵升上了半空，人一下就變成沒有骨頭的一件衣服了，垂掛著。慶林、慶路和百歲兒閉了下眼睛，死人不是第一次見，若干年前于德林被望了天，人也升上了半空。百歲兒想，日本人死了，自己應該高興啊，心裡格噔什麼呢。他晃晃眼睛，勸自己別看了，如果由著這樣的情感，又被說成學生兵最沒用了。

慶林坐在地上半天不想起來，打仗、抗日、當戰士，就是這樣啊。來了想為自己娘報仇，現在，得先顧上自己的命，肚子都填不飽。打他們時挺激烈，轉眼，就被他們追得四散逃命了。

朱康又下令把一些糧食埋了，就地雪藏，以大紅松樹上的一隻鞋子為記。日兵的鞋子，被朱康扒下一隻，扔上了樹，遠看，就像一坨老鴉窩。幾匹擄來的馬，太羸弱的，也就地殺掉。他們手法熟練，一隻馬的卸拆，用不了十分鐘，連皮都割成小塊了。每人分幾塊，各自背著，腳上的鞋子都爛了，實在受不住時，馬皮拿出來，四個角鑽眼串上繩，綁在腳上，也可以免去腳板直接冰在雪地上之苦。朱康跟大夥說，除了金指揮，估計有活著的，當了軟蛋，不然，他們不能追得這麼快，一點瞎道兒都不走。

朱康的判斷沒有錯，山林隊的小儲也被捉了，開始他咬住牙沒說，可是肉身實在禁不住那鞭子的打、洋油摻冷水的罐，特別是後來，用燒紅的鐵爐鉤子到他肋骨上劃，劃一道，他就發出慘笑，劃一下，想哭都沒有淚，只能嘯叫著慘笑，他實在挺不住了，比不了金東烈，金東烈高麗棒子跟日本子的骨頭有一拚。他投降了，說出的情報價值不大，但武下留下了他，他熟悉山道兒，帶路。

這次上山的討伐大隊叫混成旅，日軍占四分之一，夾在中間，餘下的，有偽軍、警察、鐵路警察和森林警察，還雇了很多背輜重的民夫，張立本也在其中。隊伍太大，走得不快，到了中午還埋鍋造飯，人叫馬嘶的。朱康他們在馬尾後面拴了樹枝，意圖是模糊腳印，可是因為有小儲帶路，他們的掃雪工程不起作用。當他們也歇下來，點火做飯喘口氣時，隔著樹林都能聽到敵人的說話聲了，大家狼吞虎嚥，馬上踢滅了火走人。

終於鑽回了林子深處，出發前的那個地窨子，是不能住了，叛徒的可恨之處，就在於他比敵人還了解你，還要你命。如果不是有他帶隊，朱康和大家，現在能鑽進這個用荒草偽裝的，地窨子窩棚了。可是現在，進去睡就等於等死。他們繞過了熟悉的小山坡，又頂著黑夜急行十餘里，在一處密林，砍倒幾棵脆弱的枯樹，開始準備過夜。三天兩夜地奔逃，大家都疲憊得不願意說話，但配合起來嫻熟、默契。有人把樹枝的幹砍得長短適中，就有人用它們搭起了地排，當睡覺的鋪，跟地上的冰雪隔開了那麼一點縫隙。有人用盆子戳雪，就有人化雪為水，澆在上面，不一會，三面擋風的雪牆，也築起來了。籠火堆，打小宿兒，這是抗聯戰士經常夜營的方式。此時，慶林、慶路和百歲兒，對此也不陌生了。但心裡充滿了恐懼，因為即便整夜的火堆都不滅，人躺下來，也是前面的身子烤得燙心燙肝，後背，冰得徹骨。慶林想，上山前，只想著缺吃少喝，哪裡知道，睡個覺，也是這樣玩命啊。

那個姓姜的小兵，經過聊天，慶林知道跟他年紀差不多，可是都出來五六年了，就是說，他從十一歲，因為沒娘，爹娶了後娘，也不管他，他就跑上山了。一個老游擊隊員了。幹活的時候，他始終一聲不吭。勒死那個哨兵，他眼睛都沒眨。當他坐下來，慶林看到他的腳趾頭，都凍黑了。小姜對著火烤了烤凍硬的馬皮，趁熱，他拿起樹枝把馬皮扎出了四個眼兒，串好繩子繫鞻一樣繫起來，馬皮被他弄成了個鞋型，套到了腳上。朱隊長給大夥排了班，兩小時一崗，他自己打一哨。讓慶林、慶路、百歲和小姜，先靠裡睡下來。慶林又一次感動，那靠裡些的地方，挨著雪牆，遮住了風。而最外面，火苗子因為風都向人身上撲。

冷，熱，烤得睡不著，冰得睡不著。慶林的心情，越來越低落了，這就是抗日嗎？自己的命都顧不過來，只是在逃，拿什麼報仇？沒有子彈，手中的槍就等於燒火棍。現在是赤手空拳，逃一天是一天。腳前是熊熊的大火，烤得臉疼，胸裡的肝肺都疼，後背上，是颼颼的冷風，冷得直拔腦髓，拔脊髓，一半在火海，一半在冰窟。連被子都沒得蓋，身上是枯樹枝。慶林開始想家，想念三叔了，當然，他也想念慶山哥、玉敏，甚至，他想起了三嬸。慶林想，他投奔山林隊，不就是為母親報仇嗎，仇沒等報，自己要凍死了。

後來，迷糊中，慶林睡著了，他夢見了三叔，三叔正在喝酒，玉敏在桌子旁邊伺候他，三叔舉起酒盅，說讓慶林也喝上一口，暖胃。慶林一盅喝下，心裡熱乎乎的，再喝下一盅，胃裡像著起了一簇小火苗。他想再喝一盅，可那灼痛的感覺燒得他受不了，睜眼看，火星已經在他的棉襖上燒出一個圓洞了，焦糊的棉花正一點一點地向四周擴散——慶林忽地坐起，他揉搓眼睛，讓他更駭然的是，他看到了姓姜的小兵，正撲身投進了火海。

火堆中，姜小兵一下變成了嚎叫的火人，扭了幾下，就不動了。

慶林的大叫如夢方醒，聲都變調了，他喊的什麼自己也不知道。朱隊長跑過來，烈火中看著已成焦炭的小姜，他抄起樹枝打火，把小姜鉤了出來。小姜已經死了，全身燒焦使得他更小，擱在雪地上，雪地滋滋冒白煙，那兩隻曾凍黑的腳趾，現在竟變成了鮮紅。慶林、慶路、百歲兒都驚呆了，他們想哭沒有眼淚，半張著嘴，圍跪在雪地上。朱隊長抱著小姜的頭，嗚嗚開始哭，怕哭聲傳遞出去，又壓抑成啜泣。

朱隊長說，小姜有夜遊症，常常半夜起來，沒想到他就跳了火堆。

小姜一定是太冷了。

凍錯亂了。

「他從前，半夜一個人摸到過山下，端了敵人，又跑回來。小姜打仗一直不怕死，是個好樣的。哪承想，他撲了火堆，竟這樣死……」朱隊長說。

討伐隊把大家追到第十天的時候，慶林、慶路和百歲兒，都後悔上山了。百歲兒更遺憾的是，他沒見到趙尚志，他認為如果是趙尚志的隊伍，斷不會這樣落花流水。他的情緒讓朱隊長覺察了，朱隊長告訴他：「小子，打仗就是這樣，沒有現成的可吃！你整不死他，他就整死你。打了人家，還想過消停日子？沒有。現在，你，我，咱們十幾個人，能跑出這林子，從另一頭，出去，活命，就是勝利。」

他們現在急行的，是穿林海，過雪山。朱康熟悉林子的另一頭，是一條河，冬天，應該凍冰了，逃過去，過冰河，各自隱藏起來。還想打仗的，日後，再集結到一起，算兒弟們有緣分、命大。

慶林實在走不動了，除了餓、累，還有睏，他太睏了。雪地圍雪牆打小宿兒的日子，現在看還算好的，後幾天，連打小宿兒都不敢。敵人就在身後，他們不敢燃火堆，只是一點點火炭，勉強瞇一會，算休息，起身還得快跑。身上背的糧食不敢煮鍋，沒有那個時間。也不敢燒火做飯，生米就著雪吃。到最後，生米都沒了，腳上的馬皮扔火炭兒裡，燒軟了，放在嘴裡嚼。沿途倒是埋了糧食，可敵人就在身後，敢回去取嗎？他們現在只有一個目的，就是走，走，不停地走。後面是追命的鬼，沒命地追，追，不停地追。

慶林想，也許現在死了，都比這樣走享福。小姜跳了火堆，是不是他已經害怕這樣走了呢？就是驢馬，也扛不住這頓走吧？都走了多少天了？天黑走，天亮也走，不黑不亮還是走。那個叛徒碼著他們的印跡，領著敵人已經繞過了整個山林，有一會兒，他們都糊塗了，碼來碼去，怎麼又重複了呢？叛徒了解朱康，他們從前，也這樣迷糊過敵人，繞圈走，最後給敵人繞開了。等於是敵人在前，被追的在後，只有敵人明白過來，掉回頭，往回打，才能相遇。最後這天，隔著樹能聽見的人叫馬嘶突然沒聲了，朱康試著坐下來，歇一會，聽一聽，聽了很久，確實沒有了動靜。後來聽張立本叔說，他跟坂本提出了質疑，覺得那個領路的，像是在耍人，怎麼繞遍了整個山林，還沒抓到人呢？是不是為了活命，他逗著皇軍玩。坂本看看，腳印兒確實繞成圈了，已經無法辨出敵人到底在哪兒。他一刀就把這個廢物劈了。

劈了人，坂本並沒有放棄追擊，他們有的是糧食，人馬，休整了兩天，繼續找，繼續追。坂本的戰術是累死、困死，讓他們一直到跑不動為止，倒下來，也是勝利。

所有人的腳趾都凍傷了，拐著棍子，形同爬行。爛開了花的棉襖，一路刮在樹枝上，又為敵人留下了追擊的線索。他們尋著棉花、布條，又一次死死地把他們咬住了。即便不放一刀一槍，就這樣走死、累死、困死、凍死，也達到討伐清剿的目的了。

終於走出了山林，懸崖下面就是河，因為有雪，滑下來並沒摔傷。大夥坐下來，籠起火，大火熊熊。馬上要散夥了，已經不怕即將追來的敵人。朱康給大家的指示是：「今日散了，大家先各自藏匿，待消停了、安全了，願意回家種地的，可以回家種地；願意再上山找綹子當土匪，也隨便。如果還願意抗日的呢，找趙軍長的，我們就在這棵大樹下集合。趙軍長他們西征半年多了，我估計日子也不好過，如果容易，早來找咱們了，不會不管咱們。現在，各關口小鬼子把得嚴，過一趟死一批人，大夥不好結隊。所以我們現在，先分散，保存力量。活下來，才有明天的勝利。」

百歲兒問：「朱隊長，咱們散了，你去哪兒？」

朱康說：「我先貓起來，回大屯子，養養傷，硬實硬實，再出來。反正我這輩子，就跟小鬼子幹了，只要我有一口氣，緩過勁來，我就去打他們、搶他們，跟他們幹到底。你不知道，小鬼子在我家那兒併屯的時候，我爹不走，他們給活活埋了。殺父之仇，不報，那還算爺們嗎？」

「你回去他們抓你怎麼辦？」

「我還沒有趙軍長那麼有名，他們不知道我是誰，前一陣兒我還半夜跑回去過呢。我娘說我到外屯討生活了，戶口也給我銷了。警察狗子我娘給過他好處，睜一隻眼閉一隻眼，沒事兒。」

正說著，頭頂傳來人聲、馬聲，討伐隊站在懸崖頂了，向下望，能看到火堆旁這十幾個小黑點兒，喊叫，讓投降，不然扔手榴彈。朱康說：「沒時間了，兄弟們，咱們對著樹起個誓吧。」十幾個人就圍著樹跪下來，朱康說：「我姓朱的無能，隊伍被鬼子打花了，但我抗日的心不死，只要我活一天，就跟他們幹一天。如果將來我當了熊種，爹讓大車軋死，娘讓河水淹死，媳婦讓鬼子禍害嘍。反正一句話，不會背叛大家。背叛不得好死！」

朱康說完，掏出碗舀了一碗雪，火堆上化了，當酒喝下，對著大樹磕了三個響頭。

接下來的誓言也都一樣：「等我出了山，關於抗日的地點、人員，所有情報，我都保密。如果說出去，爹讓大車軲轆軋死，媳婦養孩子憋死，老老少少都不得好死！」

雪地被他們的頭磕出了很多深坑。

4

慶林和慶路，憑著他們的鐵腳鐵腿，回來了。鐵驪鎮街公署門前的電線杆子上，金東烈的人頭，已經風乾成一顆離了秧的葫蘆。

自從慶林、慶路走，警察所的王東山，已經來過三次。王東山有羊癲瘋，人長得不醜，甚至可以稱得上英俊，瘦條的高個，端直的五官，臉比多數的滿洲男子都白，像個眉清目秀的學生。可是說上幾分鐘話，打幾回交道，人就怕他了。一是他的突發羊癲，整個人撞倒在你的身上，霎時的白眼讓你一生難抹去，他吐白沫的嘴，僵攥的手指，抓到了哪裡，都是讓人恐懼的。第二是他不發病時，說的狠話，如果發現誰家出了游擊隊，或有嫌疑了，輕輕撂下的一句話，就能讓你晝夜頭皮發麻。都覺得他比翻譯孫，陰險多了。人們背後咒他：「上輩缺德，這輩了遭災了，還這麼損，羊癲子就輩輩兒帶下去吧。」

王東山來三叔家，態度還是溫和的、友善的。玉敏長得不俊，人黑，臉上還有雀斑。但王東山的病，十里八村都知道，想娶個本地姑娘，比較難。他問三叔：「兩個小子哪裡去了？怎麼一下子都不見了，你不會說他們都串親戚去了吧？」

三叔說：「你還問著了，真去串親戚了。這年頭兒，飯都吃不上，能省出兩張嘴，他愛上哪兒上哪兒。死到外邊，我都懶得管。」

玉敏說：「三姨家的姨夫得了猩紅熱，死了，家裡沒有勞力，慶林、慶路就去幫工了。沒有男人，地撂荒了咋辦？」

王東山就嬉皮笑臉地說：「是啊，沒有男人，地肯定要荒。妳個小姑娘家家的還知道地撂荒了，懂得不少呢。」

三叔知道王東山的用意，無非是利用這個機會，卡卡脖子，讓小門小戶的洪家，向他低頭，巴結他，討好他，甚至把姑娘白送給他。三叔一把老骨頭了，什麼沒見過？他搬出了慶山，說：「慶山在守備隊，已經跟武下太君說了，報告了倆弟弟的去處，他們知道這事兒。」

王東山就沒話兒了，這走走，那看看，他說：「現在土匪猖獗，處處得加小心。別以為小老百姓就消停了，土匪來了，照樣搶你個溜光。聽我一句話，如果你倆兒子都上山了，儘早讓他們回來。上山，當游擊隊，就是個送死。這滿洲是日本人的天下了，別說滿洲，關中，包括江南，都被日本軍隊占領了。那個禿子，比趙尚志本事大吧，還有美國人支持，給錢、給槍炮，都幹不過人家，趁早死了心吧。讓你兒子回來過消停日子，我也不追究。這年頭，有命比什麼都強。」

玉敏說：「俺娘招誰惹誰了，被逼沒了命。想過消停日子，你們這些人得給呀。」

王東山點著她說：「我可告訴妳，妳這樣的話，如果我一報告，妳今天就得沒了命。別說妳，妳爹，也得一起玩完。反滿抗日，現在抓的就是妳這種嘴。到時候，洪慶山也保不了你們！」

玉敏說：「你告去呀，你去告，我說的不是事實嗎？」

「這麼說，妳倆哥哥也認為妳娘是被逼死的，上山給她報仇去了唄？」

三叔咳了一聲，說：「敏子別上他的套兒！」

後來，王東山再來兩次，他盼望慶林、慶路的心情似乎比三叔等兒子還急迫。玉敏心裡也急，是死是活，你們捎個信兒來呀！

鐵驪鎮的冬天，下午三四點鐘，天就一片暗了。晚飯早點吃，省油燈，省錢。玉敏給三叔盛上了餷子米飯。半盒有哈喇拉油味的罐頭是慶山拿回來的，三叔捨不得吃，有酒時，抿上幾筷子。玉敏遞給他，讓他這頓把它都吃完。

看到罐頭三叔就念想慶山，這個侄子，比倆兒子都孝心，都得濟。那倆犢子，說走就走了，也不吭一聲。張立本回關內了。被抓了回民夫，累壞了。他回來後，讓慶山給他到警察所報了個假，說關內老娘病重，得回去看看。三叔想，他不是說他在關內沒有親人了嗎，怎麼又有老娘呢？三叔現在越來越斷定，張立本可能是抗日的，弄不好，還是個頭兒，地下黨。

走了也好，消停。

三叔把罐頭推給玉敏，讓她也嚐嚐。玉敏又推了回來。在當地，男人吃小灶，天經地義，而女人，始終要吃剩的，差樣兒的。男人吃炒菜喝酒，女人是鹹菜就飯。玉敏還沒當人家的媳婦，就遵守這個習俗了。三叔自從慶林、慶路走，三嬸子也沒了，越來越覺得這個姑娘的好，女兒的中用。他再次把罐頭推過來，說：「一起吃，一起吃。」

忽然，糊滿霜花的後牆紙窗上破了一個小洞，貼上一隻眼睛，看屋裡沒有外人，兩個黑影拱過棉門簾，進屋了。

「爹，爹——」慶林、慶路野人一樣站在了三叔和玉敏的面前。

玉敏上去拉住了哥哥，這是此前從未有過的親熱表達。她說：「你們可回來了，再不回來，我都想上山去找你們。」

慶林一揚手說：「可別說了，遭大罪了。」

慶路說：「回來就是撿條命。」

他們同時二話不說，端起三叔那碗飯就吃，玉敏的也被綽在慶路手裡，像是一口氣，一碗飯就填進去了。三叔說：「這倆犢子，成餓鬼了。敏子，讓他們歇口氣，放放涼氣，再吃。家裡的飯，不用搶。」

玉敏又去大鐵鍋裡舀來碗熱水，說：「先喝點熱水，暖暖肚子，再吃。」

「天啊，那山上，不是人待的。」慶林又冒出一句。

「還不如野獸，野獸逮肉吃，俺們，說沒吃的就沒吃的，樹皮都不管飽。楊樹皮吃光了，松樹，根本吃不下，扎得慌，也有松油子味。」

「先別訴苦，出去沒人拿繩子綁著去，是你們自己腿兒跑去的。」三叔說，「喝口水，暖和暖和，吃飽了再說。」

慶林這時才抬起頭，問：「我大哥呢？還給那口木子幹呢。」

「比你們強，給誰幹活人家都捨不得撒手。」二叔說。

「我還怕因為我倆，我大哥被人攆回來了呢。」

「你倆犢子幹不出好事，顧頭不顧腚。」三叔嗔罵著。

這時，棉門簾子再次被拱起了，玉敏跑過去，幫助掀著，大家看到，慶山的胳膊裡，扶著一個白鬍子老頭。

雪花，霜花，白鬍子，大家對這個白鬍子老頭兒陌生又熟悉。慶山說：「認不出來了吧，在道兒上，我也不敢認，是大爺叫了我，我才看出來的。」

「大哥回來了？」三叔麻利地下了地，他腳後跟踩著鞋，踢拉著就走上前了，「大哥，是你啊，大哥，怎麼一走五六年！」

白鬍子老頭兒先從懷裡掏出他的鎮宅之寶，一個紅絨布包著的小圓指南針，小心地放到炕上，向裡推推，說：「看，我這不是全和著回來了嗎？不缺胳膊、不缺腿的，沒事兒。」

三叔拉著他的大哥向炕裡送，慶山過來幫助他脫高及膝蓋的氈靴。大爺推開他們，去洗手。這裡的男人冬天裡是不怎麼洗手的，洗了手還裂，天太冷，沾了冷水的手，迅速裂出一個個小口子。而大爺，他的職業特殊，平時淨跟墳塋打交道，所以，洗手成了習慣。衣服可以不洗，臉可以不洗，但是手，要見人就洗的。這是規矩。慶林、慶路還像個孩子，圍上來看大爺的身上有什麼新鮮東西沒有。從前大爺看風水回來，必會帶糖球啊、風車啊，總有新鮮玩藝兒。這次，一走這麼多年，大爺說：「孩子，大爺對不住你們啊，啥也沒有。」說著，他從脫下的氈靴中，拿出一塊懷錶，說：「這東西，都險些讓狗子們給搜去。」

「從關內到關外，跟出國差不多，不讓隨便走了，查得嚴了。」

慶林接過懷錶，慶路也接過來看。慶山見過這東西，武下就有，武下的那個鏈兒都是金的。玉敏也湊上前看稀罕，三叔讓大爺上炕裡。「咱哥倆兒喝酒。」

慶山趕緊去溫酒，他知道三叔，三叔的臉一年四季都是黑的，從不對任何人笑，三嬸子死後，三叔更是沒有笑臉。現在他的大哥回來了，雖然他的臉依然是溫溫的，看似沒什麼變化，但那是洋鐵壺裡的水，外表冷硬，內裡是熱的。三叔高興，慶山就高興，他希望三叔在這不快樂的日子裡，多些高興。

下酒的菜，眼下沒有。慶山到園子裡的雪地上，三踢兩踢，踢出一塊麅子肉，這是他留的，拿進來放到黃泥爐子上，緩熱，讓玉敏切切，放鍋裡蒸。

一家人就團圓在飯桌前了。

大爺講他的這幾年，看風水生涯，有吃香的喝辣的，也有挨打吃癟，走麥城。讓慶林、慶路聽得入神的，是大爺講的關內，關內的老百姓，咋活著。大爺說：「那些保府腿子、山東棒子，有種啊，就是赤手空拳，也敢跟日本子幹，家家挖地道，戶戶當兵。人死了繼續往裡填，誰都不當孬種。日本子在咱們這地界逞威風，站住了腳，在他們那，不好鬧，說不定什麼時候，就被炸了。連老百姓，都會整炸彈。小孩子，十來歲，站崗、送信兒，都當兵使。日本子在關內，整不住他們。」

三叔問：「這麼說，這幾年，你是在關內轉悠了？他們也信這個？」三叔用嘴吸一下炕上的羅盤。

大爺抹了下嘴巴，白鬍子上霜花變成了水滴，他說：「趨吉避凶，哪兒的老百姓都願意，連日本子，也信。婚喪嫁娶，看風水塋，誰家不討個吉利呢。有一回給鬼子看，我狠砸了他們幾十個大洋，還給他指了個有水的塋地，讓他日本子，祖祖輩輩倒楣去吧。」

三叔滋兒的一口喝乾了，說：「你可要加小心，他們不好惹。」

玉敏又問起慶林、慶路，他們這幾個月，咋熬的。崔老大家的百歲兒，也回來了嗎？玉敏說百歲兒他媽，都嚇傻了。從前總罵金吉花，賤，討好日本人，現在，他家的豔波，都跟井然粘糊上了。「為了兒子，姑娘都捨出去了。」玉敏說。

慶山忽然發現，這幾個月，玉敏變化太大，大得不像個小姑娘了，淨說些婦女們才掛在嘴邊的常言。前一陣回來，滿桌兒來家玩，滿桌兒走後，玉敏問他，說：「日本人到底是好人還是壞人呢？為什麼滿桌兒的書上說，他們來中國是當官兒的請來的，讓他們幫助建設新國家。他們在這，是好心，幫忙，沒有領土野心。」

「領土野心」四個字，讓慶山著實愣了一下。沒讀過一天書的玉敏，能說出這樣的話、問出這樣的問題，慶山都愣了。

三叔當時也吃驚，問她從哪聽來的、誰告訴她的這些話。玉敏沒有正面回答，只說大家都這麼說。三叔說：「誰這麼說，妳也就是聽著，什麼國家跟妳都沒關係。姑娘家家的，將來能嫁個好人家，過正經日子，就算好下場了。國家的事兒，男人都擺弄不明白，一個姑娘家，就少插嘴吧。」

玉敏從前只知道玩綽嘎拉哈、捉蝨子，三嬸子活著時還跟娘拌拌嘴，現在，確實長大了。她一天書也沒讀過，怎麼竟有了女學生的思想？

慶路說百歲兒沒有回來，他們散夥時，百歲就說，不成功，要成仁，他不能讓他的同學們小瞧。當兵的總是說學生兵熊，不成事兒，見硬就縮，百歲兒這回，非讓他們看看。雖然第一次出征就被討伐隊打花了，追散了，他還是決定，不當逃兵，繼續去找趙尚志。找不到趙尚志的隊伍，他不甘心。

慶林說：「百歲兒有鋼兒（性格硬氣的意思），毛子的後代，不白給。」

慶路說：「我們回來，是暫時緩緩。」

三叔抬眼撩了他一下，那眼神是小看的，恨鐵不成鋼的。三叔說：「鄰村，就在昨天，剛剛殺了一百多口子人，都是老百姓。說是出了抗日聯軍。那些沒來得及跑的婦女、孩子們，被趕進坑，突突突，人沒死透又給活埋了。雪地上冒的熱氣都是人血的腥味兒。」

「有能耐擺個戰場，對著幹唄，總打老百姓算啥能耐呢。」大爺說。

三叔說：「我說的也是呢，別打不著狐狸，惹一腚的臊。自己下不成手，又牽連了鄉親們，這樣的事，你們趁早別幹。」

慶山跟三叔說：「開了春，有兩個活兒缺人，一個是日本的開拓團，又要來人了，需大量木材，放排。另一個，就是鎮裡的大二火鋸廠，要開工，缺工人。」慶山看著三叔，他的意思，是讓慶林、慶路，都去火鋸廠當工人。

三叔說：「那是想去就能去的嗎？」

慶山說：「火鋸廠是多襄井開的，千惠說弟弟慶林、慶路回來都可以去。」

「嗯，這日本子裡有時也有好人。」三叔說。

第七章

1

早晨，慶林拿起大爺的羅盤玩兒，嚇得大爺趕緊擺手，讓他「放下，放下」。大爺說：「都這麼大了，還這麼淘。」慶林喜歡玩這個叫指南針的東西，抱在懷裡，無論你怎麼晃，它裡面的那個小指標，都是哆哆嗦嗦顫抖一會，恢復原位，指向北。倒過來，控過去，小針的指示方向永遠不變。慶路說：「咱們在山上，要是有個這玩藝兒，就好了，也不至於迷路了。」慶路咂嘴，嘆息。他們跟朱康分手後，穿林海，過雪原，方向是往家回的，可是因為迷路，也是躲避追擊，跑的方向完全相反了，一走兩個多月，幸虧遇上獵戶，才得以回家。

慶林說：「可不是，這東西，神。」

大爺把羅盤拿過來，抽出看看，又放回去，說：「孩子，這個東西，金貴啊，多少大洋都買不來，因為它壓根就沒有。整個滿洲，也找不出幾個了。你們要玩玩別的，這個，別動，別動。」

大爺摸摸索索地把紅布包塞進炕裡的被垛底下了，那兒是個藏錢的地方，也藏煙膏子，凡怕隨便拿的東西，都塞進那裡。

慶林、慶路覺得大爺這次回來，跟從前不一樣了，忽然變得文謅了許多。他講關內的形勢，那口氣像傳說中的共產黨。大爺跟慶山說話比較多，還像從前那麼偏疼他，慶林、慶路都嫉妒。大爺關心慶山，問他現在的差事，聽說在守備隊幹，大爺眼睛都亮了。金吉花巴結日本子，連大爺也這麼眼皮兒低啊。慶山的表現也讓慶林、慶路生氣，他能說出很多很多新鮮事，在武下那兒零星聽到的，隨便說出一個，都讓三叔和大爺巴嗒嘴半天。慶山說，最近，多襄和武下經常一起喝酒，像是商量什麼大事。多襄是商人，可是多數時候，他好像都在給武下出主意，像高參。武下很多時候都聽多襄的。

武下他們的日子越來越不好過，本以為清剿乾淨了，山林篦梳法來回用了幾遍，就是困，也把山上那些人困死了，可是轉年，春天的時候，樹葉發綠的時候，那些人也像那枯樹一樣，又活過來了，又下山了。山上本已清剿乾淨了啊，怎麼又冒出了抗日聯軍呢？不但山上，就是老百姓中，也不消停。表面上，他們是聽話的、老實的，說啥都點頭，可是，聽說他們的「抗日救國會」都成立了。誰是救國會的頭兒，實在看不出來，一個個老百姓，看著麻木不仁，腦瓜頂也沒貼貼兒，你就是千挑萬選，也甄別不出來。有時那拉扒犁的老頭兒、要飯的乞丐，都可能是交通員，是哨兵。山上山下聯起手來了，聽說最近，關內又派過來一個地下黨，領導抗日的。共產黨神出鬼沒，任你下大力氣，總像獅子撲鼠。從得到消息，就水陸空全方位堵截，最後聽說那人還是出關了。

慶山說：「武下他們現在走路都是小心的，耳朵上像拴著鈴兒，有一點風吹草動，他們立即，拿出刀就衝。」

「沒看街上的布告嗎？有了可疑的人，要及時向警備所報告。知情不舉的，抓到一律是反滿抗日的罪。」玉敏說。

三叔說：「那共產黨臉上也沒寫著字兒，你能認出來？」

慶山說：「是啊，他們都找不出來，我們肯定更認不出來。不過話說回來，就是認出來，我也不會向他們報告的。殺來殺去，唉，死那麼多老百姓。」

大爺說：「山子，你小子膽兒小，這個大爺知道。可是，這世道，軟心腸吃虧啊。你說，有人拿著刀子上你家來了，逼著你，你不反抗，不是等死嗎？」

慶路湊上來，說：「對，大爺說得是，現在就是小日本子跑咱們家來了，不反抗，他們就欺負得更歡了。」

早晨，大爺仰在熱炕頭兒上，三叔吩咐慶山再給大爺加把火，讓炕熱乎的，治筋骨。三叔還讓慶林、慶路「你倆趕緊出門，把頭剃剃，別像長毛韃子似的」。然後，慶山——「你抓緊去火鋸廠，問問那日本子，讓不讓這倆犢子上班，讓他們都早點找個活兒幹，別在家閒待惹事兒了。」

「你大爺這回不走了，想嘮，以後的日子長著呢。」三叔又說。

慶林、慶路倒聽話，他倆互相看看，可不是，那頭髮都擀了氈，洗一洗、理一理，是對的。可是，他們手裡沒有錢。

慶山把灶炕裡的木頭填完，說：「跟我走，我有錢。」

慶山還說：「以後，你倆好好幹，別再瞎想瞎撞了。看明白沒有，活著，就得幹活，掙錢，養家糊口，得先把嘴顧上。頭髮長了得理，飯呢，也得吃。不老實地掙錢，沒有太平日子。太太平平地活著，就是好樣的，少讓三叔操心了。」

三叔說：「我有那個命？」

慶林、慶路不願意聽哥教訓，一貓腰都跨出了門。

待他們走了，三叔盤腿上了炕，跟老哥哥嘮起這些年的陳年往事。說起三嬸子的死、賈永堂的沉河、鄰村屠殺一村子的人。三叔說：「這年頭，兵荒馬亂的，能平平安安回來，平安，就是福啊。」

大爺對三嬸子的死很唏噓。三嬸子在時，對這個大伯哥並不好，嫌他光棍兒，嫌他沒老婆，嫌他長年以這兒為家、吃閒飯。那時大爺很討厭這個弟媳，現在，三嬸子不在了，大爺想起的都是弟媳的好兒，只說：「命啊，命。」

往年大哥從外面回來，會說很多趣聞：誰家的墳地出紅狐了，誰家的婚禮上小媳婦是蜘蛛精變的了，好人有好報，色鬼沒好下場。那時大哥講這些的時候，三叔也願意聽。今天，老哥倆除了嘮往事，就是眼下的形勢。大哥說到日本子、滿洲、共產黨、南方政權，這些他從前從不提起的話頭兒，現在說得頭頭是道，這讓三叔驚詫。大哥說著說著白鬍子都顫了，三叔怕大爺冷，又下地去外屋拖了根兒木頭，塞進灶坑——老弟弟對老哥哥的深情，一根木頭全部表達了……

暖屋熱炕，讓大爺很快就睡著了。三月初的北方，屋外還很冷，窗戶上蒙著防風油布，影影綽綽，三叔看到有人晃動，他以為是慶林、慶路回來了，待門被推開，拱了半天棉門簾子的，是崔老二和坂本。崔老二說：「恭喜呀，洪三哥，洪大哥剛剛回來，皇軍就有請，請他出山，看風水。」

三叔問：「咋著，俺老哥剛回來就惹事兒了？」

「不是惹，是請。」崔老二說，「武下隊長說了，要看看風水，最近老不順，聽說洪大哥是看風水行家，這不，讓坂本小隊長親自來請。」

大爺覺輕，剛才還打著呼嚕，聽人說話，咕嚕一下坐起，揉著眼睛，說：「這熱炕頭兒，給我金鑾殿都不換。舒服啊。」邊揉著眼睛，邊看崔老二。

坂本向他敬了個禮，說：「洪，武隊長有請！」

大爺向炕邊挪了挪腿，說：「皇軍找我，我不敢不去，這是看得起我呢。」說著摸他的氈靴子。地上沒有，再一看，三叔不知什麼時候把他哥哥的氈靴子送炕裡了，在炕上熱乎著呢。

大爺拿過來，磨磨蹭蹭地穿著。三叔臉上的麻子坑兒變深了，他用煙袋鍋指著，說：「老二，咱兩家平時交情可不錯，這輩兒的不說，上輩也都是一起闖關東闖來的，一條船上換過命。我老哥回來了，炕頭兒還沒焐熱乎，你叫他走，你可給我保證，我老哥，沒事兒？」

「能有什麼事兒呢？」崔老二說，「武大隊長有請，那得多大的面子，不是洪大哥有手藝，看風水道行高，皇軍能這麼請？如果真有事兒，就不是我們來了，那得是王東山，王警尉。」

「王東山已經升警尉了，這個壞小子。」三叔想。

「武下隊長也相信風水，好哇。」大爺嘴裡叨咕著，穿靴子踩到了地上，拿起他的氈帽，扣到腦袋上，又去拿拐棍。一根獨木的手杖，杖柄已被大爺的手掌摩挲得玉樣光滑，帶路就向門外走。小小的個子走起路來敲鼓一樣，咚咚的。崔老二提醒：「洪大哥，你沒拿羅盤吶，這打人的傢伙，不帶著，去有什麼用？咱們今天就指著它出菜呢。」

大爺笑笑，一笑白鬍子微微抖著，他說：「真是老嘍，看這記性。」

坂本說：「洪，你忘記什麼，也不該忘記這個，它是你的眼珠。」

三叔磕磕煙灰，對出門的大爺叮囑說：「看看就趕緊回來。」

大爺用後背點點頭。

北斗鎮並不遠，一袋煙工夫，就到了。大爺看著這一望無邊、無限開闊的土地，心裡嘆息這日本子好眼力，背風向水，三面環山，山勢還呈了龍椅狀，說它烏紗翅也行，這要是中國人得，坐天下的風水啊。山川河流，高低錯落，皇家的墓陵恐怕都沒這麼好。這麼高的地勢，一塊絕好的風水。大爺路上聽武下介紹了，他們開拓團要來，陸陸續續，已還來上萬人了。從前因為選址不好，糧食收成不好，居民常受匪盜襲擊。最要命的是，風水不好，移民們鬧事時有發生。武下認為在滿洲，風水確實很重要，這一次，他決定好好選一下，移民們安營紮寨，爭取　勞永逸。

大爺解開他的紅絨布包，手持羅盤，像往常那樣，對著四個方向測來測去。正南正北，哪個方向都沒問題。大爺哆哆嗦嗦的手，又把羅盤裝回紅絨布包，他在思索，接下來的這齣戲，他該怎麼演。小矮個兒的他，對著北山方向，狀似思索，為眼前的風水不盡意憂慮——不遠處林子裡樹枝上的積雪，已所剩不多，枯枝又要發新芽了。春天一來，林子裡的一切生物都會復蘇過來，包括人。有了林子，才有這麼好的山，這麼好的水。大爺對武下說：「這是塊好風水，高崗兒，向陽坡，可是——」大爺接下來的

「可是」，他想說：「這麼好的風水，中國人還沒住，卻讓日本子世世代代住在這裡不走，生下子子孫孫，那我們的人，不變種了嗎？我老洪會把這麼好的風水送給你們？那我不是掘了祖宗墳？」當然這樣的話大爺只是在心裡說，他眼望北方，嘴唇翕動，像是在掐算——武下肅穆地看著他，風水是個玄妙的行當，比跳大神兒似乎更無解。那些跳神兒的，武下和坂本都親眼見過，他們男男女女能通靈，不過總還有裝神弄鬼的份兒。而眼下，就憑一小羅盤，看看南北，此人就會斷定風水，這個神。武下坂本也不催促，任由大爺望著、想著、嘴裡唸叨，靜立一旁等待——突然，突然地，「轟隆」一聲，「轟隆隆」又一聲，所有人都本能地趴下了，有人流血了。前韓開拓團的吉崗，也跟著武下來了，他是想了解一下風水，為再來的移民積累點經驗。被炸成了兩截的，正是吉崗。武下和坂本同時向林子裡開槍，孫翻譯趴在地上向溝裡滾，躲子彈逃命他有一絕。同來的王警尉，表現英勇，他邊向林子裡跑邊投手榴彈，並叫後面的跟上。武下制止了他們，怕中埋伏。也就交火三分鐘，林子裡安靜了。「幾個流匪！」武下說。坂本抽出了刀，對著大爺，說：「洪，你的，游擊隊的幹活！」

大爺晃了晃頭，無辜地說：「太君，我冤枉啊。我一糟老頭子，吃飯的廢物，哪個游擊隊要我？會嫌我絆腳、累贅嘛。」

「那也是你把赤匪引來的，我們的人死啦！你的，良心大大地壞！」——坂本揚刀對著大爺劈去，武下剛伸出手，欲止，大爺人成兩截，眼珠還盯盯地看著羅盤。坂本又是一刀，羅盤變為兩瓣，裡面的小指針哆嗦了一下，又停回去。武下和坂本同時看到，兩瓣的羅盤，掉出一小紙條，上面模糊地寫著：老炮。

2

武下懷疑他的守備隊出了內奸，不然，赤匪怎麼摸得那麼準，像是長了眼睛，他們走到哪兒，炮彈就跟到哪兒。青紗帳還沒起來，游擊隊就敢動手，和這個老神漢看看風水，那炮彈那麼準確地，就打來了。往年，都是六七月份，莊稼能遮能擋時，他們才敢偷襲。

院內，慶山正在給武下的馬梳理、上鞍。武下這匹白馬，已經跟慶山很親密了，慶山給牠梳理，牠用頭、臉，貼蹭慶山的胸、肩背，有那麼幾次，牠還張開牠長長的大嘴、馬牙，輕輕齧咬慶山。慶山推開牠的嘴，還在牠臉上擼了一下，繼續梳理。白馬的通身一根雜毛沒有，更沒有那些野馬屁股上常常粘著的馬糞，慶山伺候這匹馬，跟伺候武下一樣，很精心，很認真。北斗鎮回來的武下，眼睛盯著慶山，心裡複雜——支那人，能幹的能幹，懶的懶死。

可是怎麼就摸不透他們的心呢？

這個洪，完全可以肯定，是良民，能信任，可是，讓他歸心，給日本效力，他就不幹。幾次勸他，他都不動心，就是餵馬、打雜，一副與世無爭的樣子。能不能，那個剛死的白鬍子老頭兒，和這個洪一樣，都是同情赤匪，以良民做掩護呢？

連看看風水，他們都能踩到腳印，誰通的風呢？

武下問慶山：「你說，你大爺會看風水，他會不會算卦？」

慶山沒明白武下的意思。

武下又說：「他會看風水，他沒算出那片林子有埋伏嗎？倒是赤匪比你大爺算得準，知道我們去，一炮，就把人轟兩截了。」

慶山覺得小肚子一陣發熱，有抑制不住的東西，要衝破他，向下流了。他心裡吃驚，抬眼看去，坂本的身上有血跡，一馬車上拉著吉崗的屍體。難道，大爺這麼大年紀了，也跟山林隊有關？

慶山手裡的韁繩捏出了汗。

武下說：「山，你這個大爺，不會跟赤匪是一夥的吧？」

慶山臉上的血管漲飽了，他不知該說什麼，除了流汗，還是流汗。

吉崗的家屬已經聽聞不幸了，嗚嗚滔滔哭著向守備隊奔來。武下讓人把她勸進了屋，坂本對她安撫。慶山知道又死人了，是林子裡扔出炸彈炸的，日本人死了，接下來，不定得多少中國人陪死。他突然全身乏力，心臟也有那麼一會兒，像被人捏在了手裡。大爺跟著他們看的風水，又看出事了。大爺是否無恙？慶山臉色漸漸變得煞白，白馬已伺候完畢，他手裡攥著的韁繩，該交給武下了。

面對武下，他實在不知道該怎麼辦、說什麼。

武下一路都在盤算，內奸是誰。他懷疑了慶山，可是又沒法肯定。他懷疑了否定，否定了懷疑。他想起了上司橋一對他的提醒，一個月前，他去了趟關東總部，上司對他的工作不滿意，赤匪活動猖獗，恰恰說明日軍薄弱，滿洲警察和地方軍隊都無能，出工不賣力。橋一對他訓斥：「不要以為表面點頭哈腰的，都歸順了你皇軍，這些人，最會搗鬼，用支那人的話說，都是兩面三刀。對皇軍一套，對赤匪一套，輕易不能信他們。看著是老百姓，不定什麼時候，就抽出刀殺你個措手不及。」橋一給他再次限了時間：原來說三年肅清，現在多少年過去了，還是沒有絕患；現在，再給他一年，不論用什麼辦法、什麼手段，都要徹底剿滅他們。特別是老百姓，所謂的良民，更不能大意。一定是他們裡應外合、內外勾結，不然，亂匪活不到今天。同時，關內要過來一個共產黨，這個人據說是個老頭兒，抓住，摁住，從源頭掐住。

老百姓，是最不能輕易相信的。

武下覺得橋一說的有道理，也許是自己看錯人了？關內過來的地下黨、老炮、抗日救國會，這些，不會是幾個山上的賊匪就能幹成的吧？抗日的祕密組織應該就在身邊。

武下看著慶山的眼睛，說：「洪小夥，你說，支那的游擊隊，上次，他們裝扮成憲兵，衝進我守備隊，炸軍火庫，怎麼就撲得那麼準？」

「炸了軍火，還搶物資，還懂怎麼對付狼狗，他們也都會算嗎？」

「你知道，我的守備隊，後院，三百米內，是不許閒人靠近的。」

武下連珠炮發問。

慶山的手中已經沒有韁繩了，兩手心的汗，匯聚成水，都滴落到了地上。守備隊的軍火、糧食、營房，確實沒有多少人知道，他跟張立本嘮嗑兒，當時不是故意的。

武下傲視前方，繼續分析，他說：「今天的看風水，也沒有幾個人知道，可是，剛才，在山坡上，又遭了亂匪。」武下一指馬車上的吉崗——「看，人死了。我們走時，洪，這裡也只有你知道。」

慶山囁嚅著問：「武下皇軍，您是，懷疑我嗎？」

「我沒有。」慶山自問自答，「我沒有跟任何人說。」

「我也不想讓你們殺人。」慶山又說。

武下說：「洪，這個洩露祕密的人，我們捉住，要掛甲地幹活！」他兩手使勁向天空揚了一下，像潑水。

慶山心裡激靈一下：「掛甲？掛甲這種刑武下都懂了？」慶山長這麼大，只是聽說過，還沒有真正地見過。掛甲和望天，都是土匪們研製出的極刑，他們對那些逃跑的、告密的，就施以此種慘刑。掛甲適用於冬季，嚴寒的三九天，戶外滴水成冰，把人脫光了，綁到椅子上，由大夥輪流澆水，一人一桶，一桶一潑。光光的人體在涼水澆上去後，瞬間像掛了蠟，第一層是薄薄的，第二層，朦朦朧朧，人的眼睛和鼻子還能出氣兒，還能看見。再一桶，再一桶，再一桶，冰蠟厚了，人就張著口凍上了、封住了，鮮紅的舌頭像琥珀，塑在那裡。一直澆到木椅子上的人沒什麼聲了，完全凍成了冰柱，一截隱約的冰肉柱，這個刑才結束了。

據說，後來開金礦的把頭們也開始用這種刑：他們原來，只是夏天把人綁到樹林裡餵蚊子，冬天填坑；待知道了土匪這個辦法後，覺得這樣的懲罰更有震攝力，更益於現場教育大家——都是行刑者，也都可能有受刑的一天，只要你違規，被抓住。慶山見過于德林的「望天」，望天刑無論何時想起來，慶山都腿軟，而這個掛甲，一聽都心顫。

慶山試著問：「我大爺，洪福隆呢？」

武下笑了，說：「我不得不遺憾地告訴你，他，也死了。」

這時，一日兵慌張跑來報告，說前韓的開拓團，竹內帶著大夥兒鬧反了。

3

遠遠望去，開拓團的日本人像螞蟻，一團一團。他們扶老攜幼，行動遲緩，走在南綆河岸上，踉踉蹌蹌。女人嘴裡哇啦著日語，牽抱著孩子，有的還邊哭邊擤鼻涕，這和她們平時的乾淨極不相稱。年歲大的老男人瘦弱疲憊，但他們群情激憤，不只是因為吉崗的死，他們還認為自己受了騙，被日本政府騙到這北支那，遭盡了罪，這簡直不是人活的日子。他們咕嚕幾句，就振臂高呼一下。飢餓、驚恐、隔不久就會被搶一次，都是他們控訴的內容。眼下，最好的人，團裡為大家吃喝服務的吉崗，莫名其妙地被打死了，咋沒打著別人呢？武下和坂本都沒事兒，滿洲警察也沒事兒，那子彈長了眼睛？專挑吉崗打？

前不久，因為糧庫裡的糧食袋子倒了，還撒了，日兵懷疑吉崗搗鬼，在賑濟支那人。因為此前吉崗的嘴裡沒少說支那百姓可憐，說他們本來是自己的家園，現在大家來了，住人家的房，種人家的地，有了糧食，大夥都吃，哪能讓主人餓著呢。因為武下的告示上宣布控制了糧食，包括日雜，買什麼都憑票供應，就是不想讓百姓手中有餘糧，將將夠吃，哪還有餘糧幫助山上的赤匪？這個政策，讓許多支那百姓吃不飽飯了，幹活沒力氣。吉崗認為武下他們不對，用對付軍人的辦法對付百姓，不地道。所以有傳言說吉崗是日本的共產黨。那次糧庫事件，不了了之。但武下和坂本都對這個吉崗生氣，在冬糧和菜食的供應上，不像從前那麼周到、積極，有時還特別拖拉，讓他們嚐嚐沒糧食吃的滋味吧。

武下本來還計畫著，撤了吉崗，可是竹內一直不同意，他說團裡的男女老少，都離不開吉崗。正是吉崗的善良、懷柔，支那兵來搶時才不再對移民的命下手了，只拿東西。

手中的鍬、鎬等農具讓移民們顯得氣勢洶洶，他們對武下的要求只有一個：回日本去，回宮城去，回到自己的家鄉去！

給吉崗披白孝的女人回到大夥中間，她還要求，把吉崗的屍體，運回宮城，不要葬在這裡。竹內是團長，他站在第一排，雙臂抱肩，冷冷地看著武下。日本的軍人，心腸都是石頭做的。竹內記得沒來之前，縣保動員他們，讓他們到支那來，說滿洲是樂土，到這裡來，就是用行動愛自己的國家。

縣保說這裡山清水秀，大豆、高粱，種什麼長什麼。此前在宮城，人活到六十就得自己去死，給子孫倒糧食。而來了這裡，吃不盡，用不完，人煙稀少，地大物博。別說活到六十歲，七十歲，八十歲，九十歲，一百歲，都可以盡情地活。不但這一輩兒，世世代代，都可以生活下去。

有人問：「支那人歡迎我們去嗎？他們會不會趕我們？」

「不會。」縣保說，「滿洲國，是我們幫助建設的新國家，他們請我們還來不及呢。」

「我們去了依然是幫他們建設。農業、礦業、木業等，我們都有技術，和機器，他們需要我們。放心吧，軍人已經為我們壘好了牆，護好了航，一切都是有保障的。」

許多人響應號召，就一村一村、一縣一縣地來了。

現在，他們覺得日人軍人是騙子，把稻草說成了金條。冬天來了，他們的老人、孩子不斷病倒，醫藥都支援了前線，菊地也只能給大家些感冒藥頂頂。有兩次，小孩子拉肚子快拉死了，最後，是吃下了長工給的大煙膏子，才救活了命。秋天還有土豆、白菜可吃，大米也有一些。冬天一到，大雪封路，幾個月裡什麼都斷了，沒米下鍋，給養供不來，據說還是可著軍隊上兵用。移民覺得武下忘了他們，根本不顧大家的死活，只是為自己抹粉，壘戰功。在這兒餓死還不如回到家鄉，死也要死在家鄉，比異國當野鬼好。

武下看著眼前這些難民一樣的同胞，衣衫破舊，臉上青黃，很多人不適應這裡的氣候、水土，有的已經自然死亡了。菊地的兒子才兩歲的太郎，當年秋天就拉肚子拉死了。花田沒有再生出兒子，人也一天比一天瘦，紙糊的一樣。坂本怕老婆、孩子受罪，想把他們接到隊裡，但這樣做違反軍規，只在開拓團旁邊，又蓋了一間，偶爾回去跟老婆團圓。他的兒子坂本太郎，已去了訓練所。農民種地，少年進訓練所，成年充役兵丁——武下的這幾個步驟，剛得到總部橋一的好臉色，現在，要出岔子了，那還得了？武下待大家靜下來，向他們三鞠躬，說：

「我陪罪，陪罪。」

讓移民來北支那，是武下的主意。山上的匪總也剿不滅，武下提出，占有不如殖民，以開拓團的名義，讓日本國民慢慢扎下根。軍隊再多，也比不上一家一戶地繁衍，用不了幾十年，這裡就是我們的國家，世世代代，那時的百姓，是樹和根的關係，支那百姓流著大和民族的血，他們還會再襲擊自己的軍隊嗎？

武下的這個辦法得到上級支持，並且多多地來，快快地來。其他地方的官兵，也效仿武下，紛紛遷來自己老家的農民、山民。武下目前正忙著把北斗那片地占了，再遷一千五百人的開拓團；現在，前韓這個，鬧反了，要回去。

回去，那他武下的臉往哪兒擱？接下來的工作怎麼做？

武下長時間地鞠躬、請罪，說糧食問題，不會再發生了。吉崗的死，也完全出乎意料，跟他無關。本來，沒打算叫吉崗去，是吉崗自己要去，他說看看風水和地形到底是什麼關係。這是吉崗自己的行為，他要為自己負責。

他的話又激起吉崗女人的哭嚎。吉崗女人說：「就算他是自己去送死的，現在，我們想回家，回宮城去，還不行嗎？」

武下說：「肯定不行。如果妳願意，我們給吉崗單獨立碑。」

吉崗的女人哭得更滔滔了。

團長竹內手裡有槍，他用槍指著武下說，是他不作為，使老老少少才不想待下去了，活不下去。竹內表示，大家的問題，到了總部，就會有個了斷。

他想帶領大家去關東總部抗議。

這個想法讓武下的臉一下就烏雲密布了，葫蘆沒摁倒，又起了瓢。武下也抽出了刀，他說：「拓民鬧事，竹內，你作為團長，應該安撫、勸解，可是你比拓民還不安分，還要鬧。你身為大和民族的一員，不為大和民族出力，還製造混亂，讓支那人看笑話，你不是被赤匪買通了吧？」武下揚起了刀。

竹內指著他的刀，說：「你來。」

武下還是那樣舉著，說：「山上的賊匪如果乘虛而入，你今天就是死罪！」

人群忽啦圍上來了，扯武下的，扯竹內的，大家都是僑民，同胞，自己人殘害自己人，他們是從心裡不願意的。七手八腳，兩個持槍舉刀的人被分開了。

竹內還不息火，衝天放了一槍，人群一片驚叫。竹內說：「這些人，都是你的鄉親吧，同胞吧，你把大家哄來了，就撒手不管！有多少天了？大家屋裡的水缸是冰碴，糧倉子見了底，幾個月見不到菜葉，大人、小孩臉都是綠的。這樣活著，比死好受嗎？你要殺，先殺我吧！」

大冷天的，竹內竟扯開了自己的衣裳。

圍攏的人越聚越多，很多鎮上的僑民也趕來了，千惠和純子提著壺，給這些人倒熱水，拿吃的，讓他們墊墊飢，去自己家暖暖。花田淒冷的眼神，讓千惠心疼。千惠攥緊了她的手。

4

武下回到守備隊，慶山已經走了，他留下了所有的東西，幹活的工具，武下送給他的馬鞭、馬靴，還有吃飯的盆、碗等。

慶山在多襄家幫傭時跟純子蹭過一點私塾，那時還沒有成立滿洲，日本人還在大力學漢話，私塾老先生的旁聽讓慶山會寫一些字。他給武下留了一封信，很簡單，大意是：太君懷疑我通匪，我沒有。我大爺死了，我很難過。我去另覓營生了。還勸太君一句：少殺人，別殺人，尤其滿洲老百姓。洪。

慶山回到家，看到大爺的兩截身體，被三叔上下給對上了，用破布裹著，放在門板上，整個人像捆好的粽子。三爺哭得哈喇子老長。慶林、慶路從火鋸廠回來了，慶路抹了一把眼淚，說：「爹，我不去火鋸廠了，我還上山。」

三叔不抬頭，一直哭得涕泗橫流，他口中只有一句話：「我的老哥哥呀，我的老哥哥呀！……」慶山長這麼大，還沒見過三叔這樣哭過。三嬸子走時，三叔一直眨著眼，木呆了很久。現在，他痛得不會說話了，只是一句「老哥哥，老哥哥」的哀嚎。慶山覺得自己的心，像被人扎進了一個木橛，眼睛，被扔了沙子般……

埋大爺的時候，來了很多人。剛剛春天，土地凍得還很結實，像石頭，刨一鎬，只崩起一些土星。左鄰右舍的小夥子們，往手上唾唾液，掄圓了大鎬，個個累得汗淋淋。即使這樣，土層刨下去的也只是一個個小坑。誰都不說話，大家埋頭掄鎬，一切仇恨，似乎都在手上，在隨全身的力氣甩出去。

慶山給大爺摔的喪盆，他也一直在哭，只是眼淚湧上來，又嚥下去了，淚水浸泡得眼睛布滿血絲。滿桌兒聽說了，她從護校偷偷跑來，沒有告訴母親。近一個時期，她已看出母親的心思，繼續巴結王東山，滿桌兒的哥哥中朝、中滿，一個去鐵路當了鐵路警察，一個當了森林警察，都是吃的警察飯，母親金吉花覺得這樣才安全。滿桌兒從從前的氣母親，跟母親頂嘴，到現在的內心對抗，表面順從，是體察了母親的不容易。一年前吧，有一天，半夜，滿桌兒發現母親不在，她鄙夷地想，也許又去跟崔老二鬼混去了。滿桌兒家有個下屋棚子，那裡是放柴禾的地方，角落有棉被。滿桌兒曾把那床被子扔到豬圈，又被母親撿回了。滿桌兒想過各種辦法，她還試著跟哥哥說，希望他們跟自己一道，對抗母親，公開批判。有一天，二小子中滿，也確實當著吉花的面，對母親說了，指責她的不檢點。吉花愣了有那麼一秒，兩秒，三秒，然後突然一捂臉，趴到牆角嗚嗚哭了，她邊哭還邊說：「『兒不察母親奸』，你們這是啥犢子啊，跟你那死爹一樣啊，不知我心有多苦哇！……為了你們活命，我，我……嗚嗚嗚！……」

中朝也覺得母親小題大做了，不就是爹被沉河了嘛，日本人都說了，不搞連坐，如果家裡誰當了赤匪，把他舉報出來，法辦了，其他人，就沒事兒，不會株連。日本人的告示說，中國人一殺殺九族，那是不講人道的，誰犯了錯，誰受罰。所以中朝也對母親動不動就說自家是血仇子弟，心裡煩。吉花跟崔老二一直不清不楚，招致四鄰指脊樑骨，現在搬頭道屯了，這麼遠，他們還是不斷，中朝也厭惡了母親。他們哥仨的一致批判，讓金吉花哭了幾個鐘頭，小賣鋪都不開了，就是哭，嘴裡兩句話：「你們還小哇，你們不懂啊！……」

滿桌兒以為母親又去柴房了，可是一股冷氣，黑暗中滿桌兒看到吉花從外面回來，懷裡抱著個東西，圓鼓鼓，用布包著。讓滿桌兒更為驚呆的是，母親把那個東西放到桌兒上，解開布，慢慢放好，跪下來，對著它磕了三個頭，嘴裡像是說：「父親，母親，我對不起你們，沒有照顧好弟弟。」然後，吉花就把那個東西放進白天釘的一個木盒子，又用布包好，提著出去了。

好奇讓滿桌兒跟蹤了母親，母親把那個木盒子，一直提到很遠，有墳包的地方，埋了。

滿桌兒叫了聲「媽」，吉花一下就嚇坐地上了。她回頭看是自己的女兒，竟給她磕起了頭。滿桌兒問：「媽，妳在幹什麼呢？」吉花更是磕頭如搗蒜，她對女兒說：「滿桌兒啊，滿桌兒啊，今晚就當妳什麼都沒看見，什麼都沒看見，妳夜遊了，咱們夜遊了啊！……」她扶著滿桌，像攙著怕摔的老人，一路上，都小聲叨咕：「咱們夜遊了，妳從小有這個毛病，咱們夜遊！……」吉花說是這樣說，從此以後，在滿桌兒面前，吉花倒像是她的女兒了，老實聽話得很。

後來滿桌兒聽說，鎮上電線杆上的人頭被人偷了，滿桌兒猜就是母親埋的那個。告示上懸賞，緝拿偷人頭的山林隊，赤匪，一直沒抓到。

吉花是共產黨？滿桌兒想。她看得出，母親每天都活得膽戰心驚，表面上又虛頭巴腦。那個埋起來的祕密，母親不說，她也不會說。儘管吉花一直堅持說她小時候犯過夜遊，現在偶爾有，她相信她沒有夜遊。是母親打馬虎眼了。現在念的這個護校，吉花勸的。吉花說，滿洲國現在最缺的就是護士、醫生了，前線的傷兵，每天一車皮一車皮往回拉，地方警察，也不斷缺胳膊少腿，就是老百姓，也三天兩頭掛花。救人命，治人病，誰的國家都少不了。吉花說：「滿桌兒妳就聽媽的吧，學這門手藝能活下來，是濟德的營生，錯不了。」

慶山感動滿桌兒對他的情義，黑暗中，滿桌兒還遞來一副皮手籠，說是她哥哥發的，戴不過來，就給慶山拿了一副。慶山的淚水又一次蓄滿眼眶，他那雙長年勞作的手，已經布滿了老繭。握鎬拿鞭，手掌心的皮已經千錘百鍊，不須戴手套了。他對滿桌兒說：「不要，天這麼黑了，妳快回去吧。」滿桌誤會了慶山的意思，一下就哭了，她說：「慶山哥我給你花手絹你不要，這皮手籠，你怎麼也不要啊。難道，你已經，心裡有了別人？」

「你忘了我們在河邊？」

慶山說：「沒有，沒有。我人爺死了，我現在心裡特別難受。滿桌兒，等什麼時候我進城，會去學校看妳，現在天都這麼黑了，我又不能送妳，妳回家吧。」

「你真會去學校看我？」

「會，等我進城。」

「那你把手籠收下。」

「好，我收下。」

「慶山哥，你千萬別忘了我。」滿桌兒走得依依不捨。

慶山說：「不會，不會。回去一定小心。」慶山為難地把她送出了幾步遠，那邊的人還在拚命掄鎬，這邊滿桌兒獨自回頭道屯。慶山不忍不捨的目光黑暗中滿桌兒也看見得，她加快了腳步，冷風中內心漸漸有了溫暖。

影影綽綽，來幫忙的人越來越多。崔老二是在天完全黑下來後，看不見人臉時，才來的。崔老大、崔老二哥倆，內心都有愧：三嬸子當初死，崔老大算催命的鬼。現在，大爺洪福隆又死了，是崔老二從家裡叫出去的。看風水，也跑不了是他出的餿主意，哥倆都來了，也許在內心贖罪。他們都接過了鎬，在手掌心吐上唾液，猛刨。地凍得太實了，表層下面還像冰川。除了掄鎬，還有人從各家拿來了钁子、鏨子、錛子，各種辦法都用上了。高傻子力氣人，他手持鎬頭一刻不停，別人想換換他，他死活攥著鎬把不撒手。崔老大刨了幾下就出汗了，他指揮老婆賈玉珍回去燒來了薑湯，讓大家夥兒喝一碗，驅驅寒，暖暖身。周長花也來了，她什麼都伸不上手，只是遠遠地看著。地上那麼涼，她不怕，蹲坐著，癡迷地看著高傻子的一身力氣。她的遙望反過來又像是對高傻子的鼓勵，高傻子掄得更來勁，鎬把像長在了他的手掌上……。還有鄰居挑來了饅頭、包穀餅子，讓大家歇一歇，墊補墊補再刨。一干人你爭我趕，朦朦的月光下，幹得熱火朝天——不幸降臨了，武下派的人猜測大家在祕密挖工事，通匪，以前有幾次炮樓被端，就是有人趁黑挖的工事，打他們個措手不及。那幾個拿槍的話都沒喊，對著挖坑的人，就是一梭子，正在端薑湯給大家的賈玉珍，一頭歪進坑裡。

第八章

1

大爺死了，還讓好心幫忙的賈玉珍陪了葬。周長花坐在一邊看熱鬧，濺了滿身血，高傻子被崩掉了三個手指，疼得嗷嗷叫，滿街跑。大家當夜去警務所，討公道。警務所的王東山比日本人更惡劣，他說：「冤？誰知道你們是真冤還是假冤？說是葬人，葬著葬著就葬出了花樣。有多少回，看著是農民，一轉身就掏出了傢伙，殺人那個準。告訴你們，坂本太君劈了洪福隆，沒有冤他，他的羅盤裡掉出那張小紙條，就是有陰謀，只不過，那個人我們現在還沒找著。」

慶山問王東山：「那崔大嬸招你們了？惹你們了？高傻子招著你們了嗎？他們是來幫忙的，就給炸死、炸殘了。你們這樣做，不怕老百姓心寒嗎？」慶山一說話就掉眼淚，一講理就哽住了。

大家說：「別跟他講理，他不是人了，是狗，專門幫鬼子咬人的。走，咱們上縣公署，總有講理的地方吧。」

縣公署給他們的答覆是：「趕快回去吧，別在這裡鬧事兒，再鬧，抓你們個聚眾鬧事，擾亂治安罪，一家人，都得跟著送飯！」

慶山和大夥在城裡繞了一天，也找不到講理、給公道的地方。大夥吃了兩頓飯，慶山兜裡的錢就不多了。他本想去護校看看滿桌兒，可是錢不多了，時間也不多了，自己又是這個樣子，他想了想，就領著大夥回來了。

慶林、慶路說：「哥，我們不會讓小日本子這樣熊咱們的，你看著，大爺的仇，我們不報，都不再姓洪！」

慶路說：「人哥，你跟他們講理，是白費嘴皮子。日本子、王警狗子，他們的心都讓狗吃了。跟他們講理，等於是伸著臉挨打呢。」

慶林說：「對，想幹他們，我們就得有傢伙，空著手，他們是不怕的。」

慶山頹然地坐到了地上……

三叔變癡了，每天嘴裡魔怔著的就是那句話：「我的老哥哥，老哥哥哎——」有時，坐下來，拿著那個碎成兩瓣的羅盤，當鈸一樣對著「哐哐」敲，然後就眼淚、哈喇子流個滿臉滿胸，對著空氣再次唸叨：「老哥哥，老哥哥哎！……」

這天，慶山出去找活，他趕著那輛老騾車。騾子太老了，慶山捨不得坐到板車上，就一路牽著騾子走。他遇見了周德東。周德東是周長花的弟弟，二股山上的二櫃，也叫二把頭。他是來看姐姐的，也想讓四個外甥幫他幹活，大胖、二胖、三胖、四胖，都長成大小夥子了，無論出力還是管理，都是好幫手。可是，他沒想到姐夫崔老二不同意，他質問他想讓外甥堵槍眼兒呀，那山上的活，天天提著腦袋幹，說沒命就沒命。也是的，山上的活雖然出的勞金很高，可是雇人很難，膽小的、要命的，都不敢來。隔不幾天，兩方就有交火，山上的人下來搶日本子，山下的日本子追上來討伐，幹活的苦力總有跑不及被打死的。他來找外甥們，想讓他們幫著管理管理，他除了伐木，還有跑不完的事兒。被崔老二一問，他就沒話了。他說：「兩個小的不去，兩個大的，大胖、二胖，去搭把手也好啊。」大胖、二胖都表示，不願意去那兒當管理，願意像父親這樣，當個牌長、街長什麼的。

周德東走得悶悶不樂，遇上了同樣低頭悶悶的慶山，他眼睛一亮——慶山可是把幹活的好手，他馬上勸他，勸他上山去採伐。如果幹得好，仨月頂得上一年掙的。還半月一結薪，計件工資，只要能捨得力氣，掙錢很快。周德東說：「二股山反正離你這兒也不遠，白天幹活，晚上回來，啥都不耽誤。」

慶山正需要掙錢，他當即跟他上了山。讓慶山意外的是，他在二股山遇上了多襄井，多襄井現在是林商。他說他的火鋸廠用材量很大，吃不飽，他要駐紮在這兒，把木材快快地、多多地，運出去，運下山。

周德東是他的二櫃，就是二把頭的意思。

純子也在這裡，她來山上玩。看到慶山，純子的眼睛放出少女特有的亮光。她告訴慶山，再有一個月，她就去建國大學讀書了，學護理。純子說畢業後，她能像母親千惠那樣，做個對別人有用的人。

慶山晚上回到家，玉敏也剛從外面回來。她鼻子上冒著汗，更生布的外罩衫前襟兒粘滿了漿糊，她手中的帚笤變成了濕濕的一綹。她這個樣子，讓慶山吃一驚，莫不是，她也參加了什麼婦救會、兒童團會吧？有時早晨出去挑水，能看到木障子上貼的標語，上面是「打倒日本帝國主義，推翻滿洲」。還有傳單，告訴老百姓團結起來，說小日本的日子，就像那兔子的尾巴，長不了了。據說這些標語傳單就是婦女和兒童們幹的，日本人抓到了，審一下，審得出來審不出來，都剖胸處死。日本人不相信幾個婦女、孩子能搞什麼抗日，他們相信婦女、孩子的背後有著一長串的共產黨。慶山想問問玉敏，可是看她風風火火去了廚房，又閉了嘴。

一家人的晚飯很快弄上來了，玉敏先給三叔盛了一碗。三叔坐上來，埋頭吃時還小聲說著「老哥哥，老哥哥」的。慶山說了去三股木營的事，說很掙錢，等他拿了頭一個月的工錢，就帶三叔去看看病。玉敏說：「有什麼好看的，他這病不耽誤吃、不耽誤喝的，有那錢，不如給我，花到正地方呢。」

慶山問：「什麼是正地方？」

玉敏張了一下嘴，又閉上了，說：「算了，你先好好掙你的錢吧。我爹這兒，你甭管，有我呢。」

2

半夜，大家正睡著，忽聽窗外有輕輕的叩擊聲，是崔百歲。他小聲地叫著：「慶路，慶路，開門，我是百歲兒啊。」

慶山聽見了，他坐起來歪著身子猶豫：「百歲兒不是當土匪了嗎？鎮上貼著通緝他的布告呢，咋摸這來了？」他嚇得心頭亂跳，不知該不該下地開門。

慶路比他快，一躥就下地把門打開了。百歲進來，長毛獸一樣，他說：「快，快，先給我整點吃的，我餓得不行了。」說著，膠鞋用兩隻腳互相蹬掉，仰到炕裡，他說：「累死了，真是快把我累死了。」

「有酒嗎，有酒更好，讓我熱乎熱乎，冷。」倚在牆上的百歲，又催問一句。

慶林、慶路都圍過來了，他們更想打聽百歲跟他們分別後的情況：找到趙尚志沒有？怎麼日本人現在把他定為匪了？要抓他。百歲兒說：「不忙，先讓我吃點東西，實在太累了，二百多里，馬也跑死了。」

三叔竟點燃了洋油燈，端著走過來，照著百歲兒看。玉敏也穿衣起來了，她說：「我去做飯。」慶山心裡害怕，他知道百歲兒當鬍子了，當初傳出百歲兒投奔了于四炮，鬍子窩，他爹差點挨殺，是豔波跟井然周旋，才保了命。現在，他半夜來家，還管吃管喝，讓日本人知道了，麻煩少不了。他怎麼沒回自己的家呢？噢，是聽說他娘死了，回來報仇的吧。賈玉珍是幫著埋大爺時被炸死的。去找王東山評理，王東山說兩方交火，什麼時候都有誤傷。還是慶林說得對，對付惡人，還得用武力，有槍，像百歲他們這樣的。「惡人得有惡人治。」

百歲兒起身「噗」地把洋油燈吹滅，他說：「別點燈了，黑著不耽誤說話。」三叔慢慢地小步踱回去，把燈放到牆臺上，又一步一步走近來，黑暗中端詳百歲兒：頭髮長了，也有鬍茬兒了。「像個爺們兒了。」三叔說。慶山心裡一驚，莫非三叔的腦子沒糊塗？這麼黑的夜，他還能看清百歲兒的模樣。三叔的小眼睛在黑夜裡發著光亮。百歲兒說：「三大爺，你該忙啥忙啥，我跟慶路、慶林說會話，天亮前就走。你們睡去吧，慶山哥也不用陪著。以後別人問起，就說我沒來過。」

慶山點頭。

玉敏端上了一大大碗公餷子粥，上面放著幾根于指粗的鹹菜條。玉敏說：「家裡沒酒了。你命好，還有塊麕子肉，再不吃都哈喇味兒了。」黑暗中，另一隻碗裡趴著一塊黑乎乎的肉，那是地窨裡放著的麕子肉。慶山以為家裡早沒了，三叔下酒玉敏都沒捨得拿出來。

大家又躺回了炕上，慶山側著耳朵聽，後來他發現，三叔和玉敏，也都在聽，他們在聽百歲兒和慶林、慶路的對話。

百歲兒這次回來，確實是給他娘報仇的。他給慶林、慶路分配了兩項任務：一個是做慶山工作，讓他告訴他們武下準確的睡屋，他們打算這回第一個轟死他。另一個，想辦法買些衣服、膠鞋，大家穿得都露屁股了，打起仗來實在寒磣。

慶路說：「我哥不在武下那兒幹了，他出來有些日子了。我大爺被劈，他就不給日本子幹了。」

百歲兒誇：「有種，不給鬼子幹，讓他跟咱們幹。」

「那，情報怎麼辦呢？」慶林說。

「我哥膽小，就算他在武下那幹，你問他，他也不一定敢說。」慶路又說。

「咱大爺都被劈了，他還不敢說呀。」慶林反問。

「夠嗆。」慶路說。

「那他也太孬種了。」百歲說。

「也不是，我哥害怕看死人。」慶林為慶山小聲辯。

黑暗中，慶山覺得臉發燒，他咳嗽了一下，裝作起身去撒尿。百歲兒讓慶路叫他，慶路小聲地叫「哥，哥」，慶山走了過來。

百歲兒單刀直入，他說：「武下，那日本子的狗窩兒，現在是個什麼格局，他平時睡哪兒屋，慶山哥，你敢不敢告訴我？」

慶山遲疑了一下，說：「那有什麼不敢的，我摸黑兒都能進去。」

百歲兒從兜裡掏出一張樺樹皮，上面是地形圖，他揭起一層，當紙遞給慶山，讓慶山給他畫出了營房的方位。

百歲兒一仰脖，把大碗公裡的稀米湯喝光。

像大幹部那樣，拍了拍慶山的肩，誇獎他：「這也是為抗日出力。」

和百歲同時下山的，還有另一個人，于四炮隊的炮手，于老疙瘩。他負責解決糧食，再不弄些糧食，兄弟們的肚皮都要前後貼一起了。于老疙瘩是有名的炮手，神槍，現在剩了一隻胳膊，也不耽誤摟火兒。他帶著兩個助手，三人敲開了崔老二家的屋門。崔老二是百歲的叔叔，百歲不好殺熟兒。崔老二見是帶槍的，也不慌張，讓他們椅子上坐，並把壺裡面的溫吞水，加些茶葉沫，請他們喝茶。三胖、四胖以為來了客人，都跑過來看熱鬧。于炮手沒有坐下，他就站著說，他說：「崔牌長，咱們明人不說暗話，我們是趙尚志隊伍的人，為窮人打天下的。趕小日本子出中國，你們也應當出點力。現在隊伍有困難了，缺糧，要你崔牌長周旋周旋。兄弟們大半個月都沒吃的了。三十麻袋，大米、小米餷子都行，我們沒挑，是糧食就行。明天，天黑後送到南粳沙灘的小樹林吧，那有棵大楊樹，皮都沒了，你們把糧食放那兒就行。我們呢，今天先領走你的兒子，他倆都跟我們走。咱先聲明，這不是綁票，這是考驗你崔牌長的誠意。明天，見了糧食，我們拉走糧食，放下你兒子。」

「放心，只要你不報告，你倆兒子一根毫毛都不會少。」

于老疙瘩的槍口，始終半露在破衣服洞裡。

「好吧。」崔老二說。

崔老二說：「按時交糧沒問題，我也想為共產黨做點事兒。你也知道，我們的難，現在給他們幹，是不得已。」

于老疙瘩說：「這我們知道。等我們拿了糧食，安全了，你可以去警務所報告，就說是我們搶走的，綁了你的兒子，這樣，你也好說話，咱們兩好兒換一好兒。都給條活路。」

「那是，那是。能不能，別帶他倆？不帶人，明天也會如數送到。」

于老疙瘩笑了，一胳膊摟住倆，說：「咱們還是先小人後君子，這是規矩。」

五個人黑燈瞎火，深一腳，淺一腳，一個問：「崔牌長會不會去報告？」于老疙瘩說：「報告就報告，他豁出死，咱們還豁不出埋？倆孩子咋也比野豬肉好吃多了。」三胖、四胖聽了這話嚇得汗毛都豎起來了，後悔沒跟舅舅上山去伐木。

中途，于老疙瘩又覺得事情太順利，他決定去會會百歲。他讓兩個助手帶三胖、四胖回窩棚，他返回鐵驪鎮街，悄悄地觀察，如果百歲出了意外，他好接應。讓他沒想到的是，兩個助手押著三胖、四胖，沒等回到窩棚，一個歇腳，一個撒尿，這倆孩子竟趁他們不備，跑了，跑回了家。

于老疙瘩命令其中一個，再去，再去把人押回來，兩個不行，押一個回來也好。手頭沒寶，難保崔老二能按時交糧，更不確定他會不會報告給日本人。

崔老二看三胖、四胖回來了，馬上讓大胖去警務所，報告給了王東山。王東山一聽有這麼好的機會，他沒有聲張，決定獨自行動，單獨立功。王東山讓他們別急，不要打草驚蛇，穩住，要什麼給什麼，最後瞧他的。

當另一個人來到崔老二家時，崔老二像什麼也沒發生一樣，一問三不知，說：「沒有哇，三胖、四胖不是跟你們走了嗎？人沒了，我還找你們要呢。」崔老二說著，讓大胖、二胖出來，一起壯聲勢。這人拿著槍，向崔老二比劃。崔老二裝作害怕，說：「要麼不是，倆孩子嚇壞了吧，跑了也不敢回家，咱們出去找找吧。」

這人站在地中央，沒了主意。人質押不回去了，他該怎麼辦呢？大胖、二胖，兩個都是大小夥子了，怕是他押不動的，他又不能真的把他們都打死。正在這時，周長花從裡屋出來，她笑呵呵的，嘮家常嗑兒一樣，問：「你們是找三胖、四胖嗎？我知道，他倆回來就去馬圈了。」

3

于老疙瘩領著二十幾個人，如期來取糧食。他和百歲兒已經計畫好，還是兵分兩路，此時他還不知道崔老二已經向上報了告，王東山有了埋伏。三胖、四胖嚇得戰戰兢兢，雖然哥哥告訴他們，放心，一切都有了安排，兩人還是汗如雨下。河灘上，大楊樹旁，崔老二命人已經把三十麻袋糧食如數送到，還為他們備了兩掛馬車，馬車可以隨糧食一起走。

二十幾個人很興奮，怕糧食有詐，把麻袋挨個摸了一遍，確定是糧食，不是沙子，他們放了心，把三胖、四胖身上的繩子解開，告訴他們，沒事兒了。

三胖、四胖飛速跑起來，子彈都追不上他們的腳步。于老疙瘩突然意識到不妙，倆孩子逃得也太快了，那個交糧食的人也沒了影兒。這時四周的槍響了，子彈打得樹枝兒冒煙兒，他們被包圍了。

有人說：「我們中計了。」于老疙瘩指揮：「每人背起一袋子米，能跑哪兒算哪兒，日後會合。」說著，他從車掛上把馬卸下來，向著山外衝去。他去策應百歲兒，百歲正跟于四炮他們，襲擊武下的守備隊。

二十幾個人背著糧食鑽進林子，就像魚兒游進了水。

武下很狡猾，他每晚睡覺，都把自己的屋偽裝一下，看著是他的休息間，實際已經成空，武下有另外的密室。這個，連慶山都不知道。這晚，坂本的老婆、孩子過來，武下為從前對他們太嚴，開拓團鬧事，突然寬厚起來。坂本一郎已經是個受過訓練的少年，他的英武讓武下喜愛，大訓練所的生活，讓武下看到了未來。他仁慈地讓坂本一家在他屋休息，明天再走。他則臨時住到了士兵的營房。

就像武下會算卦，當百歲兒他們準確地投出炸彈，襲擊武下營房時，裡面鑽出的，是嚎叫的坂本。半夜被襲，對日兵來說已是常事，他們抱起機槍就掃。大門口的警察則更顧命些，還喊著「中國人不打中國人」。坂本猶如困獸，他的兒子和老婆都變成碎塊了，坂本衝在最前面。看那些黑衣白綁腿的警察顧命，躲子彈，他回頭就是一梭子。坂本是紅眼了，他頂著炮火向前衝，對著炮火射子彈，根本不知對方在哪裡。武下從另一屋鑽出來，他不知外邊到底有多少兵力，看炮火猛烈，又趕緊回屋搖電話，請求增援。肉身是不禁打的，裡裡外外哭爹喊媽聲一片。于四炮打這種襲擊戰最有經驗，他和百歲兒互相掩護，嚎叫的坂本讓他們誤以為這是武下，雙雙向他射擊。趕來的于老疙瘩也參加戰鬥，炮手的槍法個個精準，打人腦門兒，不打鼻樑。一陣槍過後，坂本的身體變成了篩子。

不久後的滿洲對日電臺播報：他們比普通賊匪不同，有戰術，有戰略，還有意志，不怕死。這些人稍加訓練，就可造就成一支優秀無比之軍隊……

4

百歲兒對山林子並不熟悉，但他有膽量，有野心。和朱康他們分手，他就是憑著一股膽量和雄心活下來的。說實話，百歲對樹林裡的蛇、野豬，都害怕，後來，他發現蛇肉比樹皮好吃，野豬殺了也能充飢，有蛇比沒蛇好，有野豬可以練膽量、練力氣，他鑽林子如履平川了。

學生兵百無一用，這個百歲是不相信的，他堅決想做成點事，給大家看看。跟朱康分手時，慶林、慶路回家，休養生息，他沒有，他說他決定一直向西走，去湯旺河，找趙尚志的部隊。

可是，西征的路是如此漫長，道道鬼門關，百歲兒闖不過去，他闖進了于四炮的匪窩兒。于四炮也不是光當土匪，他什麼都幹，搶日本人，搶鐵路物資，搶地主老財；抗聯戰士落單兒了，來到他這兒，一考驗，只要是有膽兒，不窩囊廢，他都收留。百歲兒一個小夥子，說話嘎巴溜脆，辦事也不拖泥帶水，第一次下山去搶，因為百歲兒的一個提醒，還免了重大損失。他覺得這個百歲子不賴，腦瓜靈，就收為小軍師了。百歲兒告訴他，自己是暫且在他這避一避，歇一歇，待趙尚志的隊伍打回來了，他是要投奔那兒的。百歲說，一輩子當土匪，不是他的志向。

于四炮說：「趙尚志是大英雄，我們也佩服，等他來了，咱們都歸他的綹子。」

百歲笑了，說：「你這是綹子，人家那是部隊。」

百歲練槍法，練膽量，土匪窩的日子並不好過，有飯時撐死，沒有時餓死。和朱康帶著他們逃跑的那段日子相比，沒什麼大差別。百歲覺得這一切都是因為沒有一個好的領導，大家眼光不夠遠，方向不夠明確，搶著了造一頓，沒有時熬命挺。他本來打算再找不成趙尚志，就入關，去關內，找共產黨。前不久聽說母親遭難了，他跟于四炮商量，下山，打他一仗，轟死了算撿著，轟不成，也嚇嚇他們。他們制定了作戰計畫，主要目標，就是炸死武下。

武下命大，日後他們聽新聞，知道死了的是支隊長，坂本。百歲和于四炮回了林子就歇下了，于老疙瘩說：「你們在這商量，我得去找那幫弟兄，他們一人還背著一袋糧食呢。」于四炮謝過老疙瘩的搭手，讓他去慶豐屯子避避，消停了大家夥兒再聚。這個山頭，一年之內，是不能待了，那日本子吃了虧，得拿飛機把林子炸平了。于老疙瘩簡單乾脆，看來他們這種分手是常事兒，他說「大哥，小弟後會有期」，就打馬快跑了。

于四炮和百歲商量先整口吃的，吃飽了肚子再說下一步。說著，他們四面望。百歲鼻子一抽，就聞出了附近有窩棚，有人味。他說：「大哥，你先待著，我去偵察，安全了，來叫你。」

于四炮一擺手：「不用，你頭裡走，我跟著。」

沒幾分鐘，七拐八繞，百歲就找到窩棚了。獵人的窩棚不是搭在平地，也不是樹上，不懂的人，根本看不見，會以為那是一處草叢。百歲一撥，就現出了洞口，準確地說，是地窨。這種地窨，挖得深而曲，一部分，住人，另一部分，木樁圍好，裡面還豎著劍幹一樣朝天的樹樁，根根都很尖，掉下的野獸會被活活串住，跑不了。百歲進這種地方已經有技巧了，能平安進來，持獵槍的老頭兒就知道不是外人，他正在收拾一頭野豬。野豬的獠牙非常長，像大象。百歲站在那兒，一個黑影。老頭低著頭，用後背說：「累了，就進來歇歇，餓了，有肉吃。」

百歲說：「我們是兩個人。」

老頭說：「兩個人也供得起。」

百歲和于四炮沒再客氣，進來就坐到草褥子上，上面有熊皮、麅皮，看來這是老頭睡覺的地方了。于四炮用眼睛示意百歲看著，他先歇會兒，倒頭就睡過去了。百歲不吭聲，看老頭手中的動作，非常嫻熟、非常快捷，剝野豬就像母親在裁作一件衣服。老頭問他：「沒把尾巴引來吧，這日子，越來越不好過了。本來是在山坡，朝陽兒，現在，耗子一樣鑽到地窨，也不消停了。」

百歲聽了心裡一驚，後面有沒有尾巴，還真不知道。他們跑了，確實沒有大隊人馬追，按平時的估計，他們要兩天以後，才能進山討伐。現在，他們的人已經四散著跑開了，應該沒事兒吧？

老頭兒說：「衣服，我這沒有；膠鞋，也只有腳上這雙。糧食嘛，地倉子裡倒是還有不少，一會你們吃飽了，走時可以挖一些。這頭野豬肉，待我割好了就塞後山的樹洞裡，那個大紅松，是空的。你們沒吃的了，也可以來拿。」老頭說著，一張血淋淋的野豬皮，被他掛到樹椿上了，說：「等風乾了，你們用，也拿去。」

百歲說：「老大爺，我今天沒錢。但我可以給你打張欠條，日後，還你。」

老頭擺手說：「可別，可別，你的條要是讓日本子看到，我老命就沒嘍。」

百歲說：「你對我們有恩，老大爺，恩情我們是不會忘的，等將來我們打下天下，會來報恩。」

老頭抬起頭，暗光中認真地辨認著百歲，那眼神像說：「共產黨，你是共產黨吧？共產黨的孩子都這麼會說話，話不多，暖心窩兒。」

于四炮打個盹兒就醒了，他起身和百歲圍到熱騰騰的地爐子前，野豬肉腥膻，他們就著辣椒往下嚥。于四炮摸遍了全身，沒有什麼東西，只有一包煙膏子，他留下兩片，說：「老大爺，這個，給你，我們的一點意思。」

老頭高興了，他拿起來聞聞，說：「這個可好，這可是好東西，頭疼腦熱，這玩藝當郎中使。」說著，揣到懷裡，老天保佑。

剛揣進懷，又覺得不妥，老頭說：「來我這找口吃的的人，都是落難的，我咋能要東西呢。要不，你們拿著吧，哪受傷了，扛不住了，吃下，管用。我老頭子，吃這個是浪費呢。」

于四炮用胳膊擋他，讓他再揣進懷。百歲有文化，他說：「老大爺，您老人家境界高，今天供我吃飯、拿糧，還什麼都不圖，日後，打下天下，你老也算抗日有功，到時候我們會來謝你的。」

老頭兒笑了，長年風吹日曬的臉，一笑那麼滄桑。正笑著，老頭的眼睛睜大了，草叢口，伸進來一支槍。

老頭兒說：「快走，從後口出。」百歲和十四炮貼著土牆壁就向後面鑽，蛇一樣迅速。老頭兒站了起來，迎著洞口，舉著油燈，問：「誰呀？」

那支槍一比劃，請他上來說話。

老頭磨磨蹭蹭，爬出來了。

是王警尉，王東山。

王東山說，他聞出了陌生人的氣味，要他說出地窖裡有幾個人。

老頭兒說：「沒有哇，就一頭野豬，我剛剝完。」

王東山對著洞口一梭子，沒聲。又扔了幾枚手榴彈，也沒聲。但他確信有人。他讓老頭說出，剛才來了幾個人，向哪個方向跑了。

老頭兒不說，王東山把他捆到樹上，老頭兒只好說，說他們有五十來人，把他的一頭野豬都給造光了，不讓吃就打，只好依他們。

「往哪兒跑了？」

「後山。」

「走多少時辰？」

「兩頓飯工夫吧。」

跟著王東山的另一警察從地窖上來，他撿出了百歲扔下的一雙爛鞋，還從老頭兒懷裡，搜出了那兩片煙膏，上面有日文。這個東西，民間少有。王東山一下就把眼睛瞪圓了，這個戲弄他的老獵戶，他早都看他不順眼了，現在，他決定不再囉嗦耽誤時間。

「幫助賊匪，是死罪，知道不知道？」王東山把老頭兒從樹上解下來，繩套套上了他的脖子。

老頭兒說：「我天天窖獸，哪有——」下面的話還沒說完，王東山說：「整死他算了，老東西。」一擺手，另一警察非常熟練地一蹦高，把繩子拉起來，樹幹當了槓桿，老頭兒被繩子把舌頭勒出老長……

第九章

1

慶林、慶路成了火鋸廠的工人，工人多由山東、河北籍的中老年男人組成，他們是工頭從關內招來的。讓慶路驚異的是，張立本也在其中。立本叔告訴他，隻身回來，很難了，回這裡成了入境，要有簽證，要審查，他試了幾次，都不行。這不，他隨著招工的大悶罐車，混回來了。

立本叔說，滿洲這裡現在不但缺勞力，還缺兵丁，要成立什麼「勤勞奉仕」隊，徵不上兵的，每年給國家免費義務勞動，一年幹四個月，連幹三年。慶路說：「張叔，你什麼都知道哇。進了勤勞奉仕隊還算好的，要是被抓了『浮浪』，那就慘了，要去挖煤礦，當勞工，幹幾年都沒頭兒了，累死也說不定。」說著，他給張立本出示腰間別著的木牌，上面寫著「大二火鋸廠」，出了這廠，在街上溜達，憑木牌，才不會被抓。否則，當無業人員，二流子，要被抓浮浪，送去勞動。

張立本說：「是啊，這個東西可要拿好了，丟了它，難活。這日本子治中國人現在越來越有辦法了，粘上毛兒比猴都精。」

慶林走過來，說：「看，我更有辦法，不就是一木牌嘛。」說著出示了他的，維妙維肖，以假亂真。那是慶林自己用木頭刻的，以備不時之需。

慶路、慶林在綜合加工組。張立本人老體格壯，幹起活來不惜力，表現得比小夥子還勇猛，那個大把頭從開始的看不上他，叫他「老混飯的」，到選他當組長，讓他領大夥幹活。張立本每天，和慶林、慶路的工作就是把那些比他們腰還粗的大木頭，抬起，運到電鋸的檯子上，兩人一組，讓那大木頭從電鋸上走一趟，再走一趟，再一趟，一共四趟，一根圓木頭，就變成方的了。方方的木頭再被他們加工，在電鋸上「嗡嗡」來「嗡嗡」去，方木頭又變成板材了。要什麼尺寸的，他們就裁成什麼尺寸的，一車皮一車皮地運往日本。

電鋸不是個好東西，他不但「嗡嗡」震得人耳膜鼓，還吃人的手指頭，三天兩頭，工友的手指頭就被吃掉了。千惠背著她的小藥箱，每天給斷了手指的人止血，纏紗布。多襄住在二股山一直沒下來，千惠還想，待多襄回來，她要跟他建議，提出這個電鋸的吃人，工友的斷手指，快有一柳筐了。

她希望多襄能想想辦法，別讓工人的手指頭這樣斷了。

慶林和慶路幹得並不安心，百歲兒那場漂亮的勝仗，讓他跟于四炮一樣威了名。慶路和慶林說：「咱們為大爺報仇，都發過誓，可是，現在還屈在這火鋸廠，給日本子賣命，真是窩囊。」

慶林說：「張大爺不是說了嗎，在這，也一樣能報仇，能鬥爭。再說了，百歲兒不是跟咱們約，等他歸了趙尚志的隊伍，就來找咱們。坂本那鬼子死了，他老婆、兒子也都死了，百歲兒是報了他娘的仇，又替咱們解了恨。」

慶路嘆口氣，說：「先聽張叔的吧。咱們掙點錢，積點力量，再找他們。」

慶林安慰他：「百歲兒不是說了嗎，他們打那場仗，也有咱們的功勞，還有大哥慶山的。山上山下都有人，才好跟他們鬥。」

可是，一面對大木頭，慶林自己也打怵啊，錢難掙，屎難吃，這每天就是掙命呢，跟木頭拚力氣，整不好，禿爪子算輕的，人被壓成了麵餅，也有。

上午九點，是大家的休息時間，五分鐘，只有五分鐘，讓大家解解溲，喝口水，也有人趁機抽袋煙。抽煙膏子大把頭都不管，抽大煙，能興奮，提神兒幹活，多出活兒就好。

一個河北農村的工友說：「當初招俺們來，說是有吃有住，病了給醫，現在可好，手成禿爪子了，人瘸了，就掃出大門了。」

「死了更慘，連個給哭兩聲的人都沒有。」另一人說。

「昨天那個壓死的，因為沒有親人，屍首都沒人收，後來是工友把他抬後邊荒地埋了。」

張立本說：「最近聽了幾套磕兒，聽著有點意思，我給你們說說，你們琢磨琢磨，有沒有點道理。說：**天下窮人總是多，地主老財有幾個？糧食都是農民種，木頭都是工人下山坡。種糧的挨餓，伐木的沒屋，出力流汗的沒有好日子過。這些道理都是為什麼，咱們慢慢說……**」大把頭過來了，說：「懶鬼，張老東西你怎麼帶頭偷懶兒？再不幹活這月沒工錢！」

大夥正聽著新鮮，也覺得眼前一亮，可不是，出力流汗的沒有好日子過，這些道理正想聽張大哥慢慢說，被把頭轟散了，又得幹活了。

再休息的時候，大夥不去外面解溲了，都儘量忍著，聽張立本叔說道理。那個河北農村的小夥子，說在他老家，也這樣，爹娘一年四季沒日沒夜地幹活，打點糧食，不是被這夥搶去，就是被那夥奪去，自己種糧自己吃不飽。如果不是家裡那樣，他也不出來了，臨出來時，老娘剛剛被餓死了，那些惡人，他們咋不讓老天爺用雷劈死啊。

張立本說：「指望老天爺劈可不行，沒時候，還得靠大家夥兒自己。」張立本還說：「你們聽說過嗎，有這樣一個國家，沒有財主，也沒有窮人，大家夥兒都一樣，平等幹活，平等吃飯，誰也不欺負誰，人人都活得高高興興，自自在在。有飯吃，有衣穿，互相友愛，沒有仇恨，工人農民親如兄弟，大家夥兒才是這個世界的主人……」

「哪有這樣的國家啊？你說的是外國吧？」

「對，你們不知道，有一個老頭叫列寧，他領導的國家，就是這樣的世界，我們如果照著他那樣做，大夥齊心，就也能過上那樣的日子。」

「是跟他們對著幹嗎？可是我們連槍都沒有。」有人說。

張立本說：「沒有槍，但我們有腦子，有意志，一樣跟他們鬥。鬥好了，不但我們得解放，我們還能解放全人類。」

「咱們自己還吃不飽，拿啥解放他們？」又有人問。

張立本說：「就憑兩隻手，一顆心。」

「這就能？」一個工友伸開他的兩手，平攤著看。

「對，」張立本說，「只要我們工人覺悟了，覺悟提高起來，大夥一條心，擰成一股繩，跟他們鬥。大把頭哇，小日本子，還有那個多襄、武下，一切壓在我們頭上的勢力，都被我們推翻。」

「我們手裡現在什麼也沒有哇。」──工友再次提出這個問題。

張立本說：「我們有思想，有覺悟，大家團結一心，這個就夠了。」

有人小聲說：「張叔，你不是共產黨派來的吧？」

2

這天，慶路進車間的時候，他的腰牌沒了，嚇出一身冷汗，一定是剛才在路北的大茅房，彎腰時掉下去了。掉就掉了，沒法去撿，慶路想混過去，過會兒找慶林要他那個假的，或者再做一個。今天是發工資的日子，他不想出半點差錯，尤其不能遲到。

慶路把工錢的用處都想好了，除了給父親買些好吃的，剩下的都給百歲兒當給養。百歲又來找過他了，給他的消息非常振奮，趙尚志派人主動聯繫他們了，他和于四炮那仗，打得太好了，打出了名聲和威風。趙尚志誇他們好樣的，等隊伍打回來，百歲和于四炮被編為第三路軍第八團。百歲兒說現在就是積蓄力量，壯大隊伍，慶林、慶路有錢出錢，有力出力。到時候他一通知，他們就上山。

慶路幹這幾個月，對這些活路已經熟悉了，在張立本叔的帶領下，大家磨洋工，破壞機器，一天下來也幹不出多少活，把大把頭氣得要死。

慶路最恨的就是大把頭了，他比日本人還心狠，拎著個鞭子，看誰不順眼就給一下子；他還蔫壞，每到發工資的時候，就找碴兒，挑毛病，如果不服，這個月的工錢就甭想了。慶路已經想好，等不在這兒幹了，跟百歲兒走時，一定要好好教訓他一頓，整好了，要他的命，給工友討血債。這樣想著，他擠出笑臉，來到了把頭跟前。大把頭常常罵：「都發工錢了，一個一個咋還像死了爹似的？把臉兒都給我抬起來，有點笑模樣。」

大把頭並沒看慶路，他伸出手：「拿來。」

平時，沒有腰牌的人，往他手上放點錢，或一片煙膏子，也管用。

慶路現在手頭什麼也沒有。他再擠上笑臉，說：「掉茅坑了。」

把頭把脖子梗了起來，說：「掉茅坑了？你是故意的嗎？」

慶路說：「不是。」

「那你咋不把它撿起來？」

「掉，掉屎上了，沒法撿。再說了，撿來了，也沒法——」慶路意思是說撿來了也沒法交到你手上。

大把頭嫌惡的擺擺手，讓他別說了，說：「那你拿錢頂吧。」

「多少錢？」

「就這個月的工錢。」

慶路的笑一下僵住了，他說：「大哥，崔大哥，我，我回去做一塊，拿來。」

「你——會——做？」崔把頭拉長了聲調，眼睛瞪大了起來。他說：「我說的呢，奇怪，怎麼那麼多人手裡的牌兒，看著不像。」他擺擺手，讓慶路站一邊去，下一個。

到了發工資的日子，崔把頭就變得脾氣格外大，工人們也多不跟他一樣的，逆來順受，忍氣吞聲。讓慶路站一邊去，後邊的人馬上頂上來，一個一個臉上都乖巧了許多，好聲好色，他們都希望差錯別出在自己身上，倒楣的千萬別是自己。

下一個孫大個兒，他也被篩了出來，說他的工裝不合格。他把那套齊整些的，留給了老父親，他自己，穿的是破衣。這也犯毛病，孫大個兒站在那兒，無奈地看看天，他不知怎麼辦。

慶路犟，他再次夾上來，問：「崔把頭，你不讓我做，那你想怎麼辦呢？」

崔把頭說：「拿這個月工錢頂啊。」

慶路退後了一步，個頭兒上，他只有崔把頭的胸脯高，誰都沒想到，大家也不相信，慶路敢一頭撞向崔把頭。因為崔把頭沒防，一下頂了個跟頭，坐地上了。這是從開廠以來，還沒有過的。往日，就是他沒事給誰幾鞭子，多數也是不敢怒不敢言，現在，這個小子為了錢，吃豹子膽了。慶路不知從哪兒又提起了根棍子，照著崔把頭的頭就是一掄，崔把頭這下醒過來了，洪慶路要造反啊，這個平時小小的個子，在他眼裡豆兒大的孩子，敢跟他動手。他邊回擊邊罵最粗的話，祖宗十八代，都掘開了。慶路也不示弱，小小的人就像長在了崔把頭的身上，崔把頭揮舞的鞭子因為距離太近，威力有限。慶路棍子也扔了，用兩隻手，摳抓對方的眼睛、鼻子、耳朵。崔把頭發現不好，他吹響了哨子，哨子一響，是工人暴動的警示，警察和日本兵都是荷槍實彈，他們衝進來了，二話不說，一槍托就把慶路打蒙，人捆了。

張立本和慶林趕來的時候，慶路已被押走。說是塞到火鋸廠後面的水池子裡去了，那裡專門用來泡木頭，人泡裡，糟不過木頭。

張立本聯合了孫大個兒，還有經常聽他講道理的工友，二十幾個人，去火鋸廠的辦公室，要見多襄，跟老闆多襄交涉。崔把頭讓他們「哪涼快哪貓著去吧，幾個臭苦力，想見太君，下輩子吧。」

多襄還在山上，不在廠裡。

一干人繞來繞去，最後又回到崔把頭這。崔把頭告訴大家：「今天，工資不發了，因為有人通匪，通共。慶路帶頭打人，這就是證據。等多襄井太君回來，怎麼處理，再定。現在，大家上工。願意幹活的，留下，不願意幹活的，開除。」

慶林的眼睛氣紅了，剛才，繞到池子後面，他看見弟弟了，慶路跟崔把頭對打，臉上、手上也留了傷，水裡一泡，像傷口上撒鹽，疼得他眼淚汪汪，一個勁地喊：「哥，哥。」慶林抄起搬木頭的彎鉤，說「我跟你們拚了」，照著崔把頭的腦袋上掄。崔把頭後退一步，屋裡蹲守的警察一擁而出，他們用槍托掄慶林的腦袋。慶林架不住，撒腿就跑，他的彎鉤成了累贅，扔掉繼續拚命跑，後面的人緊追。慶林跑進了烘乾爐，烘乾爐是烘木頭用的，一個巨大的炭火坑，人跳進去，轉眼會燒焦。張立本大喊一聲：「工友們，我們不能見死不救哇！今天不管，說不定明天也是我們的下場——」張立本帶頭抄起了傢伙，奔著蜂擁而來的警察，使出了對付大木頭的力氣，大家夥兒也瞬間抄起了鎬頭、鐵鍬、彎鉤等各種鐵傢伙，和警察互毆起來。警察開始沒有開槍，工人就占著上風，他們平時用在木頭身上的力氣對付幾個百十斤的警察，如拿繡花針，扔得他們橫七豎八。這些平時像綿羊的工人，合起夥來暴動，一下成了洪水，被捅得成馬蜂窩。其他工組的，看這裡打了起來，也烏烏泱泱，匯聚過來，與發怒的工人合成一股洪流。他們越戰越勇，把平時受的氣、含的冤，都通過手中的武器釋放出來。有的打不著人，就去把那些烘乾的木板踹個稀巴爛。還有人衝進車間把電鋸上的鋸片拉了出來，抻得老長。這時崔把頭的上級，跑來了，聽說工人鬧事，他沒有讓警察開槍，而是當著大家的面，兩手下壓，讓大家「冷靜，冷靜」，聽他說。

他當著眾人的面，責打了崔把頭。他的行為讓工人愣怔之餘，不敢相信，可是又不能不相信，他確實搧了崔把頭兩個大嘴巴子，說他欺負工人，不對。然後他還告訴大家：「工錢，一分不少，現在就發。大家拿了錢，都好好幹活吧。」

慶路的腰牌，只需一角錢。

還答應放人。

張立本跟大家說：「看見沒有，一根筷子一扼就斷，一把筷子想斷也難。一人的力氣使起來有限，合起夥來力量能推動泰山……」

3

這天早晨，慶山的眼皮就跳，左眼跳禍，右眼跳財，他是左眼。慶山從小，左眼皮兒一跳，三嬸子就給他粘一片煙葉，或者紙片，那眼睛就不跳了，說這樣可以止禍。如果是右眼，三嬸子就讓它跳吧，任由它跳，說不定有財來了。

慶山撕了一塊樺樹皮，樺樹皮薄如輕翅，他揭了一片，弄小，粘到左眼皮兒上，管用，不跳了。

慶山每天，用他的騾車，和另十幾個工人，把伐木工伐倒的，比人腰還粗的百年大紅松，一根一根，拖到山腳，大號小號分別堆放，這叫集材。他們的木營就在這兒扎根，三天五日，多襄雇的汽車，拖拉機，會「突突突」地開來，把紅松運走。有的運回火鋸廠，造材，有的直接拉到鐵路，運往日本。近段聽說關內戰事吃緊，很多木材還要運往南方。山腳這兒因為多襄這個大林商的到來，熱鬧得成了小鎮，酒館、大車店、煙館，不久又有了賭館、妓院。妓院比旅店多，中國的、日本的、朝鮮的，哪族都有。有一天慶山拉著騾車從門前經過，一個姑娘跑來拉他的胳膊，請「大爺」進去歇歇腳。慶山一愣，這不是豔波的妹妹豔萍嗎？豔萍也認出了慶山，她倒不害臊，告訴慶山這個煙館是姐姐豔波開的，她在這幫著打理。慶山早聽說豔波仗著井然了，一切都有井然給撐著。她們的母親沒了，兩姐妹現在幹了這個，慶山好一陣難過。

這裡雖然熱鬧，可是隔一段就有土匪來搶一通，種大煙的、淘金子的，都來這發財，有錢人也就多。土匪、抗聯的、日本人，各夥兒的勢力，在此糾結、打鬥，有錢人常常遭災。

慶山卸下最後一車圓材，他準備摘套了。今天也是發工資的日子。每當這個時候，慶山拿了錢回家，而更多的工人，沒家沒業的，跑腿子，就會把錢都送到賭館去、妓院去，還有煙館、酒館，大家提著腦袋流著臭汗賣苦力掙來的錢，就為了這幾天的舒服。慶山也同情他們的日子，大家活著都是有今天沒明天的，上個禮拜，挨著他們木營的那個姓李的商人，又被搶了。山上下來的人，要糧食，要砂金，要一切能要的。李商人剛說了句「沒有」，一槍就把腦袋崩開花了，工人嚇得四散逃跑。有一個老頭兒沒跑掉，他以為他沒事兒，日本人上來看被搶的殘局，一氣之下把他拉出去斃了。

一出這樣的事兒，多少日子，多少錢，都不好招人，工人也怕死，高價也雇不來。那塊地盤多襄又盤過來，他還問慶山願不願意給他當二櫃，慶山搖頭。慶山自從上山，跟多襄再相遇後，他一直覺得不對勁兒，多襄還是從前那個笑咪咪的多襄，對工人也不算苛刻，可是慶山總覺得脊背有點發涼。今天周德東發了錢，慶山打算下山後，暫時不上來了。用這些錢跟三叔盤塊地，種種，也能維持生活。三叔的病確實如玉敏所說，不耽誤吃，不耽誤喝，叫著他的「老哥哥，老哥哥」，沒有別的症狀。偶爾，還說要去找坂本，跟他要人。慶路告訴他，坂本那獸，惡有惡報，早死了，全家都死了。三叔就反覆地問：「是嗎？真的嗎？那崔老二呢？」

慶林說：「也沒得好兒，被幹掉了。」

慶山心裡知道，用不了多久，慶林、慶路還會離開家，上山。百歲兒頻繁地跟他們聯繫，慶山已知曉了大概。他們去抗日，報仇，趕日本子離開中國。慶山想，他不敢拿槍拿炮，能護著他們平安活命，也行啊。

樺樹皮兒掉了，慶山的眼睛又開始跳，他用手壓了壓，跳得輕些。他再撕了塊樹皮兒，粘上，心想小心點，別出什麼禍事兒。

卸下騾子套，慶山拿著滿桌兒送他的那副手籠，他幹活時是捨不得戴的，倒是在卸了車套後，有閒，拿在手裡看看。

他還打算下了山去找找滿桌兒。

這時就聽有人：「大叫快跑啊，日本子又來抓人了，抓人啊！」慶山放下手籠回頭一看，他愣了，一直穿著和服的商人多襄井，此時全身披掛的是軍人裝，他手戴白手套，腳下馬靴，抽刀向林子裡狂奔……

4

抗日救國會被多襄破獲了，周德東是共產黨，還有一個櫃上算帳的，老先生，也是。多襄指認完山上的，又馬不停蹄殺回到火鋸廠，車間的工人都在幹活，一小隊事先準備好的憲兵，抱著槍等著多襄。多襄在前面走，他們在後面「跨跨」跟，幹活的工人覺得事兒不好，不定又要抓誰。進了綜合加工車間，張立本正在抽煙，看來人，馬上踩在腳下撚滅了。工頭上來就給他一腳，說：「老東西，不是不讓抽煙嗎？」崔把頭已經被換了，現在這個，對工人更是拳腳相加。張立本沒吭聲。多襄衝他看了一眼，手都沒用揮，後面的憲兵就把張立本綁了。多襄又看慶路，眼睛看誰，後面的人就明白，慶路又捆了個結實；還有孫大個兒，也被抓了。慶林其時正在街上閒逛，他手裡有了點工錢，想給豔萍買條緞子頭綾。慶林喜歡豔萍，前不久遇見她幫她姐姐豔波伺候煙館，慶林發現豔萍越發地漂亮了，厚嘟嘟的嘴，翹翹的鼻子，一說話牙齒燦爛得生輝。慶林還想著等錢多了，他要娶豔萍回家。慶林覺得豔萍可憐，他要用結婚來給她一份新生活。他正美妙地想著，走得遊遊逛逛，腳下生彈簧——兩個憲兵發現了他，不在工廠上班，大街上溜達，他們上來就把他摁住了，捆巴捆巴拴到一長溜人的隊伍裡。慶林馬上明白了，完了，完了，趕上抓「浮浪」的了，自己腰的裡木牌兒，又讓慶路拿了去，他現在沒有「身份」。

他昨天還聽玉敏說，凡是街上閒走的，青壯年，都叫浮浪，要被送走當勞工。讓他們平時注意點，一定帶好腰牌。

沒有腰牌，慶林說他是大二火鋸廠的工人，腰牌丟了。

「是工人，為什麼出來閒逛？」那個憲兵用搶托打了他一下，「少廢話，帶走！」

慶林不知道，他這一走，被遠送東洋了，去山裡開礦。

從此，他再也沒有回來。

多襄說：「這些人，都是抗日救國會的。」多襄面無表情地說完，又看了幾個人，多襄看向哪裡，抓人的憲兵就撲向哪裡。多襄四周撒眸，他很奇怪，那個洪慶林，小時候就跟著慶路偷他家雞打傷狼狗的那個，今天怎麼沒在呢？他很納悶兒。接下來，根據多襄的線索，二股山、慶豐鎮、鐵驪鎮南綆、頭道屯、二道屯，凡是跟救國會有關聯的，二百多人，全被抓了。玉敏也是名單上被抓的欽犯，罪行是鼓動婦女、兒童，宣傳抗日。玉敏是慶路半道逃掉，回家叫上她，一起跑的。他們顧不上拿衣服、鞋子，只跟三叔說了句「爹我們走了」，就鑽山了。慶山從二股山上回來，三叔正一人咧嘴哭呢。他這回哭的是：「我的老哥哥哎！我的兒女哎！我的老伴哎！……」

慶山坐在三叔身邊，心像被掏空了，他恐懼極了——多襄井，是日本軍人，怎麼一直以為他是商人呢？原來開酒坊，後開火鋸廠，現在當林商，一轉眼，他手中有刀了。慶山覺得這個世界正在塌陷。

5

好人進了警察署，不死也要變白骨。在審訊室裡，那個老會計第一個受不住打了，他指認了張立本。張立本就是老炮，他在滿洲、熱河兩邊跑，山上的抗聯軍也是他給傳信兒。最早的于德林，是張立本的上級。張立本面對指認，他說是老會計是受不住打，胡說呢。張立本死不承認，他知道，不承認，或許還有活。承認了，就是等死。張立本了解日本子對付共產黨的辦法，逼你承認了，然後就送濱江法院，判刑槍斃。

那個老會計的牙都被打掉了，說「水——水」的時候，發出的是「匪——匪」音。揭發了別人，他依然被押，讓他繼續交代。張立本體驗過那些大刑的厲害，自己接下來的過堂，他能扛多久，也只是在咬牙鼓勁。他經歷過這一切，那時還年輕，身體禁打。這回，能不能活著出去，要看老天了。

提鐵鉤子的人走過來了，張立本先發制人，他說：「這是什麼世道，工人挨了打，反抗一下，就抓進來。那崔把頭手上多少條人命，他怎麼沒事兒？」

掌刑的人說：「你少廢話，別揣著明白裝糊塗。那個事兒另說，現在，交代你的罪刑，你是不是老炮？你的上級是誰？」

張立本說：「我的上級就是崔把頭，現在他不在了，也不知去了哪兒。他天天給我的指示，就是幹活，好好幹活，多出活兒。」

提鐵鉤子的人沒耐心了，他照著張立本的胳膊就是一下子，隔著更生布，一個血洞出現了，還有肉糊味。那個鐵鉤子是爐子上剛拿下來的，加過熱。

張立本疼得直咧嘴，他說：「停，停，別打了，我說，我說。我是老炮，在山上打皮子時一槍一個準兒，野豬都沒用過第二槍。有個鬍子頭兒還讓我加入他們匪幫呢，看我槍法好。我不去，就來這火鋸廠找飯吃了。」

掌刑人認為自己被戲弄了，不給他點真正的苦頭，怕是一直要裝糊塗下去。他略一思索，去火上把鐵鉤子再次燒紅了，用下巴一示意，旁邊伺候刑的一個警察就把張立本的衣服扒光了，還把剛才綁到後背的胳膊，重新調整，讓兩個胳膊平端起來。這時候，張立本臉上的肌肉都跳了，他知道，比死還難受的時刻，到來了。

提鐵鉤子的人慢慢走上來，在張立本的左肋上，像寫毛筆字兒一樣，輕輕地，一筆一劃，有的輕了還要描一遍，張立本年老的笑聲慘絕人寰。

這時王東山走進來，他是這個案子的主審。他坐下，叉開腿，假模假式地看了一會，然後一揚手：「放開，把他放開。」

張立本鼻涕眼淚，想用手擦一下，胳膊都回不過來彎兒了。

王東山很正式：「你叫什麼名字？」

「張立本。」

「職業？」

「火鋸廠工人。」

王東山伸長了脖子，他說：「老東西你倒是對答如流啊。老炮，就你這熊樣兒的，還是共產黨的頭兒呢？我怎麼怎麼看你都不像共產黨啊。共產黨要是都是你這熊樣兒，早被我們消滅了。」

張立本露胸赤膊，兩肋疼痛難忍。他強忍著巨痛，用手揩了下臉，根本揩不淨。他心說：「黨啊，我張立本這熊樣兒可能給你們丟人了，但我張立本的骨頭，是不丟人的，是硬的！」這樣想著，他昂起了頭，說：「王癲子，你的熊樣兒好，你看看你自己，幫狗吃屎，賣友求榮，出賣自己的同胞，為了活個狗命，整天跟在日本子的後面舔腚——」張立本沒等說完，旁邊伺候刑的人就給了他一耳光，王東山揚手制止，示意張立本繼續說，他說：「聽他說，讓他說完。老東西，還不承認？你聽他那套嗑兒，多有煽動性，他不是老炮，跑了他了。最次，他也是個共產黨！」

張立本也意識到自己激昂了，他冷靜了一下，又說：「王小子，你不認識我，可我知道你，你爹是王拽子吧？你娘身體也不好，年紀輕輕，就得癆病死了。你呢，長得像個人樣兒，可是一著急，就犯羊癲，我說得沒錯吧？孩子，這都跟你不積德有關。咱先不說你家上輩兒，你爹娘為啥那樣，單說你，還這麼年輕，不為自己的後代著想嗎？中國人不該禍害中國人啊，收手吧，別禍害人了，你家自然就好了，更不會貪這些糟事兒了。你琢磨琢磨，我說得對不？」

「我老頭子也是一把年紀了，說這些，是為你好。」張立本站直了。憋著的氣出來了，人就挺直了許多。

王東山站起來，他被說到了痛處、短處、心口窩兒處。他接過那個人的鐵鉤子，對著張立本的頭、臉、肩膀、全身，鐵鉤子當鞭子劈頭蓋臉抽起來，邊打邊說：「老傢伙，我讓你胡唚，讓你胡唚！……」血肉之軀是不扛這樣掄的，張立本出站著，到倒下，到昏厥，王東山才筋疲力盡地扔了他的鐵鉤子。

涼水潑過來，換招兒。王東山說：「你們來吧，別整死就行，我去歇一會兒。」王東山犯大煙癮了，他回辦公室抽大煙，掌刑的幾個人就擺開架式，開始給張立本用灌刑了。雙料，就是洋油和辣椒摻著。一瓢下去，張立本的內臟像著火了，還不光是著火，還像有千萬根鋼針，它們魚一樣從五臟六腑游出來，走向全身。走走停停，四處打探，穿透了肝，穿透了肺，穿進了嗓子眼兒——張立本儘量不出聲，不能再讓他們看出熊兒樣。可是，疼痛讓張立本發出了獸般的低吼，嘴角流血沫了，鼻孔躥血沫了，接下來，他的肚子也慢慢往起鼓，張立本拚著力氣，吐對方一臉，劊子手狠狠一腳，把張立本的肚子踩癟了。

第十章

1

慶山從山上回來，半夜就發高燒了，他渾身冷，哆嗦，夜半眼前是幻覺。他跟三叔說：「我怕，非常地害怕。」他告訴三叔，別熄燈，一直點著，他覺得黑下來，就看見鬼了。到處是鬼啊。

他的病，把三叔嚇清醒了，那幾天，三叔成了伺候他的。玉敏和慶路跑了，被逼上山了，不當「抗聯」，也是「抗聯」了。三叔和慶山，都算匪屬，不是慶山一直給他們日本人幹活，沒有劣跡，他們兩個，早捕進去了。三叔醒過來了，他不再叨咕他的老哥哥，而是唸叨起大侄子：「我的大侄子哎，叔還沒給你娶上媳婦，咋能讓你這樣呢？你有個三長兩短，我對不起我那二哥哥、二嫂子哎——」慶山的不吃不喝、寒冷害怕，讓三叔認為他害上了鬼魂，招上沒臉的了。當地人管一些什麼精變的，鬼魂，都叫「沒臉的」。「這是在山上不小心，被哪個沒臉的孤魂野鬼給跟家來了。」三叔診斷。

這樣的病，只有大神兒來跳了。三叔說：「我豁著老命，也要把我侄子看好。」三叔用慶山拿回的伐木工錢，請了南綆的大神兒，來給慶山跳。這類沒臉的玩藝，還非得大神兒來治不行。

跳神兒也叫驅邪。請來的大神兒是黃仙附體，也就是黃鼠狼成的仙。在南綆呼蘭河，有很多仙，黃仙、狐仙，還有鼠仙、虎仙什麼的。狐仙和黃仙較多，狐仙是狐狸得道的，價格比黃仙高，三叔沒請。反正都是跳神兒，能驅了鬼就行。

黃仙是個三十多歲的中年婦女，她沒結婚也沒有孩子，也有人說她結過婚，不生孩子被丈夫休了，就出馬當上黃仙了。伺候她的那個二神兒，是個老爺們兒，也叫二仙兒、小仙兒，主要負責敲鼓、唱和、傳話。二仙兒在南梗的呼蘭河及至北斗鎮，鐵驪鎮街，都很有名，因為他平時不種地、不幹活，卻整天吃香喝辣，來神兒快，大仙兒伺候得好，治誰家誰家好。他和大仙兒，已是方圓幾百里的金牌搭檔。

沒人請他們看病的時候，二仙兒就看小牌兒，玩得一手好老千，有贏沒輸，大家以為他通靈，會算，都更加地佩服他。二仙兒手拿搖鼓，渾身銅鈴，走起步來要像舞臺上花臉的「起霸」，一走一搖晃，不能走常人的平步。他搖晃著，哆嗦著，進了三叔的院子，目光也跟平常人不同，賊、亮，還直，像精神病人的眼神。大仙則一副睡著了的樣子，眼睛微閉，神情放鬆，鬆得都有點倦怠了。他們先焚香，後叩頭，然後，一人喝下了三盅三叔備下的高度數燒酒，意思是替神仙喝了，然後，二仙就扯開嗓子唱上了：

打起鼓來敲響了鞭，今天我來請你個大神仙，先請黃家大神仙，鼓聲響到你山前。敲鼓不為別的事，搬請黃仙下高山。黃仙雲端上仔細地看，有位受難的弟子來向你請安……

大仙坐在香案旁，雙眼緊閉，雙手交插，雙眉也皺得緊。聽著二仙的唱求，不為所動，一副泥胎一般。二仙便把鼓打得更響，唱得更嘹亮、悠長，把上面的詞兒再重複一遍，加重了請求的語氣：

南山的大神兒黃老仙啊，受難的弟子恭請你出山，人間有難你不能不管，救了命我再幫你煉仙丹……

他的唱詞不是那麼清晰，故意含在嗓子眼兒裡，聽著像哼哼。哼一遍不行，就再高調兒哼唱一遍，直到第三遍唱過了，大仙的眼皮兒才動了動，眉頭也略放鬆，身體也不再僵著，站了起來，兩臂伸開，伸著，有那麼三五分鐘，仙體來了，附上身了，她才緩緩移動，一扭，一抖，一跳，腦袋猛烈一晃，全身的骨節就甩開了——只見她咬牙，瞪眼，翻眼白，甩頭，舞臂，雙腳狠狠踩地面，再扭，抖，蹦，人就突然癲狂了——和著二仙的小聲唱，她突然躍蹦半空，全身抖動著唱問：

叫聲凡夫你聽言，為何拉住我馬鞍？黃仙我站在高雲端，舉目四望心不安。

二仙馬上接唱：

金童拉馬點高香，懇請大仙來人間，慧眼看看凡夫病，驅魔降邪討金丹。

這時大仙已經躺倒在地上了，躺著，打滾兒，聽二仙這樣說了，請求了，她才一點一點，打著抖起來，哆嗦著來到慶山身邊，一伸手捉住了慶山的手腕，摸脈，翻白眼兒，牙齒咬得嘎吧吧響，又探心口窩，還扒開眼皮兒看了看，又到腦袋頂摁了摁，這時再唱：

本大仙我法無邊，凡胎魔難已驅散。豬頭供一個，牛頭只一半。羊頭要成雙，活鳳凰一串串，外加鳳凰蛋一筐。這些供品全交出，後天中午，凡胎百病消除還童顏。

三叔在一旁趕忙站過來，聽大仙要了這麼多東西，他嚇壞了，已經提前跟二仙說好，供品全拿走，外加一丈紅布，現在怎麼又要上牛頭、羊頭了呢？還要雞蛋，三叔跑到大仙身邊，巴結著說：「大神兒，山子能不能晚好幾天，你老人家把供品，再給減點行不行？牛頭沒地方整去呀，現在不年不節的。」

黃仙咕咚一下又倒下去了，仰臉翻白眼，這表示仙體不高興了。二仙會其意，但之前收了三叔的禮，他也知道三叔家再拿不出什麼東西了，就硬著頭皮繼續敲邊鼓，唱：

緊敲鼓，慢加鞭，大仙大仙聽我言，洪家有困難，要把供品減一半。

大神兒睜眼瞪了他一眼，又閉上眼咬牙唱：

二仙你聽我言，供品難減半，少給一樣我堅決不回山。洪家凡夫病要加，其他人也難逃難。寶劍撬骨縫，一碗仙水灌丹田。大仙說咋辦，二仙就咋辦。

二仙明白接下來的把戲了，又要加碼了。他拿出三根鐵釘子，對準大仙的肩膀骨縫，用手掌拍，砸，三根釘子就沒了，敲進仙體了。大家都嚇得瞪起了眼，不得不服，人家是真正的仙體，釘子進去都沒了。二仙拔出釘子，再向慶山敲去，這一敲也就是象徵地敲，真敲人受不了。寶劍撬骨縫，仙家給治病的手段升級了。三叔按著吩咐又端來一碗酒，上面點著火，二仙端給大仙，大仙一仰脖兒，把燃著火苗的酒喝去大半碗，別人以為她肚子裡會著火，可她安然無恙，用袖子擦擦嘴巴，眼睛又閉上了。唱著說：「**兩樣加起來，大洋要十塊**。」

三叔差點坐地上，他傻了。牛頭、羊頭、雞蛋還沒著落，又這加碼了，要大洋了，老骨頭全砸了也賣不出這錢呀。

慶山忽地坐起來，他說：「三叔，我好了，我不冷了！」「三叔我沒事，讓他們走吧。」慶山也心疼十塊大洋呢。

大仙、二仙一看要砸，同時跟三叔說：「本來是讓洪家凡夫後天好，現在給你加了力，眼下就好了，要你十塊大洋，不多。」

一屋子看熱鬧的人，都瞧著接下來的好看。人們都知道，三叔家砸了骨頭，也賣不出這多的錢。這時，大門口走來一個人，小女子挎著籃子，緞襖緞褲，腳上是厚底的繡花鞋，盤著頭，插著簪，一副少婦的打扮。人們認出，這不是二股山腳下開煙館的豔波嗎？豔波的籃子裡是槽子糕、水果罐頭，還有懷裡揣的大洋。人們都知道豔波靠著井然，開煙館很有錢，也有勢力。豔波走進屋來，叫了聲「三叔」，說：「聽說山子病了，我來看看你們。」她一樣一樣從籃子裡向外拿東西，那可是日本人才能吃上的好嚼咕兒。大仙、二仙都看傻了眼，豬頭、牛頭吃過，可是那日本子的水果罐頭、牛肉罐頭，那可是多少錢也買不來呀。豔波故意眼氣他們，把東西一一擺好，才掏出大洋，二十塊，說：「都拿去吧，牛頭、羊頭、鳳凰蛋，想吃啥自己可著勁兒去買。」

大神兒、二神兒都忘了自己是仙家，怕三叔後悔，抓過大洋一溜煙地跑了，不再邁著搖晃步，也不閉眼慢行了。跑得很快沒了蹤影兒。

豔波說：「三叔，請神兒容易，送神兒有點難。以後別再受她們糊弄了，我看慶山這病，得靠自己慢慢養，吃上呢，也虧欠。」

慶山說：「我沒病，我現在不冷了，我能起來了。」

豔波扶他又躺下，讓他別心疼錢，身體比啥都要緊。慶山兩隻眼睛空洞地看著空氣，那樣子，又像什麼附了體。

三叔說：「白天還行，晚上就犯。這孩子就是被什麼給沖著了。」

豔波說：「三叔，好人也架不住這通折騰啊，他們就是裝神弄鬼。」說著，豔波打量慶山躺著的木架子，四面透風，「這滿院子的人，看跳大神兒——耍猴兒呢。」說著，架起慶山的胳膊，叫人向屋裡攙，慶山兩腿輕飄飄地直打晃。三叔說：「換小子我可怎麼謝妳，一下子讓妳花了二十塊大洋。」

豔波從前最恨別人叫她換小子了，她討厭這個不男不女的名兒，可是被三叔一叫，她心頭還是一熱的。母親沒了，父親崔老大已經成酒鬼，每天用酒精麻醉，除了去千惠那兒幫人家弄洗澡水，就是蹲家裡喝酒，想百歲兒。除了妹妹，豔波覺得已經沒有親人了，更沒有人喚她的小名兒。她看了慶山一眼，慶山臉色潮紅，她伸上手去，再摸額頭，額頭還燙著。豔波說：「三叔，請大神兒還不如吃這個。」說著，她從一個布包裡，拿出一沓煙膏。三叔樂得眉開眼笑。「這個東西太好了，太好了，」他說，「換小子，妳，妳——」三叔感激得不知說什麼好，說：「這一輩子，誰知道能得著誰的濟啊，這麼多膏子，可夠吃一陣兒了。」

豔波說：「吃吧，吃完我再給慶山整。」

三叔打開一包，用手指輕輕地刮著，誇讚說：「多細發呀，這麼細發的東西，老百姓根本見不著。這日本子，太會享受了。」

三叔又問：「換小子，妳是要嫁給那個獨眼嗎？」

看來三叔是動了別的心思了，豔波心裡苦笑。她多想說，她想嫁的人，是慶山。可是她又知道，那不可能。正在她為難之際，大門口又跑來一人，是滿桌兒。滿桌兒邊跑邊哭：「慶山哥，慶山哥——」

大家以為滿桌兒是來看望慶山的，滿桌兒撲進屋，慌裡慌張地說：「慶山哥，快去我家看看吧，我哥出事兒了！……」

2

原來，滿桌兒的哥哥，賈中滿，反正了。還策反拐跑了六七個森林警察，抱著他們的大槍，上山投奔了抗聯。

王警尉接到這個電話，嚇得半天沒有說話。他覺得要出事兒，就真出事兒了。這日本子井然，是個「成事不足，敗事有餘」的傢伙。王警尉一直討厭他，又害怕他，害怕跟他合作，可是井然殺了驢、拔橛子的人就得是他。

這天早晨，霧就很大，到了晚上，大霧還沒消散。賈中滿值班，他抱著大槍站林子裡的第一道崗，霧大，他也提高了警惕。這時就聽到嚓嚓的腳步聲，中滿喝令站住，對方繼續「嚓嚓嚓」。喝問口令，對方也不回答，賈中滿就開槍了。他一開槍對方就說話了，說的是日語，罵賈中滿「混蛋，笨蛋，八嘎，八嘎」。

賈中滿當時就嚇得腿軟了，霧中走出的是井然。

他來巡察。

中滿能當上森警，是金吉花費了好大的勁，她把上好的福壽膏，都通過豔波，送給了井然，也打點了公署，重點是王東山。游擊隊鬧得厲害，地方警察、鐵路警察，根本不夠用，就成立了森林警察特別防護隊。這些警察權勢比不得地方警察，但待遇好，冬天的手籠都是牛皮的，腳上的大棉靴也非常暖和，還配備槍支。在一道道的山邊蓋了小房，是森警所。一個所有警察十來人，冬天屋裡有火爐，人員輪班站崗，比當兵的還自在。中滿上班第一天，吉花就囑咐他好好幹，吃日本人的飯，不是那麼省心的，要他小心、用心，多長心眼。中滿天生就是個實心眼兒，前不久他還惹過一次事兒，日本人對警察隊伍搞普查，中滿填了父親賈永堂。武下拿著那張表格看了半天，血仇的後代，怎麼能進警察隊伍呢？後來王東山幫中滿打保票，說他們全家，都跟皇軍一心一德，他的母親金吉花，跟日本人走得近著呢。當年前韓開拓團來時，半夜起火，金吉花幫著救火，一直跟皇軍一條心。他的哥哥，賈中朝，在鐵路自衛隊當警察，妹妹賈中日，送去了滿洲護校，畢業後都可為皇軍效力的。「這個賈中滿，當森警，正是個考驗他的機會。」

武下就不說什麼了。

現在，賈中滿誤放了槍，井然揪住他就不放了。井然說他，是有意謀殺日本皇軍，是故意的。

井然治中國人有辦法，屋裡點著爐火，井然獨著那隻眼睛，問大夥：「怎麼辦吧？公然抗日。」大家都低了頭。中滿憨厚，平時別人嫌冷不幹的活，他都幹，人緣挺好。現在，惹了事兒，大家夥兒的心都提了起來，這個井然，最不是東西，不知他想怎麼整治中滿。

井然看大夥不搭腔，非常惱怒，他說：「說不定這裡就有你們一夥兒的，暗害皇軍。好，你們不說，讓他自己說。」

爐子上的鐵皮壺，正在冒著熱氣，井然熟練地把壺拿下來，放到一角，用鐵爐鉤，一圈一圈，把鐵爐盤蓋上。爐子裡的火非常硬，只幾分鐘，爐蓋就紅了。

大家猜得出井然要幹什麼了。

中滿已經嚇得篩了糠。

果然，井然一指他，讓他脫掉鞋，上去。

中滿抖著聲說：「太君，我確實沒看清，我以為是游擊隊呢。不是以為游擊隊，我能開槍嗎？」

井然糾正他：「鬍子，赤匪，鬍子！」

中滿說：「是，我以為是赤匪，鬍子，才開的槍。」

井然一擺手，讓他少廢話。「上來！」

中滿說：「知道是皇軍，我哪敢開槍啊。」

井然掏出槍，一步步逼進，問中滿：「還要叫憲兵隊的過來嗎？他們來了，可就沒有這麼簡單了。」

中滿頭上、臉上的汗，像被人潑了一盆水，他用眼睛看所長高大柱。井然也把下巴抬向了高大柱，示意他架中滿上去。

高大柱不敢違命，他走上去，像扶一個老人，去扶賈中滿。

中滿不動。

井然說：「你的，不要以為我不知道，你爹，就是那個沉了河的，賈永堂。他當年，通匪，傷我們三個兵。現在，你到底安的什麼心，上去，才能說真話。你們支那人，最會兩面三刀了。」

中滿踏上了爐蓋，他好像蹦跳了兩下，人就栽了下來。

一次火烙並沒結束對賈中滿的考驗，井然把事向上級做了彙報。賈中滿向皇軍開槍，究竟是沒看清，還是圖謀不軌，他們不能輕下斷言。賈中滿後來又被燙了幾次，腳上的骨頭都燙冒油了。王東山正琢磨怎麼能放過賈中滿，平息這件事；他已經看出來了，只要他把中滿保下來，跟金吉花提滿桌兒的事，金吉花不會不答應。他正想拿這件事當隆重的獻禮，現在，人沒救下，賈中滿跑了，反正了，還帶著人、槍。出了這樣的大事，武下都會震怒的。

電話裡說，賈中滿反正了，拐跑了人、槍，正向林子裡鑽呢。連所長高大柱，都跟他一起起義了。

王東山放下電話，坐下來靜思量，左右衡量：抓回賈中滿，及他一行人和手中槍，能升警佐；不抓，金吉花會把滿桌兒嫁給他。

3

警察包圍了金吉花的家，中朝是鐵路警察，也被命令隨隊伍去山上追，追回他弟弟，可以將功折罪，不然，全家「死啦，死啦」的。

金吉花雜貨鋪的門都關了，她去學校找滿桌兒，她告訴了滿桌兒家中的不幸，求滿桌兒回家，去討好王東山。吉花攥著滿桌兒的手，說：「姑娘，現在，只有妳能救妳哥哥、救妳媽了，要不，咱們全家都完了。」

滿桌兒答應了母親，她卻跑來找洪慶山。她還幻想著，慶山能去找找武下，慶山不是給武下餵過馬嗎？滿桌兒要慶山救她全家。

聽了滿桌兒敘述，慶山的兩隻眼，更空了。滿桌說：「慶山哥，你不是給武下幹過活嗎？能不能求求他，告訴他我哥哥不是故意的，不是故意打井然。」

慶山呆呆地晃晃頭。

豔波把籃子往胳膊上一挎，說：「滿桌兒，別難為慶山了，這事兒，交給我吧。」

4

王東山帶人去追中滿，他沒有跑在最前面，他也怕死。根據以往的經驗，在山裡追人，吃虧的往往是後邊的，你在明處，人家在暗處，樹幹就是他們最好的擋箭牌，吃一槍，倒一個。而向對方開槍，往往十打九不準。山裡的游擊隊，也正是靠著這樣的天然屏障，怎麼打也打不死，打不光。

聽到前面有動靜，就亂放了一通槍。前面並沒有回過來同樣的子彈，這讓王東山膽子大起來，他推開別人，走到前面，向晃動的樹梢喊話：「出來，受降，可保你不死。」

裡面的樹梢兒又靜了。

井然那支討伐隊伍裡，他們把賈中朝、金吉花，放在了最前面，一旦有冷槍，讓他們先死。中朝一路都用眼睛示意母親，讓她有機會，就逃。可是金吉花像是看不懂。她心裡祈禱著，能追上兒子，勸他回來。這樣想著、轉著，他們就跟逃跑的賈中滿，相遇了。

原來，中滿帶的幾個人，迷山了。他們轉悠來轉悠去，又回到了原地。王東山的先遣部隊，得到的命令是追上反賊，格殺勿論。殺了這個賈中滿，娶賈中日這個姑娘的好事兒，也完了。王東山邊追邊矛盾地想，這時候，他看出林子梢下面有人了，他掂量著怎麼辦。井然押著賈中朝趕來了，後面還有金吉花。王東山示意井然，人就在裡面。井然命人向裡喊話：「出來，不出來就開槍了。」

裡面扔出的是手榴彈，他們竟還有手榴彈。

井然發火了，他咆哮著向裡開槍，扔炸彈。金吉花求他別扔，她來勸兒子，帶人出來。井然猶豫了一下，住手，讓她喊話。

吉花說：「兒子，中滿啊，你出來，你帶幾個兄弟出來吧。認個錯，受受罰，咱們跟他們回去。回家吧，在這山上也是個死啊。」

吉花再說：「中滿，兒子啊，出來吧，你出來，你出來了有什麼事媽去頂。我知道你腳燙壞了，可是，你這樣鑽林子，那腳還不爛掉啊？出來吧，跟王警尉、井然太軍，回家，回到隊裡，咱們有話明說。」

吉花的嗓子喊冒了煙兒，這時候，林子裡傳來回話：「娘，妳忘了我爹是怎麼死的嗎？娘，妳就當沒我這個兒子吧。」「轟！」——幾枚手榴彈打著捆兒又扔出來，吉花被轟坐地上了。

這時候，誰都沒想到，賈中朝突然抄起一根棍子，林子中的硬雜木，照著井然，就猛地掄過去。井然一躲，棍子還是掄到了他肩上，疼得他一咧嘴，衝著賈中朝就是一槍。賈中朝也很會躲，槍打在了他的胳膊上，他用另一隻胳膊扯起母親，鑽進了林子，逃了。

「都反了，這支那人，就不能信。」井然嚎叫。

王東山讓井然圍剿林子裡的賈中滿，他來對付他們。

第十一章

1

張立本醒來，他已經躺在草地上了，旁邊是另幾個人的便溺，臊臭味讓他想到自己的鼻子還管用。他動了一下，全身的骨節像是變成一截截的了。他晃晃頭，鼻子還流血水。他試著坐起來，倚靠牆，手腳也還能動，只是頭皮疼，耳朵疼，胸裡的心肝肺疼。旁邊的一個小夥子，看他口鼻流血沫，扯過乾草，幫他拭了拭。張立本感激地看了小夥子一眼，說：「謝謝。」這時，有人喊張立本的名字，說有人探監。

三叔站在了牢門口。

三叔給張立本買了吃的、喝的，之前用大洋打點過牢頭，牢頭就給他行了方便，躲一邊去了。三叔說：「他張大叔，咋說，咱也共事了十來年。昨天聽山子說，我才知道，那日本子多裹，使的壞，給你整進來了。你真是，那個什麼會的頭兒？」

張立本彎了彎嘴角，他想笑一下，一笑臉上的五官都扯得疼。他說：「洪三哥，你是個好人呢。洪大哥，更不錯。你們，都是好樣的。」

三叔的眼皮兒耷下來了，看來，沒冤枉他。

張立本說：「洪三哥，慶路、玉敏他們，都安全吧？那天慶林不在，多虧沒在。我後來聽同牢的人說，慶路腿兒快，跑得比子彈都快，那小子真機靈。看著吧，用不了多久，他們就能回來。」

三叔用眼睛問：「你真是共產黨？」

張立本說：「真的，三哥，我不哄你，好日子，快來了。南邊天兒都亮了。」

「天兒亮了有啥用，我的老婆兒、兒子、閨女，都沒了。還有我的大哥，死的死，逃的逃，我的一家人吶，我的老哥哥哎——」三叔又傷心了，他一傷心，就犯魔怔，會再次叨嘮一句話。

張立本說：「放心，洪三哥，會有人為他們報仇的。慶路、玉敏也沒跑遠，總有一天，他們能打回來。你看著吧。」

「打來打去，這日子什麼時候是頭兒哇。」三叔的表情淒苦，他說：「我今天來，就是問你，你是不是他們找的那個老炮？你跟我大哥，也認識？我的老哥哥，也跟那什麼會有關？如果沒有，不是，我想法兒保你出去，這裡待著，遭罪啊。」

張立本笑了：「三叔，你保我？擱啥呀？那鬼子們能聽你的？」

三叔說：「你就說你是不是吧。如果不是，冤枉了你，我就有辦法。那些道道關的小鬼兒們，不就是要錢嘛。有錢能使鬼推磨。」

張立本從內心樂了，說：「三叔，那你保吧，我得出去。我不是，我只是打皮子打得準點兒，他們就管我叫老炮了。是他們抓錯了人。」

張立本說：「我的骨頭硬，他們什麼口實都沒落下。」

牢頭過來說：「行了，趕緊走吧。」三叔又塞給他一包牛肉，拉了拉張立本的手，說：「你挺住，等我贖你。」

2

三叔變賣了他大哥給他留下的那塊懷錶，還押上了房子，籌了錢後，去找王東山。王東山升任警佐了，獨自的辦公室，還有伺候他的人。在門口，碰到了崔老二。崔老二也是來行賄的，他救的人是周德東。三叔想拚了老命，也得贖出張立本，他出來，自己的兒子、閨女才有救兒。張立本承不承認，他都是抗聯的人了，這一點，三叔是清楚的。

王東山也不迴避，崔老二在他面前點頭哈腰，說盡了好話，又送上那袋子沉甸甸的銀子，崔老二說：「咋著，也是孩子他舅，一家人，不能看著不管。再說了，我小舅子就是個商人，商人嘛，誰買東西，他能不賣？商人就是圖利的嘛。」王東山說：「你少廢話吧，他是不是救國會的，赤匪，大家心裡都有數兒。我實話告訴你，這個案子好在，就是你小舅子還算個爺們兒，牙根兒硬，能挺住，沒隨便亂咬。看在你一直為皇軍效力的份上，今天，就放他一馬，去辦手續去吧。」

崔老二簡直想給王東山磕一個了。

三叔獻上的銀子也不少，王東山說：「老洪頭兒，那姓張的跟你非親非故，你花這個錢幹啥呀？」

三叔說：「咋也住俺家十來年了，他要這麼完了，他家裡老娘來跟我要人，我咋辦呢？我對不起人家呀。」

王東山打了個哈欠，大煙癮又犯了。他本來想譏諷幾句，戲耍一下三叔，可是煙癮讓他突然沒有了心思。他說：「實話告訴你，老洪頭，那個姓張的別看他嘴硬，想槍斃他也比踩死個螞蟻容易。還有你兒子，洪慶路，不是跟你閨女都跑了嗎，去找趙尚志了，按說你這樣的家屬，也夠槍斃的罪。今天大爺我心情好，也缺錢，你孝敬的這個，我收下了。殺你們，費我的子彈，不值。去吧，弄那老東西辦手續去吧。」

說著撕下本子上的一半紙，交給三叔。

張立本和周德東，都放出來了。

3

慶山的身體好些，他出來找活幹了。

房子，都被三叔押出去了，掙錢，是慶山心裡的一座大山。二股木營，已經撤銷了，多襄抓完人，那個木營點就不存在了。慶山看到鐵驪鎮街頭又貼出新布告，說前韓開拓團缺人，需大量青壯年勞動力，幫助耕田、種地。除了管飯，年底還分紅。開拓團裡十四五歲的少年，都去了大訓練營，是後備兵。而二三十歲的，都補充到前線去了。到開拓團幫耕，可免除兵役、「勤勞奉仕」役，還免賦稅，當然，也不被抓「浮浪」了。慶山知道堂弟慶林被抓了「浮浪」，已是幾個月之後，那時慶林早已被運到日本了，開礦山，人能不能回來，一想心都酸。

「洪，你也在這兒？」——慶山一回頭，是花田，花田也站在他身後看布告。花田瘦得越發高了，她的頭髮像中國婦女那樣綰著，上下衣是寬襖、肥腿褲。她的兩隻手伸著，慶山看見她的指甲裡藏滿了汙泥。慶山簡直不敢認她，這還是那個白皙嬌美、一說話頻頻哈腰的日本女人嗎？她看見慶山，露出的是欣喜、驚訝。她說：「洪，你在應招吧？我家缺人，去我家吧。」

花田說：「菊地，一直在唸叨你。洪，他如果看你去我家，會高興。」

慶山這才知道，菊地這個軍醫，本是負責開拓團的，因為人手不夠，他訓練所、兵營、醫院，哪都跑。家裡太缺勞力了。

剛到前韓道口，慶山看到很多男人都在那兒應招呢，他們多是老弱病殘，被東家頻頻搖頭。花田領著慶山向裡走，花田說：「你們滿洲，青壯年也不多了，當兵的當兵，抓浮浪的抓浮浪了。唉！」花田都嘆息了。那些年老的男人，他們抄著手、駝著腰、擤鼻涕、咳嗽、吐痰，連高傻子，都站在那兒湊熱鬧了。慶山知道日本人愛乾淨，擱在從前，讓他們靠近都不可能，現在，人荒，也讓他們來幫工了。

前韓開拓團從前慶山只是遠遠看，這次走得這麼近，家家的房屋修得方方正正，橫平豎直，他們的土地，一片連一片，一眼望不到邊。花田介紹，自家屋前房後的，是供自用，而遠處，那大面積的，秋天打了糧食，收大豆，供軍需。花田對慶山格外熱情，她讓慶山先坐下，歇一歇汗，說著，拿塊白毛巾，為慶山搧風，好像慶山不是雇來的長工，而是她的主人。慶山發現日本女人格外善良，她們除了善良，還殷切。從千惠那兒、純子那兒，到花田這兒，她們跟你說話看著你的眼睛，是那麼信任、殷切、期望、友好。而他們的男人，卻個個狠如豺狼。哦，也有例外，菊地，和那個竹內、吉崗，對人就好得多。

花田說：「洪，幫我們幹活，我不會虧待你，信我。」

慶山說：「幹活在哪兒都是幹，我三叔，他年紀大了，有時還糊塗，我住在這，他也來，我得管他。這樣行嗎？」

花田說：「可以呀，這麼多房子，一起住，沒問題。」

花田說著話，就把她家的農具，都抱出來，讓慶山磨快磨亮。慶山看著花田抱那些農具柄，像幾根竹竿兒，馬上要散架。他馬上上前把鋤頭、鐵鍬接過來，拿過塊石頭，對著鍬、鋤「擦擦擦」幾下，立即打磨一新，露出了鐵器原有的光亮。花田開心地笑，誇慶山好樣的。又去把那個洗澡的大木桶滾來，讓慶山幫她重新加固了鐵絲，箍緊。慶山要回去了，他找到了活兒，要回去跟三叔說。花田卻主婦一樣，手腳麻利地炒好了菜，溫了酒，說菊地一會回來，一起喝。

慶山臉紅地拒絕，說：「不用不用，我是長工。不要這樣。我得回家，告訴我三叔去。再說了，也得接他來。」

花田急得用手比劃，可以接三叔來一塊吃，慶山說：「等幹上活兒吧，幹上了活兒，我三叔的飯食錢，從我工錢裡扣。」

正說著，菊地回來了，他騎著日本小個兒馬，一頭的汗，看見慶山，喜出望外，上來拉著慶山的胳膊，一定吃飯、喝酒。他說有別的事兒，完了再說。不吃這頓飯，就沒機會了。因為他馬上要開赴新京，那裡有任務。

「要走？」花田問。

「是要走了，這回更遠了。」菊地有了傷感。

慶山和菊地坐在小桌旁，菊地是跪式，慶山則盤腿。中國男子、韓國男子，都會盤腿，日本人則跪坐著。菊地上來就敬慶山，連喝了三杯。他說，驚馬下救他老婆、孩子的命，還沒感謝。現在，正有這個機會。「謝謝，謝謝！」——菊地邊說「謝謝」邊躬身，他說：「洪，我們日本人，是欠你們滿洲的。」

這句話，讓慶山愣了——這樣的話如果讓武下聽到，還了得？

菊地嘆了口氣，說：「洪，我的兩個兒子都死了，一個那麼小，拉肚子拉死了，水土不服。另一個，去了訓練所，槍走火，也為這個國家，犧牲了。家裡，現在地，沒人種。花田，一個女人，你看她累的樣子。我，馬上還得去新京，那裡死人更多。這仗，不知什麼時候才能打到頭兒哇。」

慶山一口喝下一杯，他說：「菊地君，你的話，我有同感。」

菊地回頭看了看屋門口，花田沒在，他伸長了脖子，小聲說：「洪，我瞞她，我這次可能是從新京直接開往熱河，去中支那，那裡打得更厲害。」

「去那麼遠？」

「對，」菊地點了點頭，說，「洪，你討厭戰爭嗎？我討厭。你看，每天，我們的手上都沾滿了鮮血，救人，殺人，殺人，救人，救好了再去殺，殺死了再來救，這樣的日子，太血腥了，我夠了，夠了，真的。」菊地把酒一口乾下去。

花田進來又給他們上了一道炒雞蛋，並用筷子給慶山撥到碗裡，說：「洪，吃，吃，別客氣。」

菊地說：「我老婆也謝你。洪，你就在我家幹吧，我給你鞠躬，我把家託付你了。你是好人。這個，我知道。良民，大大的。」菊地說著站起來，對著慶山很大幅度地鞠躬。他說：「這也算我們民族的謝罪。對不起，真的對不起啊，我們大和民族，在這兒犯下的罪孽太深重了。」

「很多都是手無寸鐵的百姓，僅有嫌疑。」

「我們殺了很多像你一樣的好人，我們大和民族，有罪。」

慶山聽呆了，菊地，他是日本軍人啊，即將上戰場的軍人，他說他們犯了罪，對不起。而多襄井，也是日本人，日本商人，卻暗暗穿著日本軍服，幫武下殺人。同是日本人，他們有的殺人，有的賠罪，慶山覺得自己的腦袋都大了。

喝到後來，菊地還說：「大二火鋸廠那個老頭兒，救國會的會長，姓張的，他是好樣的，骨頭都被打碎了，可是他能什麼都不說。」

「你們支那人，好樣的，很多。」菊地又喝下一杯。

慶山回到家，三叔還沒睡，也沒點燈。告訴他滿桌兒來過了。

慶山問：「滿桌兒她哥救回來了嗎？」

三叔說：「好像沒事兒了。換小子是好樣的，一個姑娘家的，能使喚動日本人。逃到山裡那個，被炸沒影兒了，不知是死是活。她大哥，中朝，跟他母親，被保回來了，不追究了。貪吃貪抽的王癲子饒過他們了。滿桌兒說跟你有話說，看你沒在，她說明兒再來。」

慶山想這麼晚了，他也不好再去找滿桌兒，明天早上再說吧。他告訴三叔，他去開拓團菊地家幫耕了，免兵，免稅，免很多雜役，三叔也跟他一塊去，住在那兒。等他們掙了錢，把房子贖回來，再回這住。

三叔說：「山子，難得你孝心，走哪兒都不忘三叔。你有良心。慶路那倆犢子，我是白養了。不過，我已經答應張立本了，跟他上山，他打皮子，我幫他看窖。跟他在一塊兒，還做個伴兒。你放心去幹活吧。等咱們房子圓回來，咱爺倆再住。」

4

慶山早晨，在門口撿到一封信，打開來，是滿桌兒塞進來的。滿桌兒說：「慶山哥，對不起，我要嫁給王東山了。你好好，找個人過日子吧。」

慶山拿著信，手指發抖。

一行清淚，落下來，打在紙上。

王東山放過了賈中朝，也給了金吉花太平的日子，前提就是娶滿桌兒，給他當老婆。王東山說，山裡那片林子，已炸成焦土，他跟武下彙報說，人都炸飛了，全部剿滅。而事實上，賈中滿如果命大，他就活著吧。

井然當時為報中朝掄的那一棍子之仇，把林子炸冒煙兒了，把子彈全部打光了。是王東山掩護，他們娘倆得以活命。中朝沒有再下山，下山了井然也放不過他，豔波去找井然說情，井然當時獨眼兒一瞪，問她：「是不是共產黨？跟賊匪一夥的？」井然翻了臉，誰也不認了。

豔波獻上她的上好煙膏，井然的獨眼兒就笑了。

有煙能使鬼熄火兒。

王東山悄悄告訴吉花，目前南方戰事吃緊，武下的重點是援南。太平洋戰爭爆發了，日本子的日子已不好過，那邊缺人缺錢，武下已經顧不上這邊，只讓滿洲警察維持著。井然若也能睜一隻眼閉一隻眼，山上山下兩不犯，都有生路。

滿桌兒一直低著頭，王東山說：「丫頭，妳可能喜歡老洪家那個窮棒子，這我知道。不過妳找了他，沒有好日子過，而我，能給妳，平安富貴的生活。」

吉花也做滿桌兒的工作，她說：「要是早先，不打仗，妳想跟洪家那小子，媽也隨妳。可是現在，妳看，仗都打十年了，也看不出盡頭。這是日本子的天下，咱老百姓，整不好，就掉腦袋。妳嫁了王警佐，好歹他能保護妳吧，保護咱全家。」滿桌兒沒抬頭地頂了一句，她說：「主要是保護妳。」一句話把金吉花頂出了眼淚，她手捂著口鼻，說：「行，丫頭，妳不願意，我不逼妳，我一條老命，不用保護，死就死。我早活夠了，妳爹沒那年，我就夠了，不為養妳們長大，我——」吉花哭得哽咽了。滿桌兒說：「行行行，別說了，我不是答應了嗎？再說那些有什麼用！」

吉花繼續：「妳看老洪家，要啥沒啥，人也一個個跑的跑、死的死、沒的沒。那慶山是能幹，可是幹了這麼多年，不也白幹嗎？他三叔一會明白一會糊塗，破爛大家，妳要是找了他，一輩子的糟心。妳娘是過來人，不會坑妳。王東山是有點毛病，可那不算大事兒，啥也不耽誤。現在除了日本子，他最有勢力了，妳能眼睜睜地看著妳哥被他們攆死嗎？」

滿桌兒站起來，說：「娘，別說了，這些我都懂。」

「快點吧，人家等著呢。」

滿桌兒打扮成新娘，美得像一隻紅燈籠。

慶山來時，滿桌兒的流水席已經開始了，金吉花拿出了所有，王東山也願意讓老鄰舊居看看，他王癲子，明媒正娶，娶了一個什麼樣的女人。崔老大、崔老二都來了，豔波、豔萍也在酒席上忙著，還有大胖、二胖、三胖、四胖。大胖、二胖已經去拓務科上班了，吃官飯的人，崔老二格外展揚。裡裡外外，金吉花看崔老二的目光，像看自己男人。可崔老二借酒遮臉，假裝不知。吉花心裡落淚——這男人啊，咋就都翻臉不認人呢，貪妳時嬉皮笑臉，可一轉身，臉冷得像不認識妳一樣。賈玉珍走了，沒人再罵吉花養漢老婆、養漢精，吉花還寂寞了許多。

慶山沒有走近，那一片紅，紅喜、紅綢、紅燈籠，紅得刺目。他遠遠地站在街角，避著身，滿桌兒和王癲子正給客人敬酒，陽光下，滿桌兒青春的臉，直直的鼻樑浸著汗珠兒。慶山想起了河邊，滿桌兒給他花手絹兒時的情景，那時，他看著滿桌兒的小鼻樑，真想親吻……。慶山鼻子又酸了，他默默地，倒退著走了。

夜半，人們剛睡著，就聽見王東山的新房裡傳來尖叫，滿桌兒驚叫著跑出來，披頭散髮，光著腳向黑暗衝去。原來王東山犯羊癲了，正笑臉對著滿桌兒的時候，突然翻白眼，吐白沫，身子僵直，挺身……。滿桌兒嚇瘋了……

第十二章

1

山上的五月，溪水還很拔人，那份涼拔徹骨。玉敏在一個及腰高的大木桶裡摁染白布，兩手冰得通紅。

黃檗樹，樹皮內裡黃得耀眼，內皮又柔軟又粘滑，摁在水裡稀釋成了染色的粘液。玉敏把它們劈成了一條條，浸到水裡和白布一起揉搓，白布變成了黃色，再洗淨，晾乾，給戰士們做衣裳的土黃布，就成了。

朱康叮囑她歇一會兒，玉敏用胳膊擼擼汗，說不累。從見到朱康第一天起，玉敏就熱愛上了這個高個子男人。朱康人好，心腸更好，對所有人都好。玉敏和慶路他們找來的時候，朱康的密營已沒什麼吃的了，可是，為了他們的身體，能活下去，朱康冒死，帶兩人下山打給養，給養沒打來，路上撿回幾隻野雞、山兔，弄熟了給他們調養，幫玉敏和慶路幾個新戰士渡過了難關。現在，她們都能吃樹皮了。再說，夏天到了，林子裡就不愁吃的了，就連黃檗樹皮，剝一剝，放在嘴裡嚼，又去火又潤喉。夏天的林子裡，到處都是寶，餓不死人的。

百歲兒和于四炮他們的那一仗打得漂亮，趙尚志派人跟他們聯繫上了，收編為第三路軍的第八團。朱康也是從那一仗之後找上百歲兒的，再度相逢，大家都百感交集。朱康說了自己這幾年打游擊的情況，能活著見面，就是命大，造化大。慕名來投奔他們的山民越來越多，百歲兒已經出任團長。于四炮說他受不了紀律約束，還是回他的老窩兒更好，百歲兒他們一旦仗打得不湊手，缺人，叫他，他還來幫襯。百歲兒是團長，朱康是政委。他們的老金溝密營，已建設得有模有樣了。玉敏除了染布，她還能縫衣服，那臺老式的腳踏縫紉機，是樹洞裡翻出來的，北滿省委留下的。

玉敏哈著腰，吭吃吭吃，幹得很賣力。朱康關心她，這讓她感覺心裡很溫暖。她不歇，她使勁地幹，她希望在朱康眼裡，自己是個能幹的女人、優秀的女戰士，而不只是個黃毛丫頭。燒火的朴英玉過來給她添熱水，水太涼浸染的效果也不好。玉敏抬起兩隻胳膊，舉著，正在這時，她看到密營的小道兒上，跟頭把式地跑來一個女人，連滾帶爬，像女鬼一樣。待大家警惕地喝她站住，讓她別再動，她們上前，仔細看，玉敏驚訝：這不是吉花家的滿桌兒嗎?!

滿桌兒怕連累她娘，沒回家，跑山上來了。

朱康讓幾個女戰士安頓下滿桌兒，說：「凡是受苦的百姓，都是我們的階級姐妹，好好照顧，讓她成長為一個先進的戰士，成為我們的新生力量。」

這些話，讓滿桌兒踏實安靜下來。休養的日子裡，聽玉敏跟她說窮人、富人的道理，階級的壓迫、剝削，滿桌兒覺得像眼前開了一扇窗戶。她有今天，不就是王東山對她家的壓迫和剝削嗎？在老金溝住下來的日子裡，滿桌兒熱愛上了這裡，她每天跟玉敏一道，為戰士縫衣服，煮飯，挖野菜，儲備冬天的糧食。滿桌兒覺得自己很有用，是一個有用的人。

滿桌兒還比玉敏多了一項本事，她會包紮，簡單地處理傷口，掛了花的戰士，逃回來，滿桌兒都能救治。

滿桌兒還有文化，她讀過書，會寫標語，寫洽函。生活了一段後，玉敏發現朱康的眼神都用在滿桌兒身上了，朱康那麼喜歡滿桌兒，事事都找她商量。玉敏發現，朱康最喜歡兩個人，一個是百歲兒，學生兵；一個是滿桌兒，也讀過書的女人。朱康說將來，仗打完了，天下太平了，他有了兒子，無論如何，他都得讓兒子讀書，識字兒。「這識字兒的人，跟不識字兒的就是不一樣。」

這樣的話讓玉敏難過。

朴英玉說：「朱政委，你老婆還沒娶，兒子在哪兒呢？」

朱康說：「那不急，等趙司令打回來，革命勝利了，兒子有得是。咱們打仗難，生兒子、生閨女還是不難的，歇上三五載，準生他一堆！」

百歲兒說等抗戰勝利了，他要整個日本姑娘當當老婆，他讓小日本子，世世代代都管他叫爹。他的話讓其他人都笑了起來，朴英玉卻不高興了。她喜歡百歲兒，她是個朝鮮姑娘，她對百歲的感情，就像玉敏對朱康。滿桌兒明白這兩姑娘的心，百歲兒說的日本姑娘，肯定是指純子，多襄純子。滿桌兒經歷了一夜的婚姻，就像經歷了半百人生，她心想，過些日子，待她都熟悉了，一定好好幫幫她們。女人的心，一生只能給一個人。第一次給了誰，就再也收不回來了。她的心還在慶山那裡。

晚上，滿桌兒教玉敏、朴英玉識字。玉敏在婦救會班裡時，是偷偷識得幾個字的，可惜太少，現在，滿桌兒認真地教她，她們刻苦地學，像幹活一樣賣力。玉敏希望自己像滿桌兒一樣有文化，朱康能愛上她。

洋油燈的火苗越來越暗了，洋油沒了。玉敏說，明天，她要下趟山，去買點洋油、火柴等。男戰士下山太打眼，一般的時候，都是玉敏或朴英玉，戴上帽頭，扮個瘦弱的小夥兒，去山下採購。

滿桌兒也想去，跑出來了，母親那現在什麼樣，她都不知道。王東山那傢伙不是好惹的，一夜的新媳婦，跑了，他不拿母親出氣，還能下什麼手呢？玉敏下山，她也仗著膽兒就個伴兒，偷偷跑回去看看。

玉敏說人多目標大，不安全。「等我偵察好了，沒事了，妳再回去。」

滿桌兒只能聽話。

玉敏還叮囑她，在家跟朴英玉，明天把那些紗布洗了，趁天兒好晾曬。還有那些玉米，都搓下來，曬成粒，打包行軍時好拿。

2

第二天，玉敏熟門熟路的，把洋油、火柴等東西都買好後，藏在了山根，她空著手，才又轉到南梗，順著呼蘭河邊，去看自己家的。她裝作從門前經過，見大門裡已經不是爹和慶山哥，一個婦女領著個孩子，坐在院裡的木墩上，在歇晌。玉敏想討碗水喝，那個大嫂很警惕，看她探頭兒，她上去就把大門關上了。玉敏也不好再冒然問，就向頭道屯走去，她替滿桌兒去看看她的家。這時候，她才看見，沿途貼滿了布告，上面是滿桌兒的畫像，王東山在緝拿她。

走了幾步，前面有一堆人圍著，遠遠伸脖看，原來是在盤查婦女。一個女人的後髮髻被扯開了，像是遭辨認。玉敏不敢再向前走了，也許到不了頭道屯，她也被纏住。打扮成小夥子，畢竟她不是。玉敏轉身又回到了鐵驪鎮街，買了個餅子吃了。走到山根兒，掏出包袱挎上就一路急趕，二十多里路，小半天就回來了。可是，快到老金溝時，玉敏才發覺，不對，有尾巴了。

她警覺後馬上想對策，山上現在只有滿桌兒和朴英玉，一般的時候，她們估摸她快回來了，都會出來接她。現在，她心想她們千萬可別出來，誰都別動，最好在屋子裡。玉敏邊計畫邊向另一岔道上走，她想把尾巴引開，引到另一條小道兒的歧途，她再轉回來，帶她們藏起來。這時候，後面的人停住了，不走了，因為他發現，眼前一片生活的場景：矮樹枝上晾曬的紗布，一席子搓好的玉米，小道旁的茅房上，那雙紅鞋，不正是滿桌兒的嗎？王東山掏出了槍，不用追玉敏了，前面那個木棱房，滿桌兒肯定在那裡呀。

玉敏傻了，尾巴不跟著她，而是折身奔木棱屋跑去，玉敏順著小道颼颼向裡插，邊跑邊喊：「滿桌兒！——滿桌兒！——朴英玉，快跑，快跑哇！——有狼狗！——」

滿桌兒給王東山留下的恥辱，這是他槍斃多少人都不能解恨的。他為了抓住滿桌兒，已經忍耐了太久，咬牙了太久。他知道越是規模大，越是捉不到。守株待兔，現在，這個洪玉敏，讓他碼著了鬚子，報仇的時機到了——滿桌兒聽到喊聲，從屋裡跑出來，她正在屋裡幹活，手裡還拿著剪子，看衝過來的是王東山，有那麼一刻她是愣怔的，慌不擇路，竟對著他，迎面，跑去。

王東山左手提槍，右手來擒滿桌兒的脖子，滿桌兒這才明白了似的，本能地低頭彎腰，漏網之魚一樣鑽過王東山的胳膊向後跑。王東山轉身，用槍口對著她，說：「我喊一二三，再不站住，我就開槍了。」

滿桌兒看見了玉敏，她又開始向著玉敏跑。

「好，妳們倆，正好站成一串，我一槍打倆。」王東山慢下了腳步，這麼點地盤兒，他不急，可以慢慢解恨。玉敏接住滿桌兒伸來的手，王東山已經數到三了，玉敏回過身，告訴他別開槍，玉敏說：「讓滿桌兒跟你走，你別開槍。」玉敏說著，把袋子放到了腳邊，她想先穩住王東山，再想辦法幹掉他。

王東山說：「洪玉敏，妳少管閒事。告訴妳，回頭我再殺上來，妳這老窩兒，也給妳端了。」

朴英玉從後面舉起了槍，王東山沒回頭就向後面甩了一槍，朴英玉倒下了。

玉敏開槍也沒有王東山的速度快，她又倒下了。

滿桌兒持著剪刀，去扎王東山，王東山又給了她一槍。

朱康他們回來，地上的鮮血把綠草都染紅了，澤水邊，一股腥味。玉敏掙扎著給自己做了包紮，又去救滿桌兒、朴英玉，但她們倆一個胸部開了個大窟窿，一個頭部在流血，玉敏的救助只是讓血流得更洶湧……。滿桌兒和朴英玉都死了，玉敏哭得上氣不接下氣，她檢討自己，請求朱康給她處分。朱康說：「敵人馬上就會撲來，這回來可不是王東山一條狗，大隊人馬，趕緊準備撤吧，再哭，再哭墳頭兒都找不著了。快，快，該燒的燒掉，能埋的埋。」

3

百歲兒模仿南方部隊的作戰經驗，正在山下打土豪，分田地。他聽說那裡這樣搞得很成功。慶城、高老、王揚等地，也都採取了這個辦法。又打又分真是個省事的辦法，對待地主老財，根本不用再跟他們客氣，也無須討要，請求施捨，費時間又費力氣，還費嘴皮子，最後，弄個三瓜倆棗，好大的顯示。現在，直接打他們，打老實了就分，要保命，上趕著給。這個妙招兒，是誰出的呢？百歲兒一邊實踐，一邊暗暗佩服。

多快好省，山上戰士的給養一下子就解決了。

二屯的大地主徐豆腐匠兒，是百歲兒的首選目標。徐老財家長年賣豆腐，騾馬成群，兒女成群，為了省錢，他只討了大小兩個老婆。兩個老婆都很爭氣，生下了近二十個兒女，家中人丁興旺，牲畜興旺，徐老財過得很滋潤。不過，幾十里外，徐老財是個小摳兒，大家都知道。說他對待兒女們，也像個地主，根本不讓他們享受，讓他們跟著長工一道幹活。他自己呢，雖然糧倉的糧食堆積如山，可是頓頓吃飯，他都把碗吃得一粒不剩。只有在過年時，才吃白麵，平時，是糠一樣難嚥的包穀餅子、高粱米。長工們，只有摻了豆餅的麩糠可吃。因此徐地主又外號叫「徐小摳兒、徐小佃兒」。日本人徵糧，他分毫不讓，抗聯的下來整，沒有名頭，他也不給。他捨得錢養家丁，養武裝，就是不支援抗日。有人來搶，他就狠狠地打。這樣的老財，該第一個分！

百歲兒和慶路帶著人，打日軍碉堡費勁，衝擊一個養幾個家丁的地主武裝，還是不費勁兒的。只幾炮，就把徐小佃兒從正屋轟出來了。解除了武裝，百歲兒就上演正戲，他把徐老財從屋裡拎出來，綁好站好，一幫家眷，陪著。

之前，百歲兒已發動了四鄰，讓他們動手動嘴，打土豪，分田地，分了可以是自己的。可是到了真章，那些窮棒子並不動手，嘴上也懶，他們光抄著袖看熱鬧，等現成兒的。老地主徐小佃兒，一副死豬不怕燙的架式，問他金條在哪裡、銀元在哪裡，他一概不出聲，就是低著頭。百歲帶頭給了他一下，慶路也上來打，打了半天，老地主捨命不捨財。

不能上來就把人打死吧，打死不是目的，分財，找給養，才是根本。百歲兒給慶路使眼色，慶路就上前，把徐小佃兒的老婆、兒媳，和孩子，都綁上了。那綁法兒，像要槍斃。這個景致，讓百歲和慶路不約而同想到了十幾年前，南粳河邊武下綁于德林、賈永堂的那一幕。那時候也是這陣勢，現在，輪到他們來發威了。

慶山來二屯為花田買豆腐，花田最喜歡吃徐老財家的豆腐了。慶山看這裡人山人海，他湊上來，不敢相信摁徐小佃兒頭的是自己堂弟，慶路。百歲兒的樣子沒有多少變化，更黑更瘦了，也長高了。他問徐小佃兒：「你捨命不捨財，那你的老婆、兒媳婦，也捨得嗎？」

徐老財抬起頭，管百歲兒叫「大侄子」，他說：「大侄子，咱們往日無冤，近日無仇，你今天，是為哪般？要錢？要糧食？我給，但別把家給搬了呀。」

百歲兒一哼：「誰是你大侄子，少套近乎。」

又說：「你不支持抗日，今天就分你。搬你家是便宜你，再說，再說就把你腦袋也搬嘍！」

徐老財說：「大侄子，那糧食、騾馬，都是我一點一點掙來的，汗珠子掉地摔八瓣兒，攢的。皇軍還保護老百姓私產呢，你們，咋能說分就分呢？共產黨也這樣幹？那不成鬍子了嘛。」

一個破衣爛衫的兵上來就給了他一嘴巴，說：「真是欠揍！」接下來讓他少廢話——「你就說出金條、銀元都藏在哪兒了吧，不說，我們點你房子，信不信？」

徐老財說：「金條和銀元，確實沒有。要是拿米能頂，你們就去糧倉挖糧，能挖多少拿多少，放了我的家小，行吧？大侄子。」

百歲兒對慶路又一使眼色，說：「看來他是不見棺材不掉淚呀，給他來點真的。」說著，幾個人上來就把徐老財兒媳婦的衣襟扯開了，露出了正在哺乳期的奶子。慶路突然想起了三嬸子的死，被崔老大扯過的衣襟，豬苦膽樣乾癟的奶子。他一咬牙：「烙！」

有人從火盆裡提起燒紅的爐鉤子，對那對奶子伸去。還沒等烙上，那兒媳驚嚇得「嗷」一嗓子嚇昏過去。

「給不給？」百歲兒再問老地主。

「你們就等著天殺吧，王八犢子們！什麼抗聯呢，土匪、紅鬍子吧。」

百歲兒說：「看來這個不管用，烙他閨女，不，烙他老婆！」

慶路又衝向老地主的閨女、老婆。徐老地主閨女有幾個，擠擠挨挨站了一排，大老婆、小老婆，隊長一樣站在各自兒女的前頭。烙哪個老婆好呢？那個老的，不等他動手，老太太已嚇癱了。小的，也年輕不了幾歲，眼皮兒嚇得顫抖。慶路突然發現，她長得像豔萍，百歲兒的姐姐。慶路喜歡豔萍，他的手發軟。

百歲兒命令他停，告訴他：「算了，直接烙他兒子。那些，放了！」

「老財主不在乎女人，烙他兒子，看他還說不說。不信金條、銀元比他兒子的命值錢。」

徐老財像一頭發怒的熊，身上綁著繩子，卻沒耽誤他一頭準確地撞向百歲。百歲被撞了個跟頭，掏槍對著徐老財的腦袋就摟了火兒了。慶山大叫：「百歲！」晚了，徐老財腦漿流了一地。

慶路看見慶山，他問：「大哥，我爹咋樣兒了？」

慶山小聲說：「慶路，你們就是這樣革命的呀？」

「百歲兒他一個學生，咋下手那麼狠呢。」

「跟人家要糧食，也不該要了人家的命啊。」

百歲一把拉過慶路，說：「走，別聽他瞎攪和。」百歲說：「你今天不對他手硬，明天，他找來日本子就對你下狠，要你的命。革命，革命可不是請客吃飯。」慶路被他扯著走遠了，回頭問慶山：「我爹咋樣了？」慶山說：「三叔知道你們是這樣幹，心裡不會好受的！」

百歲的人馬走了，他們沒有挖出金條、銀元，那徐老財一死，等於把寶藏帶進了棺材。這些人生氣，累了半天，拿不著硬通貨。他們把能拉的、能拿的，騾車、馬車，糧食、豬牛，都弄走。這些拉上山，也夠吃一陣兒。臨走，還把雞鴨、肥鵝，成嘟嚕地拴在馬肚子上，浩浩蕩蕩，一隊人馬上山，送吃的。另一隊，順便去襲前韓開拓團。開拓團兵力弱，都是老百姓，到那裡打給養，如探囊取物。

慶山又追上來，扒開人群找慶路，叫百歲兒別這樣搶了，這樣幹，不行。百歲兒告訴他快回去，別多管閒事，就裝不認識，這樣對他有好處。

慶山趕車跑回花田的家，遠遠地，就看見有的房屋已經起了火，有的人拖著東西在亂跑。日本人的綢緞，見火就像紙，特別愛著。女人奔跑著，扯著花花綠綠的衣裳。慶山看見一個男兵，還抱住女人啃了一口，嘴裡說著「日本娘們兒，日本娘們兒」的。花田見他回來，張慌地撲過去：「洪，匪，匪，匪鬍子來了……」

4

當百歲兒他們回到老金溝，老金溝已是一片廢墟。完了，老窩兒被人刨了。百歲慌張地找到那棵樹，看樹杈上有沒有朱康留給他的信。摸了半天，什麼也沒有。百歲兒知道，這肯定是逃跑前被敵人追得緊，又傷了幾條命，沒法估計。一干人腳不敢停，身不敢歇，後面鄂倫春人追得緊，他們也只有十幾個人，但已經追了三天了，影子一樣，根本甩不掉。

這一場，百歲他們是把禍惹下了，殺徐老財，日本人不會急；搶軍火庫，也算他們有膽兒；禍害大後方，搶他們開拓團的百姓，武下紅眼了，當天就急速從新京趕回，用重金，雇下了鄂倫春人陳山的狩獵隊——這些人，個個神槍。長年在深山老林裡生活，行走如履平地。他們是一支少數民族武裝，幾代人都生活在樹上，在林子裡追人，如打獵般有趣兒。況且，皇軍給的重賞，夠他們一年的吃喝，還換了新槍、新炮。只三天，百歲兒他們被追得飯不得吃，覺不能睡。有時，都半夜了，一隊人想趁夜色休息，可是，火剛升上，米剛煮好，林子上空飄起的煙，又出賣了他們。那幫人追上來了，一槍一個，眼見戰士被揭了天靈蓋兒……

百歲兒這時，才醒悟不聽朱康的話是錯的。不聽慶山的勸，也不對。他們已經陷入了絕境，那些人，不急不躁，就是想困死他們。

武下組織的大批討伐隊，就像黃雀，在後面也包抄上來了。他們是一個混成旅，採用篦梳式，不但要消滅百歲兒，還要消滅老金溝周圍的幾十個點兒。他們這次準備充分，手段也多樣，不再是一味地剿、殺、扔炮炸。他們圍住了一處，就拿出喇叭，對著山上喊，要那些疲憊的士兵，放下武器，跟著他們走。「山下，有熱炕頭兒，有老婆、孩子，還有吃飽穿暖的生活。只要不跟匪頭兒再下山搶了，皇軍一律給予寬待、優撫。」

喊完話，還用直升機向下撒傳單，撒女人的畫兒、女人的內衣、香噴噴的熟牛肉、白酒，說：「共軍小子們，只要你們走出山林，棄暗投明，有肉吃，有酒喝，還有女人抱。願意當兵的，給錢，給官，給好日子，好處，大大的！」

抗不住的人也有，偷偷鑽進林子，投降了。百歲兒和慶路誓死抵抗，他們爬上山尖，打光最後的子彈，扔盡了最後的石頭，跳下山崖。

5

兩個人都沒有死。

他們成了俘虜。被押往邊境那處緊急修築的飛機場，充苦力。

中支那那邊的戰事越打越糟，老百姓也不像北支那這麼好統治。那裡的百姓，手裡都有土槍土炮，他們挖地道，鑽地道，動作比老鼠還快。中支那已經耗盡了日本的兵力，後備跟不上，他們命令這邊，俘虜不再槍斃，而是去充勞工。

第十三章

1

「趙尚志的隊伍成鬍子了。」

趙尚志聽到這些話時，群眾的關係已經糟得不能再糟。從前，戰士半夜下山，打給養，老百姓是冒著生命危險幫著掩護的，即使家裡沒有，也去鄰居、信得過的人家裡給張羅，更不會報告。就是那些膽小怕事的人，他們也都裝作不知道。可是後來，百歲兒這一仗過後，不但地主，連長工們都團結起來了，百姓也躲得遠遠的，他們不再支援抗聯戰士，而是冷眼旁觀。

趙尚志專程從西線趕回來，他為消除百歲兒在百姓中造成的壞影響，把百歲走過的地方重走一遍，並且，訓練士兵，不得搶拿，不得燒殺。百姓是我們的水之源，木之本，今後還要靠他們的地方當我們的根據地呢。地主有錢，那也是他們一粒一粒掙下的，不能分浮財，要爭取他們跟我們共同抗日。

趙尚志工作了一段後，百姓對他們才又有了信任和同情。

趙尚志對南方的精神非常反感，他覺得那些辦法不適用於這裡。對傳達精神的上級更沒好印象。有一天，上級來檢查工作，那時候後勤已經幾天沒有正經飯了，幾個人住下來，十多天了還不走。趙尚志說：「你們以為這是免費的大車店呢，兄弟們整點糧食多不容易啊，都是提著腦袋換來的。你們這麼吃，大家咋整？」

幾個人被趙尚志問得惱羞成怒，回去都沒說趙尚志的好話，說他目無領導，擁兵自重，再任其發展下去，成獨立王國了。那年底，趙尚志被派往蘇聯，說他需要去那裡鍛鍊，學習，受教育。

2

這年底，還發生了兩件事，一件是軍醫菊地從新京回來，他開著一輛軍車，上面全是彈藥，菊地把車直接開進了呼蘭河，人在車中爆炸自殺。他用這種行為，表明反戰立場。他的決絕讓四省譁然，事後日方的處理是：菊地所在部隊全體官兵，全部開回日本，集體降職。多數人還送去了矯正院，矯正思想。

第二件，三叔拉著扒犁去開拓團送大煙種子，他不知道他的麻袋裡除了種子，還有傳單。當他走到南梗，呼蘭河邊時，正遇上巡邏的井然。井然問他麻袋裡裝的是什麼，三叔說種子。井然一刀挑開，裡面露出粉色的一沓紙。三叔奇怪，張立本讓他送大煙時，也沒跟他說麻袋裡還有這沓紙啊。三叔不認字兒，他想把那紙拿過來看看，上面寫什麼。這袋大煙種子是張立本讓三叔幫他交給竹內的，竹內是前韓開拓團的團長。

「竹內通匪，這個吃裡扒外的東西！」井然獨著一隻眼，他又咕嚕出一堆話，三叔能聽懂一部分，像是說，幾年前，團裡的糧食就總不夠吃，懷疑他送給了支那百姓，現在看，一點都不屈他。三叔伸著手要拿粉紙看，井然一揚手，閃過了他。然後，壞壞地看著三叔，說：「老頭兒，你的，是他們的交通員？」

三叔眨嘛著眼睛，聽不懂一般。

井然抖了抖手裡的那頁紙，說：「老頭兒，還是找給你唸唸吧。」

〈勸日本移民反正歌兒〉：

日本老百姓，趕快反了吧，自己家園不消停，卻來滿洲這裡給殺人魔王賤賣命，抗聯戰士的槍彈可不長眼睛啊，死了真不值，死了真可惜，魂兒都回不去。為虎作倀丟性命，真是太冤枉。咱們都是老百姓，老百姓不該害老百姓。

「這是誰編的嗑兒呢？還真是這麼個理兒。」三叔的小眼睛眨嘛得更歡了，「嗯，肯定是張立本。」讓三叔納悶兒的是，張立本反日本子，可是那個竹內，日本人，他也跟張立本是一夥兒的？反對自己的國家？三叔陷入了沉思。井然看三叔不說話，他上前一步，三叔退後一步。井然再上前，三叔再退。井然拔出了軍刀，伸著，三叔就連連地後退，退，退，退到了河邊——呼蘭河的冰面，凍得有三尺厚，大隊人馬踏過，冰面不會有一絲顫抖。井然猛一舉刀，「咦」的一聲用刀照著冰面戳了個窟窿。另兩個士兵會意，一人架起三叔的一隻胳膊，瘦小的三叔在他們的架持下，像個孩子，兩腿打著提溜兒，他們礅麻袋一樣使勁一礅，再一塞，三叔那頂氈帽兒，在冰窟窿上打了一個旋兒，就沒影兒了。

井然一揮手——「走！」他們去找竹內了。

3

慶山得知這個消息，已是三天後。他把河面鑹得到處是窟窿，也找不見三叔的屍體。慶山坐在河床邊，河床的冰雪被他的體溫融化了，淚水把冰面衝開了一溜溝。慶山像個雪人，就那麼長時間地坐著。他看著冰面，想起了父親、母親、三叔、三嬸，還有現在跑得無影蹤的弟弟妹妹們。「呼蘭河啊，我的一家人吃你河水長大，應該感謝你，可是，你又要了我家多少人的命！……」慶山凍僵了，花田沒有馬車，她推著板車，像一個有力氣的中國婦女那樣，把慶山拖上板車，一步一步，拉回了家。

4

百歲和慶路淪為俘虜，給日本人修機場，挖工事，他們悄悄在工事的另一端，山洞裡，修了一條暗道，這條暗道能直接通向外面。已經掏了幾百米，再用不了三五日，他們就能逃出去了。

大家都知道，活幹完了，大家的死期也到頭了。這樣重要的工事，是不會讓他們活著出去的。那遠處的一個個山包，都是古洞，古洞是用來藏軍火的，被他們偽裝後像一片一片自然的山脈。不遠處還有一明著的小型飛機場，供直升飛機用。百歲兒、慶路盤算著，逃出去，不但活命，將來，還能打回來。百歲兒深刻地反省了自己，驕傲輕敵，打了一場勝仗就不知道自己姓什麼了，忘乎所以，不聽朱康的話，不聽趙司令的方針，擅自出擊，不但給抗聯造成了損失，還給趙尚志部隊丟臉，讓老百姓罵他們是鬍子。百歲已經跟慶路商量好，修通了，跑出去，第一件要做的，就是去尋找趙司令，到他面前請罪。他們不知道，這時候的趙司令，也因為路線鬥爭，已被遠派蘇聯了。

傷感讓百歲兒久久睡不著，後來，他藉著月光，寫了一首詩，在樺樹皮上：

風蕭蕭，夜沉沉，明月照我苦勞人。森林變戰場，山洞成鬼門，倭寇獸心，憐我漢族民。男兒百戰死，驕失羞顏歸，為家國，重振威，披肝瀝膽，頭顱可碎。

樺樹皮被一個南方勞工看見了，那人識字，思鄉心切，立功心切，他拿著這張樹皮，交到了日本人手上。百歲兒當夜，就和慶路被拉出去，填坑了。

埋他們的工頭說：「本來，還想讓你們多活幾天，現在，是自己找死。」

不久，大家看到滿洲《大北新報》說：「近期，共匪絕跡，治安平謐。小興安嶺北部挖工事中發現兩殘匪，洪慶路、崔百歲，被就地處決。」

第十四章

1

慶山和花田進山開荒了，他們種田活命。

不久，有一人向他們的窩棚走來，慶山認識，是周德東。周德東是周長花的哥哥，也是崔老二用重金贖出來的。他的答辯狀子上寫著：他只是個林商，靠倒木材賺錢。現在，他又開始收糧食了。他告訴慶山，再往裡，大深山，有好大好大一片地，那裡有一條小溪，還有山崗，有水吃，有高崗住，那裡是連日本人的飛機都炸不到的地方。在那裡打糧，不用交給任何人賦稅。周德東說他會每年的年終，來收糧食，按市面的最高價，給慶山。如果慶山願意，他還會送他們兩匹馬、一掛車，外加一些生活的基本家當。

他還交給了慶山一袋大煙種子，說這個，更是一本萬利。

一年後慶山才知道，像他這樣種糧食和大煙的點兒，周德東共有五處，他們相隔數百里，誰也不認識誰，但周德東認識他們。一旦遭到破壞，因為彼此不認識，也不會被連根兒拔。這裡確實是連日本子飛機都炸不到的地方，深山老林，另一個世界。

周德東在為共產黨收糧。

花田願意過這樣的日子，她已經會抽中國的長煙袋了，和慶山忙完，坐下來，抽上一袋，又解乏又鬆筋骨。花田喜歡上了這裡的日子。

一晃五年。

慶山的一兒一女，都能滿地跑了。

大山裡，陽光下，溪水邊，已經瘦成了皮包骨的花田，會倚著光滑的木段，疊腿坐在那兒，巴嗒巴嗒，抽她的長煙袋。慶山有時望這個比自己大的日本女人，恍惚想起了三嬸，三嬸子坐在炕上，倚著牆抽煙袋的情景。

樹幹上掛著樺樹皮做的搖籃，也叫悠車，這還是跟鄂倫春人學的方法，把孩子放到悠車裡睡覺，蛇咬不著，狼吃不著。慶山歇下來時，他會抱起一兒一女，放到自己的左右腿上，用樹枝，在浮土上劃字，教他們認自己的姓。他們還小，什麼都聽不懂，山裡的世界，也讓他們的小腦袋單一，慶山說的很多東西，他們只是傻傻地，歪著腦袋聽。慶山已經攢了一袋子的錢，周德東言而有信，每年都派人來收秋兒，走時還撂一車的生活用品。糧食賣的價錢很高，慶山想再過幾年，孩子大了，他們就不能老在山裡待著了，兒女要出去讀書，山裡再好，他也要帶他們出去，讓他們上滿洲小學，讀書，識字。等他們大了，他和花田，再回這裡。

花田說她不去，她就老死在這裡。

慶山對這個日本女人，滿腔滿腹都是愛，從小沒有母親，這個當了老婆的女人，慶山有時覺得她是妻子，又是母親，有時，還是轉世投生了的三嬸，她現在的一切習慣，都那麼像中國婦女，愛吸煙袋，愛曬太陽……

慶山有使不完的力氣，為了兩個孩子。兩個孩子沒有一點日本人的遺跡，完全是中國的土孩子，剛會冒話兒，除了叫「爸爸媽媽」，男孩會罵「滾犢子」這樣的方言。有一次，慶山讓他別玩土了，進屋吃飯，這個小土孩子，不高興了，竟皺起小眉頭，讓慶山「滾犢子！」花田一聽都笑出了眼淚。這更使慶山覺得，要讓孩子將來讀書。

閒暇下來，慶山坐在門檻，看著一兒一女，他很滿足。這一輩子，算沒白活了，終於有了親人，自己的兒女。也有了老婆，花田雖然是個日本女人，可她對慶山的照顧、疼愛，比中國女人還細心。慶山有時會對著溪水發呆，這條小溪沒有呼蘭河水寬闊，卻奔流不息，生命力極強，上面放了河燈，轉眼就沖得很遠。慶山想起那年放河燈，跟純子、滿桌兒她們，討論轉世托生的問題，那時他們都困惑，那些藉著河燈托生回來的親人，該管他們叫什麼呢？

現在，慶山有了答案，他們變成了他們的兒女，大家是在輪回呀。

望著一兒一女，慶山想這就是我苦等了二十八年的爹娘啊，他們終於來了，藉著河燈，這麼遠的路，他們都找回來了，真好。有了他們，我的心不再孤單，跟他們在一起，活著也有勁頭了。慶山感激花田，也就放任了她的煙癮、閒懶。花田越來越離不開煙袋，她說：「洪，如果有人問起，你不要說我是日本人，就說我是滿洲的女人，支那人，好不好？」

慶山點頭答應。

花田還說：「我死後，哪也不去，就埋這兒。答應我？」

慶山說：「不要說喪氣話。」

花田滿足地閉上了眼睛，她說：「洪，我真的這麼想。這裡安寧，沒有戰亂，還比我們日本老家富裕，種什麼長什麼。這裡真是一片養人的黑土啊。」

又一個秋天來臨時，大山裡所有的樹葉，都變紅了、黃了、金黃色，五彩斑斕。一處天堂啊，老天留給人間的一處未被糟蹋的天堂。

慶山發現花田越來越瘦了，咳嗽起來，人得扶著樹幹，不然要被咳聲震倒。慶山勸她別再抽了，抽那個東西不好，可是花田卻用大煙止咳。咳了止，止了咳，後來的咳聲，聽著都嚇人了。慶山打算，收秋兒的人一來，他就跟他出山，帶花田去山外看病。

這天早晨，花田雙臂搭在慶山的脖子上，說她難受，肚子裡很難受。慶山摟抱著他，輕輕地給她在後背上撫，慢慢地撫。花田覺得好受了些，倚下來，閉著眼，輕聲地說：「洪，你們支那人，男人，這個的——」花田想伸出她的大拇指，可是她的力氣，已經不夠她抬起胳膊了，連手指，都彎不動了。她像一盞燈，慢慢地，慢慢地，在慶山的懷裡，熄了。

熄得無聲無息。

慶山把孩子叫過來，跟花田告別。

花田如願地葬在了五彩的山上。

2

安葬了花田，慶山又等了幾天，仍不見收秋兒的人。往年，秋天一到，樹葉一紅，周德東就會趕著幾十輛大車，來他這兒。周德東不來，也有另一壯漢，車把式，來交東西，交錢換糧。這是怎麼回事呢？看看日子，都超過了一個月，再不來，慶山打下的這麼多糧食，就得準備窖藏。慶山決定，帶上一兒一女，出山。隱隱約約，他覺得，是不是又變世道了？一晃，都五年了，他和兒女們沒有走出過大山。慶山套好扒犁，把那袋子錢，也纏到腰上，捆好。一兒一女，第一次跟著父親去這麼遠的地方，一路上他們都是好奇。年齡還小，母親死了他們一點也不懂得傷悲，他們只是不停地問這問那。慶山悶頭趕車，他們就自問自答——「這是哪兒啊？」「山外。」「山外是什麼地方呢？」「山外沒有山。」……他們的問答讓慶山流出了熱淚……

走了七天七夜，才出了深山老林，來到了鐵驪鎮街。刺目的陽光，讓慶山艱難地辨識著街道、店鋪。他第一個想做的，是給孩子買兩碗豆腐腦兒，這個東西對慶山來說也是久違了。他把扒犁拴好，叮囑孩子坐在上面別動，慶山嚇唬他們：「這裡有拍花兒，如果亂跑，被拍花兒拍走，你們就沒爹了。」

倆孩子都乖乖地點頭，這個街道已經讓他們眼花繚亂，看不完的熱鬧。慶山拿出錢說要兩碗豆腐腦兒，店主看看他，奇怪地打量他好幾眼，說：「爺們兒，你怎麼還拿這個啊？這錢仨月前就不能用了，作廢了。」

「怎麼作廢了呢？」慶山像聽到了驚雷。這可是他幾年的血汗呢。

那人再次打量他，說：「你不知道哇？」他一指對面的牆，「上面都貼著告示呢，三個月，過期作廢，誰讓你不早點換呢？」

慶山渾身冒汗了。

店主說：「爺們兒，想開點吧，誰得了天下，都得換票子。這個，咱們老白姓，沒辦法，只能認吃虧兒。你是打哪兒來呀，不知道小日本子投降了？」

慶山這才注意到，抱著槍一隊一隊疾走的日本兵，他們老實多了，原來是在撤退啊。正陽街那邊，有一個中國壯漢，正在追打日本人，那人像是商人，邊被打邊用胳膊護著頭，嘴裡說著半生的漢語。慶山的眼睛像看太陽一樣覷了起來，中國人敢打了日本人了？世道真變了。

他用那副手籠，換了兩碗豆腐腦兒，給孩子吃下，不敢耽擱，拉著孩子向南綆走，想看看自己家的老屋，還在不在。一路走，一路看到更多的日本人，婦女和孩子們，她們嗚嗚滔滔，邊走邊哭，用手捂著臉。慶山聽懂了她們的話，她們在說：「我們的國家完了，完了，我們也完了啊，沒有人管我們了！……」

這些人是在逃命，她們沒有丈夫，丈夫大多數都在戰爭中死了，日本失敗，上級命令她們集體自殺。而求生的本能，讓她們奔出了開拓團，奔向了火車站，她們試圖坐上火車，逃回家鄉……

前邊就是呼蘭河了，秋天的呼蘭河漲水漲成了大海。慶山看到一個衣衫破爛的男人，在嘿嘿笑著追一女子，那女子跑向河邊，幾分猶豫又折回身，向樹林跑去，男人大聲叫著追著，讓她站住。慶山看清了，那不是高傻子嗎？他把姑娘逼到了一破棚子的牆角，沒有退路。「純子！」慶山像野人一樣高喊著奔跑起來，他喝住了高傻子，讓他住手！又一把把他扯開老遠——高傻子嘿嘿笑著，一笑牙還是那麼白，他說：「嘿嘿，小日本投降了，我們也嚐嚐他們的花姑娘，花姑娘……」

純子終於認出了慶山，慶山長毛髮像野人。純子哭得悲喜交加，她雙手抓住慶山的胳膊，再不放開，語不成句地說：「山，山，我媽媽，我媽媽……」

3

千惠被多襄井開槍打死了。多襄井自己又把房屋點燃，地窖放著那麼多木桶的酒，大火燒起來使房屋瞬間變火海，多襄在大火中自焚了。

很多房屋都空了，日本男人瘋狂地採用了多襄的辦法，殺死老婆、孩子，再自殺，有縱火的，有爆炸的。一家一家地死，一片一片地燒毀房屋。道北的鐵驪鎮街，日本人的商鋪被砸爛，被搶，被燒，狼藉火海一片……

4

慶山的一雙兒女受驚了，他們夜晚也睜著眼睛，看著這個亂哄哄的世界。純子不敢出屋，慶山把她藏著，每天陪兩個孩子玩兒。純子這時候出來，會像那些店鋪一樣，被打死、砸爛。純子的接濟讓慶山和孩子暫時有了飯吃。布告又貼出來了，地方維持會成立，崔老二的兒子大胖任會長。幾年不見，大胖真是胖了，肚子滾圓。大胖要老百姓穩定、安定，局面馬上就要好起來，各家過各家的日子。高鼻子的蘇聯紅軍也在維持治安了。

慶山想，再亂也該有個頭兒了，畢竟，小日本走了，這裡又是漢人的天下了。早晨，他打開大門，想去找點營生，剛邁出腿，就看到一隊一隊的兵，唱著歌兒，擺著臂，雄糾糾地向前走。看來是在街道上宿了一宿營啊，他們沒打擾老百姓，或強占、強住。這是什麼軍隊呢？大胖打著小旗，說：「歡迎歡迎，歡迎東北民主聯軍。」

噢，是東北民主聯軍啊，共產黨的隊伍。十四年前，日本人來，賈永堂帶著大家舉旗，也喊著：「歡迎歡迎，熱烈歡迎。」一晃兒，十四年了，眼前的街景，讓慶山恍如隔世。那個早晨，三叔、他，還有三嬸、玉敏、慶路、慶林，他們一大家子，左鄰右居，玉敏一直躲在他身後。對面是豔波、滿桌兒熱切的眼神兒，還有純子、多襄井、千惠……，三嬸的一對小腳站不住，一會一踮一跺，日本兵給中國小孩發糖果……。慶山覺得眼眶又濕了，十四年啊，一晃兒十四年。

這時，一個綁腿的女兵向他跑來。女兵很精神，齊耳短髮，腰上紮著皮帶，還別著槍。慶山奇怪，一個女兵，跑他跟前做什麼呢？只見女兵滿臉笑容，像是對這裡很熟悉，她來到跟前，幾粒雀斑讓慶山認出了她——這不是玉敏嗎？

玉敏還活著！慶山激動地拉住了堂妹的胳膊，讓妹妹進屋。千言萬語，屋裡說。玉敏說：「哥，不行啊，我們還要趕時間呢。」正說著又一女兵跑過來，她懷中抱著一個，手裡還牽著一個，叫玉敏「洪政委」，說：「洪政委，朱師長讓妳快點兒。」

玉敏都當政委了，慶山不懂軍隊官銜，但猜想玉敏這個官兒怕是不小。只見玉敏接過那女兵懷裡的，塞到慶山懷裡，又拉過牽著的那個，也遞到慶山手上，說：「哥，這是我兩個兒子。叫大舅。」兩個男孩都不認生，脆生生的叫了「大舅」。

玉敏說：「哥，你得幫我養一段兒，前線帶不了孩子。」

慶山發愣——仗不是打完了嗎，這玉敏還要去哪兒？

玉敏說：「哥，你放心，這倆孩子皮實，好養活，吃百家飯長大的。你先幫我照顧著，等革命勝利了，我會回來接他們。現在馬上就要開拔了，沒時間多說。哥，你受累——」玉敏不等慶山回話，雙腿一碰，還向慶山敬了個軍禮，扯上那女兵，一溜小跑著歸隊了。

兩個孩子果然皮實，他們的媽媽走了，他們竟不哭，也不眼生眼前這個大舅。懷裡的那個，要下來；手上的這個，要掙脫，他們想跑進院子裡玩兒。

慶山的兩個兒女，見有同齡的小子來，一下子也有了精神，都歡實了。他們掙脫開純子，向大門口跑來……

慶山顧不上管他們，他奇怪：這日本子，不是投降了嗎，玉敏還上哪個前線呢？

大胖在一旁說：「日本子是投降了，可是國民黨跟共產黨，又幹上了。」

「噢，國共要爭天下了。」慶山小聲自語。

一稿寫於石家莊二〇一〇年冬
二稿改畢於二〇一一年夏
二〇一二年秋再改
二〇二三年四月二十五日再修訂

貓空－中國當代文學典藏叢書9　PG2812

日落呼蘭

作　　者　曹明霞
責任編輯　孟人玉
圖文排版　陳彥妏
封面設計　陳香穎

出版策劃　釀出版
製作發行　秀威資訊科技股份有限公司
114 台北市內湖區瑞光路76巷65號1樓
電話：+886-2-2796-3638　傳真：+886-2-2796-1377
服務信箱：service@showwe.com.tw
http://www.showwe.com.tw
郵政劃撥　19563868　戶名：秀威資訊科技股份有限公司
展售門市　國家書店【松江門市】
104 台北市中山區松江路209號1樓
電話：+886-2-2518-0207　傳真：+886-2-2518-0778
網路訂購　秀威網路書店：https://store.showwe.tw
國家網路書店：https://www.govbooks.com.tw
法律顧問　毛國樑　律師
總 經 銷　聯合發行股份有限公司
231新北市新店區寶橋路235巷6弄6號4F
電話：+886-2-2917-8022　傳真：+886-2-2915-6275

出版日期　2022年11月　BOD二版
定　　價　380元

讀者回函卡

Printed in Taiwan

國家圖書館出版品預行編目

日落呼蘭/曹明霞著. -- 二版. -- 臺北市 : 醸出版,
2022.11
面 ;　公分. -- (貓空-中國當代文學典藏叢書 ; 9)
BOD版
ISBN 978-986-445-733-5(平裝)

857.7　　111016195